SOPHIE MILLER | Ein Jahr in Cornwall

Zum Roman

Mit dem kleinen Hotel *Trelawn Manor* an der malerischen Küste Cornwalls scheint das Glück für die deutsche Archäologin Sarah und ihren Mann Russell perfekt zu sein. Doch ihr sehnlicher Kinderwunsch geht nicht in Erfüllung. Als Sarah den einfühlsamen Familienvater John kennenlernt, glaubt sie zunächst an eine Affäre ohne Folgen, aber schon bald entflammt zwischen beiden eine leidenschaftliche Liebe. Geplagt von Gewissensbissen versucht sie, sich gegen ihre Gefühle zu wehren. Denn was soll aus Russell, was aus Johns Frau und Kindern werden? Da gerät John unter Verdacht, einen Unfall verursacht und Fahrerflucht begangen zu haben. Für Sarah beginnt ein Kampf um Vertrauen, Liebe und Vergebung.

Zur Autorin

Sophie Miller ist das Pseudonym einer deutschen Autorin, die bereits mehrfach ausgezeichnete Romane veröffentlicht hat. Sie schrieb zuletzt den Roman »Das Echo der Lüge« und lebt mit ihrer Familie in Berlin.

SOPHIE MILLER

Ein Jahr in Cornwall

ROMAN

Diana Verlag

MIX
Papier aus verantwortungsvollen Quellen
FSC® C014496
FSC
www.fsc.org

Verlagsgruppe Random House FSC® N001967
Das für dieses Buch verwendete
FSC®-zertifizierte Papier *Holmen Book Cream*
liefert Holmen Paper, Hallstavik, Schweden.

Originalausgabe 06/2014

Redaktion | Lisa Scheiber
Umschlaggestaltung | t.mutzenbach design, München
Umschlagmotiv | © age fotostock/LOOK-foto; shutterstock
Satz | Leingärtner, Nabburg
Druck und Bindung | GGP Media GmbH, Pößneck

Printed in Germany
ISBN 978-3-453-35791-4

www.diana-verlag.de

Für Maxime

1

Seit sie durch Long Rock fuhren, brachen die Wolken wie unheimliche Riesen über den Küstenstrich herein. Sarah hatte Russell gewarnt, Ende März mit offenem Verdeck zu fahren. Sie liebte die raue Gegend, wo der Wind, das Licht und die Küste ein Liebesverhältnis miteinander eingingen. Einen Tag ohne Wind gab es in Cornwall nicht.

»Warum soll ich das Verdeck nicht aufmachen?«, hatte Russell bei der Abfahrt gefragt.

»Weil es klemmt. Bei Regen kannst du es nicht im Handumdrehen schließen.«

»Es kommt kein Regen. Wir haben bestimmt Glück.«

In puncto Glück war Russells Treffsicherheit bescheiden. Er hatte Sarah das Lebensglück versprochen, wenn sie ihre Heimat verlassen und ihn heiraten würde. Das Glück eines beschaulichen Landlebens in Südengland. Dann war er aber noch sechs Jahre mit ihr in London geblieben. Erst als Sarahs Unzufriedenheit unübersehbar geworden war und sie mit dem Gedanken spielte, sich von ihm zu trennen, hatte Russell sein Versprechen wahr gemacht und das Haus an der Küste gekauft. Nicht im Süden, sondern im äußersten Südwesten des Königreichs – *Trelawn Manor* hieß der Besitz von alters her. Fragte man Sarah, was das Haus ihr bedeute, sagte sie: »*Trelawn* ist mein Herz. Ich muss dort leben, wo mein Herz ist.«

Russell hatte seine Firma, die mit einer revolutionären Software UK-Marktführer geworden war, verkauft. Die Gebote für das Unternehmen waren so hoch gegangen, dass er *Trelawn Manor* ohne Kredit hatte erwerben können.

Die Wolken kamen von Westen, der Regen würde nicht mehr lange auf sich warten lassen. Sarah schlug vor, stehen zu bleiben und das Verdeck in Ruhe zu schließen, weil Russell, wenn es erst regnete, hektisch daran zerren würde.

Trotz der kurvenreichen Strecke verlangsamte er kein bisschen. »Es zieht vorbei, du wirst sehen. Dann hätte ich das Verdeck umsonst geschlossen.«

Sie fuhren zum Einkaufen nach Helston, das ein paar Kilometer im Landesinneren lag. Häufig rasten Düsenjäger über den Himmel; die Basis der *Royal Air Force* lag nicht weit hinter der Stadt. Der Region ging es wirtschaftlich nicht besonders, einzig der Fremdenverkehr florierte. Cornwall pflegte seine Landschaft und sein Image als romantischste Ecke des Königreiches – und die Touristen kamen. Nicht des Geschäfts wegen hatten Sarah und Russell *Trelawn Manor* für Fremde geöffnet, sondern weil sie es mochten, Gäste zu haben. Beide hatten viel von der Welt gesehen, nun kam die Welt zu ihnen.

Das Haupthaus war wegen der traditionellen Bauweise schwer zu beheizen, also hatten sie es in mehrere Einheiten aufgeteilt, die sie vermieteten. Die historische Halle mit dem mannshohen Kamin stand allen Gästen zur Verfügung. Sarah und Russell lebten im sogenannten Künstlerturm, einem runden Gebäude aus behauenem Granit, in dem selbst die Butzenscheiben eine Wölbung hatten. Der Künstlerturm war vom Erbauer im 18. Jahrhundert für Konzerte und Feste genutzt worden. Durch einen Kiesweg war der Turm vom Haupthaus getrennt, was Russell und Sarah die nötige Privatheit garantierte.

Der Regen setzte ohne Vorspiel ein. Kein Donnern, kein leises Tröpfeln – bevor sie in die Kurve einfuhren, war es trocken, als sie aus der Kurve herauskamen, goss es in Strömen.

»Ich weiß, schon klar, du hattest recht.«

Russell drückte den Knopf, den er längst hätte drücken sollen. Im Heck des Wagens öffnete sich eine Klappe, das Verdeck schob sich nach oben und ein Stück nach vorn, weiter passierte nichts. Der alte Saab war ein Schmuckstück, aber ein heimtückisches. Von jetzt an musste das Verdeck manuell überlistet werden. Kein Baum weit und breit, Russell blieb nichts übrig, als im Regen zu halten. Nur zu zweit ließ sich das Kunststück meistern. Sarah hielt den Knopf gedrückt, Russell zog und zerrte das Stoffdach zur Windschutzscheibe. Er fluchte und wischte sich Wasser aus dem Gesicht. Endlich rastete die Halterung ein, die Fensterscheiben glitten nach oben. Sarah hatte ein Tuch hervorgeholt und wischte die Sitze trocken.

»Sag schon.« Er stieg ein.

»Was?« Sie strubbelte durch ihre Kurzhaarfrisur.

»Dass ich ein sturer Hund bin. Beschimpf mich, dann haben wir's hinter uns.«

»Das weißt du selbst.« Auf seinen genervten Blick sagte sie: »Na gut, du bist ein sturer Hund. Du bist unbelehrbar. Du bist wie ein trotziges Kind.«

Da grinste Russell, der gut aussehende Russell mit den grauen Schläfen und dem Dreitagebart, der muskulöse Russell, der sich kein Gramm Fett am Körper gönnte, obwohl sein fünfzigster Geburtstag schon etliche Monate zurücklag. Weil ihr Ritual so gut geklappt hatte, gab er Sarah einen Kuss.

»Du kitzelst.« Sie schob ihn von sich. »Drück aufs Gas, sonst sind die Jakobsmuscheln in Helston ausverkauft.«

Von der Feuchtigkeit im Wagen beschlugen die Scheiben. Russell schaltete das Gebläse ein.

Vor Helston kam die einzige Strecke, auf der man schneller fahren konnte.

»Ich frage mich, ob die Holländer Alkoholiker sind.« Russell ging in den Dritten und ließ den Saab den Hügel hochschnurren.

»Nur weil du ihre leeren Flaschen aus dem Restmüll holen musstest, sind unsere Gäste noch keine Säufer.«

Auf der Kuppe schaltete er in den Vierten. »Sechs Weinflaschen und eine Flasche Cidre in zwei Tagen? Wie würdest du das sonst bezeichnen?«

»Vielleicht nehmen sie den Wein zum Kochen.«

Er lachte und schoss aus der Biegung ins freie Land. »Guck dir das an: Da kommt die Sonne!«

So war das Wetter hier – es hielt einen zum Narren. Licht funkelte durch den Regen und brach sich in den Wassertropfen. Überall glitzerte es. Auf dem Plateau ging es die Küste entlang, das Meer zur Rechten lag im Sonnenschein. Hinter der Hochebene, vom Auto aus nicht zu sehen, fiel die Küste ab, dort zogen sich breite Sandstrände entlang.

Sarah seufzte.

»Was?« Er hielt das Lenkrad mit beiden Händen.

»Schön ist es hier.«

»O Mann!«

Russell sah es, bevor sie es kommen sah, er reagierte unglaublich schnell. Nach der Aktion mit dem Verdeck hatte Sarah vergessen sich anzuschnallen, sie wurde auf Russells Seite gerissen. Das Gesicht ihres Mannes war so dicht vor ihr, dass seine Bartstoppeln wie ein abgeerntetes Weizenfeld wirkten. Er verengte die Augen und riss den Wagen nach rechts. Sarah wurde in ihren Sitz zurückgeschleudert.

»Nein, nicht das. Bitte nicht«, flüsterte sie.

Als sie klein gewesen war, hatte der Lehrer eines Tages verkündet, dass Inken nicht mehr zum Unterricht kommen würde. Sarah hatte geglaubt, ihre Freundin hätte die Schule gewechselt, ohne ihr Lebewohl zu sagen. Doch das war nicht die Wahrheit. Der Lehrer hatte während seiner Trauerrede kein einziges Mal das Wort Tod verwendet. Kinder starben, genau wie andere Menschen auch. Bei Inkens Begräbnis hatte Sarah das zum ersten Mal begriffen. Das Entsetzen im Gesicht von Inkens Mutter, die schiere Unmöglichkeit, sich vorzustellen, ohne ihr Mädchen weiterzuleben. Kinder waren das Kostbarste auf der Welt, sie wurden behütet und beschützt. Sarah glaubte fest daran, dass selbst der dümmste, gemeinste Mensch fürsorglich und opferbereit wurde, wenn es um sein Kind ging.

Dieses Kind wurde nicht beschützt. Niemand hatte darauf

geachtet, wohin es lief. Rannte es einem Ball hinterher, einem Tier? Woher kam der Junge, wieso hatte er vor dem Regen nicht Schutz gesucht? Die nasse Straße im Sonnenschein, der Asphalt dampfte. Auf dem glitzernden Plateau sah der kleine Bursche aus wie der einzige lebende Mensch.

Russell wollte, ungeachtet des seitlichen Grabens, über die Wiese ausweichen. Das Auto machte den irrwitzigen Kurswechsel nicht mit und drohte sich querzustellen.

Wie fühlt sich das an, wenn sich ein Wagen überschlägt? Soll er sich überschlagen, dachte Sarah und klammerte sich am Gurt fest. Wenn nur dem Kleinen nichts passiert. Es darf nicht sein! Ein Kind auf dem Gewissen. Alles darf geschehen, aber das Kind muss leben!

Unerbittlich sah Sarah sich auf das Kind zurasen. Wäre es weitergelaufen, Russells wahnwitziges Manöver hätte Erfolg gehabt. Doch der Junge spürte die Gefahr, blieb stehen und wollte ausweichen. Er rannte zurück.

2

Es war kein lautes Geräusch, nur ein harmloses Plopp. Sarah wartete auf die Erschütterung. Man spürte das, wenn ein Ast, ein Stein oder ein Autoreifen unter die Räder kam. Der Saab raste auf die sonnenbeschienene Wiese; abseits der Straße erschien ihr das Tempo unglaublich schnell. Noch bevor sie standen, drehte Sarah sich um.

Sie biss sich auf die Lippe, um nicht loszuschreien. Das T-Shirt des Jungen war weiß gewesen, seine Hose blau. Dort lag er, klein und bewegungslos. Das T-Shirt war rot.

»Jemand, der keine Kinder hat, kann sich nicht vorstellen, was man fühlt, wenn ihnen etwas passiert«, hatte Elaine gesagt. Elaine hatte zwei Kinder.

Sarah war zweiundvierzig und kinderlos. Voll der größten Hoffnung war sie Russell damals nach England gefolgt. Mit ihm hatte sie die Wunde ihres Lebens heilen, die Schuld, die sie sich nie vergeben hatte können, wiedergutmachen wollen. Russell und sie hatten keinen sehnlicheren Wunsch gehegt als ein Kind. Nach dem ersten Ehejahr war ihre Zuversicht nicht geschwunden. Als das zweite und dritte Jahr verstrichen waren, ohne dass sie schwanger wurde, hatte

Sarah es dem Stress zugeschrieben, unter dem Russell stand. Nachdem er angekündigt hatte, die Firma zu verkaufen, hatten sie wieder oft und leidenschaftlich miteinander geschlafen. Sarahs Lebensfreude war selten größer gewesen. Als das vierte Jahr vorüber war, hatte sie gesagt: »In London wird es nicht klappen.«

Nachdem sie *Trelawn* gefunden hatten und sich abzeichnete, dass Sarahs Wunsch nach einem Leben auf dem Land Wirklichkeit werden würde, hatte sie zugestimmt, es mit neuen medizinischen Möglichkeiten zu probieren.

»Lass uns zuerst ein Baby in London machen«, hatte Russell gesagt. »In Cornwall kannst du dann Babys kriegen, so viele du willst.«

Sie hatte tapfer Hormone geschluckt, Russell hatte ein ums andere Mal Spermaproben abgegeben, Sarahs Eizelle war befruchtet und wieder in ihren Körper eingepflanzt worden. Am Tag, als sie den Vertrag für *Trelawn* unterschrieben hatten, war der negative Befund eingegangen. Russell hatte sie nicht gedrängt, es ein weiteres Mal zu versuchen. Seit fünf Jahren lebten sie nun am Meer, und nichts war passiert. Erst vor Kurzem, rund um ihren vierzigsten Geburtstag, hatte Sarah mit dem Thema abgeschlossen.

Russell stieg aus und beschirmte die Augen. Das Kind lag mindestens fünfzig Meter entfernt. »Er bewegt sich.«

Sarah hätte nicht sagen können, ob er recht hatte.

»Er bewegt sich!« Russell rannte los.

Ihre Schuhe waren nicht zum Rennen geeignet, sie rannte trotzdem.

Vom Ende des Plateaus kam ihnen jemand entgegen; der

Mann musste den Klippenpfad hochgestiegen sein. Er sah den Jungen auf der Wiese liegen. Der Schrei entrang sich ihm mit solcher Wucht, dass er zurücktaumelte, dann rannte auch er. Als ob es ein Wettlauf wäre, erreichten beide Männer den Jungen gleichzeitig. Sarah traf als Letzte ein. Sie und der Mann fielen auf die Knie.

»Nicht anfassen.« Russell behielt die Nerven. »Den Notruf.«

Er wartete, ob der andere telefonieren würde, doch der hielt fassungslos beide Hände über das Kind. Der Junge stand unter Schock. Er wollte aufstehen und dort weitermachen, wo ihn der Unfall gewaltsam herausgerissen hatte. Er begriff nicht, wieso sein Körper nicht funktionierte.

»Papa«, sagte er mit schwacher Stimme.

»Billy, Billy …« Das Haar des Mannes war ungewöhnlich hell. Er wollte seinen Sohn dazu bringen, ruhig zu liegen, und scheute sich zugleich, ihn fester anzufassen. »Nicht aufstehen, Billy!«

Russell handelte nüchtern und ernst. Er musste keine Sekunde über die Nummer nachdenken, tippte und wurde verbunden.

»Unfall zwischen Breage und Helston«, sagte er. »Auf dem Küstenabschnitt. Ein Kind wurde angefahren.«

Sarah wollte irgendetwas tun. Sie zog ihre Jacke aus und breitete sie über den Jungen.

Der Mann fiel ihr in den Arm. Sein Gesicht war weiß, die Augen gerötet. »Haben Sie ihn überfahren?«

»Wir … Er war plötzlich auf der Straße.«

»Billy …« Er legte seine Hand über den blutigen Fleck auf der Brust des Jungen.

Russell klappte das Handy zu. »Der Krankenwagen kommt aus Helston.«

»Helston? Dort haben sie nicht mal eine Röntgenabteilung«, sagte der Mann.

»Wahrscheinlich bringen sie ihn nach Camborne.«

»Sollte man ihm nicht etwas unter den Kopf schieben?«, fragte Sarah.

»Besser nicht.« Russell betrachtete das erschrockene Gesicht des Kindes. »Wenn seine Wirbelsäule …« Er sprach nicht weiter.

Bei dem Jungen setzten die Schmerzen ein. Er weinte und wollte sich aufrichten. Sarah hielt ihn an den Schultern fest. Diesmal hinderte der Vater sie nicht daran.

Russell klappte das Telefon wieder auf. »Ich muss die Polizei anrufen.«

Sarah war froh, dass er die Ruhe behielt; seine Unerschütterlichkeit war ihr allerdings unbegreiflich.

Mehrere Autos waren vorbeigefahren, jetzt hielten zwei Fahrzeuge. Leute stiegen aus und fragten, ob sie helfen könnten.

»Halten Sie den Straßenrand frei«, rief Russell. »Für den Rettungswagen!«

Das Kind wimmerte. Sarah kämpfte mit den Tränen. Das Letzte, was sie hier gebrauchen konnten, war eine unbeherrschte Frau. Sie blieb neben dem Jungen knien, egal, ob sie etwas tun konnte oder nicht.

»Sie sind gleich da, Billy«, flüsterte sie. »Sie helfen dir, damit du wieder gesund wirst.«

Sie begegnete dem verzweifelten Blick des Vaters. Er hatte graue Augen. Trotz seiner Angst entdeckte sie Wärme und

Verletzlichkeit darin. Die Nase war ein wenig schief, als ob sie einmal gebrochen gewesen wäre. Der Mund war breit, mit vollen Lippen.

»Es wird bestimmt alles gut«, sagte sie. Wie belanglos das klang. »Wir waren nicht schnell unterwegs, wir haben ihn nur gestreift. Wieso war er allein hier oben?«

»Billy hat am Strand gespielt. Ich wollte ein kurzes Telefonat … Ich dachte, er läuft ans Wasser. Er muss umgedreht sein und zur Straße …« Er sah sein Handy im Gras. »Ich muss meine Frau verständigen.«

Während er telefonierte, hörte Sarah die Sirene näher kommen. Blaulicht blitzte über die Kuppe. Der Krankenwagen fuhr vom Straßenrand unmittelbar auf die Wiese, die Schaulustigen machten Platz. Zwei Männer sprangen heraus, sie trugen rot-weiße Signalwesten. Die Bahre wurde so schnell aus dem Heck gerollt, dass der Vater des Jungen sein Telefonat unterbrechen musste.

»Ich sag dir Bescheid, wohin sie ihn bringen.«

Der Notarzt stellte seine Tasche neben Billy. »Wie ist es passiert?« Vorsichtig löste er das verklebte T-Shirt von der Haut des Jungen.

Russell trat näher. »Ich habe das Auto gesteuert.«

Kurz darauf sah Sarah den davonjagenden Krankenwagen über die Kuppe verschwinden, fast gleichzeitig erreichte die Polizei den Unfallort. Blaulicht und Sirene. Trotz des Bewusstseins für die Tragödie war Russell clever genug gewesen, seinen Anwalt in Penzance zu verständigen. Sarah sah ein, er handelte vernünftig. Ihr Gefühl sagte ihr, das hätte warten können.

»Ich will ins Krankenhaus.« Sie steckte ihren Ausweis in die Tasche zurück, nachdem ein Sergeant ihre Personalien aufgenommen hatte.

Russell dämpfte die Stimme. »Wie sieht das denn aus, wenn wir dort auftauchen?«

»Ist mir egal, wie es aussieht. Ich will wissen, was mit Billy ist.«

»Mit tut der Kleine auch leid. Aber man könnte es als Schuldeingeständnis auslegen.«

»Warst du denn nicht schuld?«

Er warf einen wachsamen Blick zu den Polizeibeamten, die mit dem Ausmessen der Bremsspuren beschäftigt waren. »Der Junge ist aus dem Nichts aufgetaucht.«

»Warum musstest du den Hügel so hochrasen?«

Er starrte sie an. »Bitte nimm dich zusammen, Sarah.«

Die Folgen des Schocks machten sich bemerkbar, Sarah zitterte. Ihre Zehen krallten sich in den Schuhen zusammen.

Der Sergeant kam über die Wiese. »Der Junge ist also von dort auf die Straße gesprungen?« Er zeigte auf den Felsen, der den Kleinen verdeckt haben musste.

»Ich berufe mich auf die Rechtsbelehrung Ihres Kollegen«, antwortete Russell. »Demnach brauche ich keine Aussage zum Sachverhalt zu machen.«

»Natürlich, Sir.« Der Officer nickte geduldig. »Wir stellen lediglich fest, wieso Sie den Jungen nicht kommen sahen, und von wo der Vater des Kindes sich dem Unfall genähert hat.« Er wies auf den Pfad, der vom Felsen zum Strand führte.

»Mein Anwalt wird in einer halben Stunde hier sein«, antwortete Russell unerschütterlich.

»Sir, wir können hier keine halbe Stunde warten.«

»Ich möchte ins Krankenhaus fahren.« Sarah ignorierte den irritierten Blick ihres Mannes. »Geht das? Ich will wissen, was mit dem Kind ist.«

»Sicher, Mrs. Henley. Wenn das hier erledigt ist, fahren wir auch nach Camborne.«

Wenig später folgten sie dem Polizeiwagen. Russell schwieg und vermied jegliche Diskussion.

»Wenn er nur nicht stirbt«, sagte Sarah auf der quälend langsamen, kurvenreichen Strecke.

In der Klinik angekommen, folgten sie den Polizisten in die chirurgische Abteilung, wo der Junge bereits operiert wurde. Über seinen Zustand war nichts zu erfahren. Schließlich traf Russells Anwalt aus Penzance ein.

Sarah stand auf dem Korridor, an dessen Ende das Wartezimmer lag. Sie zögerte hineinzugehen, fürchtete, Billys Vater durch ihre Anwesenheit zu belästigen. Mit kleinen Schritten lief sie zur Fensterfront, wo Russell mit dem Anwalt sprach. Dass Alec Firth so prompt gekommen war, erhärtete Russells Annahme, dass der Fall delikat behandelt werden musste.

»Gut, dass ihr ins Krankenhaus gefahren seid«, sagte Alec, als Sarah die beiden erreichte. »Es zeigt euer Mitgefühl. Aber kein Wort zum Sachverhalt, zu niemandem, versteht ihr?« Er fasste Sarah ins Auge. »Ich habe mit der Polizei gesprochen. Die Familie des Jungen heißt Cormac. Alte kornische Familie. Der Mann ist Lehrer.« Er zuckte die Schultern.

»Schlimm«, meinte Russell.

»Warum ist das schlimm?«

»Na, hör mal, ein Lehrer, der die Aufsichtspflicht gegenüber seinem Kind vernachlässigt!«

Sarah kehrte zum Warteraum zurück; das Zimmer war voller Menschen. Eine südländisch anmutende Frau weinte. Neben ihr saß Mr. Cormac. Sarah ging auf ihn zu. Selbst als sie vor ihm stand, blickte er nicht auf.

»Weiß man schon etwas?«, fragte sie so leise wie möglich.

Er schaute auf. In seinen Augen standen Tränen. »Nein.«

»Ich heiße Sarah Henley.« Sie zögerte, ihm die Hand zu geben.

»John.« Mehr sagte er nicht.

»Ist Ihre Frau schon …?« Sie sah sich um. Keine der Wartenden schien zu ihm zu gehören.

»Sie war in Truro«, antwortete er. »Sie hat ein Schreibkästchen für Billy gekauft. Wir wollten es ihm nächste Woche …« Er konnte nicht weitersprechen.

»Nächste Woche?«

»Sein Geburtstag. Er wird acht.«

Sarah setzte sich. Billy wird seinen achten Geburtstag erleben, dachte sie. Er wird seinen Geburtstag feiern.

Sie wandte sich zu Cormac. »Truro? Da braucht Ihre Frau mindestens eine halbe Stunde.« Er erwiderte nichts.

Sarah stellte sich eine Mutter vor, die über die engen Straßen der Küstenregion raste, während ihr Sohn um sein Leben kämpfte. Welche Qual mussten diese Minuten für sie sein!

»Vorsicht mit dem Seitenschneider.« Sarahs Vater hatte es der Zehnjährigen mehrmals eingeschärft. Aber sie hatte den Gummischlauch ja unbedingt auf ihrem Schoß abschneiden müssen. In Segelshorts, draußen auf dem Wasser, mitten auf dem See. Sie und Papa hatten die Befestigungen für die Fender erneuert, die Segel waren gerefft gewesen. Als eine leichte Bö kam und das Schiff schräg legte, rutschte Sarah mit dem Messer ab, die Klinge drang tief in ihren Oberschenkel ein. Es tat nicht sehr weh, blutete aber stark. Papa band ihr Bein ab, setzte darauf Segel und steuerte quer über den Wannsee Richtung Havelhöhe. Das Ziel lag gegen den Wind, er musste kreuzen. Es war noch früh im Jahr, kaum Schiffe auf dem Wasser, die man um Hilfe hätte anrufen können. Handys gab es damals noch nicht. Während ihr Vater das Segel justierte, musste Sarah sogar einmal das Steuer nehmen. Als sie die Druckpresse kurz lockerten, quoll ein Schwall Blut hervor. Auf den weißen Plastiksitzen sah das schlimm aus. Fast eine Stunde kreuzten sie übers Wasser. Sarah wurde übel. Als der Schock nachließ, setzten die Schmerzen ein. Einmal verlor sie das Bewusstsein.

Das Klinikum Havelhöhe lag am Ufer des Wannsees. Als sie anlegten, nahm er Sarah auf den Arm und trug sie den Hügel zu den Bungalows hinauf. Sarah war nicht eben ein schlankes Kind gewesen. Vor Anstrengung keuchend, schleppte er sie in die Notaufnahme. Als man sie ihm abnahm, war er von der Hüfte abwärts voll Blut.

Die ganze Zeit über war er bei mir, dachte sie. So schlimm die Sache auch stand, mit ihm an meiner Seite hatte ich keine Sekunde Angst. Hinterher hat er mir gestanden, dass er selbst nicht so zuversichtlich gewesen war. Wäre der Schnitt in die Oberschenkelarterie gegangen, hätten wir das Ufer nicht rechtzeitig erreicht. Sarah überlegte, wann sie zuletzt auf dem Wannsee gewesen war. Zum Wasserskifahren, mit einem geliehenen Motorboot. Papa hatte bewundert, wie schnittig sie auf den Skiern stand. Da war ich auch noch schlanker, dachte sie. Ich muss mehr für meinen Körper tun. Das bisschen Gartenarbeit genügt nicht. Fünf Kilo müssen runter, wenigstens fünf. Sie betrachtete ihre Hände. Ich sollte Gartenhandschuhe tragen.

»Wo ist er?«

Vor Sarah stand eine hübsche, rothaarige Frau, Anfang dreißig. Ihr Gesicht war von Angst gezeichnet, sie war gerannt.

Billys Vater stand auf. »Er ist im OP.«

»Du musst doch irgendetwas gehört haben!«

»Setz dich erst mal.« Er nahm sie kurz in den Arm, dann suchte er einen freien Stuhl.

Impulsiv stand Sarah auf. »Bitte setzen Sie sich. Ich bin Sarah.«

»Wer ist das?«, fragte die Rothaarige.

»Sie war in dem Wagen. Sie ist hier, weil sie wissen will …«

»Was?« Die Frau sprang förmlich auf Sarah zu. »Sie überfahren mein Kind und haben die Stirn hierherzukommen?« Für einen Moment sah es so aus, als ob sie handgreiflich werden würde.

»Es tut mir unendlich leid«, sagte Sarah. »Es ging alles so schnell.«

»Hat sie dich vollgequatscht, damit wir keine Anzeige

erstatten?«, fragte die Rothaarige ihren Mann. »Hat sie …?« Sie verlor die Fassung.

Er umarmte sie noch einmal. »Darum geht es jetzt gar nicht. Sarah ist genauso besorgt wie wir.«

»Genauso besorgt?« Verzweiflung und Wut brachen aus der Mutter hervor. Sie achtete nicht auf die neugierigen Blicke der anderen, nicht auf die Krankenschwester, die hereinschaute.

Sarah war über den ungezügelten Ausbruch überrascht. Ihrer Erfahrung nach behielten die Briten selbst im Schmerz die Fassung. Das englische Understatement in allen Lebenslagen hatte Sarah bereits einige Nerven gekostet. Sie war eine waschechte Berlinerin – in ihrer Heimatstadt schrie man einander schon wegen Alltäglichkeiten an. Der Berliner Ton klang rau, meistens war es aber nicht böse gemeint. Hier im Königreich teilte man höflich Spitzen aus und ließ sich dabei nicht hinter die Fassade schauen.

»Ich will nicht länger stören.« Sarah war im Begriff, das Wartezimmer zu verlassen.

»Mr. und Mrs. Cormac?«, sagte jemand hinter ihr.

Der Arzt trug einen OP-Kittel und hatte seine Brille in der Hand.

»Ja?« Beide Eltern drehten sich gleichzeitig um.

»Bitte hier entlang.« Nichts in seinem Ausdruck ließ darauf schließen, ob er gute oder schlechte Neuigkeiten hatte. Er ging voraus und verschwand auf dem Korridor.

»Auf Wiedersehen«, sagte John zu Sarah. Seine Frau würdigte sie keines Blickes mehr.

Viel Glück, wollte sie hinterherrufen, schwieg aber. In

dieser Situation gab es nichts, was man sagen könnte. Die Wartenden sahen sie an. Sarah ging hinaus. Am Ende des Ganges zeichneten sich Russell und der Anwalt als Silhouetten vor der großen Glasfront ab.

3

Sarah traf ihre Entscheidung nicht allein. Russell war erstaunlich verständnisvoll.

»Lass uns die Ereignisse nicht vermischen«, sagte er. »Du hast Pläne, die wichtig sind. Und du kannst für das Kind nicht das Geringste tun.«

»Stell dir vor, Billy stirbt, während ich weg bin.«

»Der Arzt sagt, der Zustand des Jungen sei stabil.«

»Er liegt auf der Intensivstation.«

»Das ist nach einer solchen Operation normal.«

»Sieht es nicht pietätlos aus, wenn ich nur einen Tag nach dem Unfall ins Flugzeug steige und England verlasse?«

»Denk mal logisch: Der Junge weiß nicht, dass du ins Flugzeug steigst. Er kennt dich nicht, du bedeutest ihm nichts. Deinem Vater aber bedeutet es viel, dass du zu seinem siebzigsten Geburtstag kommst. Es würde ihn kränken, wenn du so kurzfristig absagst.«

Sarah nahm an, dass es Russell sogar gelegen kam, wenn sie ein paar Tage weg sein würde. Dadurch konnte er die Angelegenheit auf die leidenschaftslose Art klären, zu der auch der Anwalt riet. Nach dem Zubettgehen hatte Sarah lange geweint. Das Bild des zerbrechlichen Wesens auf der Wiese, das von Blut gerötete T-Shirt, die Momente, als der Junge sich im Schock aufgerichtet hatte – sie konnte das nicht einfach abstreifen. Sie war froh gewesen, dass ihre Schlafzimmer weit genug auseinanderlagen und Russell sie nicht weinen hörte.

In dumpfer Ernüchterung war sie erwacht und hatte kaum gefrühstückt. Der verhangene Himmel spiegelte ihre Stimmung wider. Sie hatte den Flug schon vor Wochen gebucht. Beim Verstauen des Koffers hatte sie den Impuls, Billys Eltern anzurufen und sich nach seinem Zustand zu erkundigen. Russell überredete sie, es nicht zu tun.

»Bist du sicher, dass du allein fahren willst?« Er hielt die Autotür offen. »Ich könnte dich nach Bristol bringen.«

»Es ist mir lieber so.« Sie verabschiedete sich und ließ die Scheibe hochgleiten.

Die Fahrt nach Bristol dauerte zwei Stunden. Auf dem Flug hörte Sarah Musik, um nicht wieder in trübe Gedanken zu verfallen.

In ihrem Beruf als Archäologin, den sie bis zu ihrer Ehe ausgeübt hatte, war Sarah kreuz und quer durch Europa gereist. Sie sah sich als Europäerin und verstand die Symbiose der Kulturen als den heutigen Ausdruck des Abendlandes. Das konnte jedoch nicht verhindern, dass ihr Herz höherschlug, kaum dass sie Berliner Boden betrat. Dabei fand sie die Stadt alles andere als schön. Der alte Westen wirkte durch die Sechzigerjahre-Architektur provinziell, der aufgehübschte Osten drohte zu einem Disneyland-Berlin zu verkommen. Die Renommierbauten im Regierungsviertel fand Sarah protzig.

All das verblasste, sobald sie in das Haus in der Bamberger Straße im Herzen Schönebergs kam. Es tat so gut, in einen Berliner Hinterhof zu schauen und von der Hausmeisterin barsch begrüßt zu werden. Kaum betrat Sarah die gute alte Wohnung ihrer Eltern, kam für sie Seligkeit auf. Erinnerungen umwehten sie, an ihr Lieblingsessen, an das Krankenlager im Wohnzimmer, die Kräuter auf dem Balkon, die im Winter regelmäßig erfroren waren. Hier war die stockfleckige Mauerecke, dort klaffte der Spalt zwischen altem und neuem Parkett. Als Sarah sich von zu Hause verabschiedet hatte, waren ihr die Wandfarben, die Teppiche und Badfliesen modern vorgekommen. Heute erzählten sie etwas vom Geschmack der Achtziger, von Wandel und Vergessenheit.

»Dem Ingeniöhr ist nichts zu schwöhr!«, rief Sarah beim Eintreten. Sie erschrak beim Anblick ihres Vaters. Der flotte Bibi, wie alle ihn genannt hatten, war grau und glanzlos geworden. Früher, wenn sie mit ihrem Papa über den Ku'damm flaniert war oder im Café an der Ecke Kakao getrunken hatte, hatte der stattliche Mann die Blicke der Frauen auf sich gezogen. Er war meistens braun gebrannt gewesen, dazu das stahlgraue Haar, kräftige Unterarme, sein federnder Gang – man hätte ihn mühelos für einen Senator, einen Chefchirurgen oder einen Dirigenten gehalten. Dabei war Bibi ein normaler Maschinenbauingenieur gewesen, vierzig Jahre bei der gleichen Firma angestellt. Sarahs Mutter hatte stets in seinem Schatten gestanden, hatte als unbelesen, vielleicht sogar ein wenig einfältig gegolten. In ihrem letzten Lebensdrittel hatte sie das Heft plötzlich in die Hand genommen und war wieder jung geworden. Das war nur ohne Bibi möglich gewesen. Hätte Sarah geahnt, dass ihre Mutter ihn verlassen würde, sie hätte sich wahrscheinlich gegen den Wechsel nach England entschieden. Als einziges Kind sah sie es als natürlich an, für ihre Eltern im Alter da zu sein. Doch die Eltern gab es nicht mehr als Doppel, Sarah hatte nur noch Vater oder Mutter. Das Band war zerrissen. Heute, an Bibis siebzigstem Geburtstag, sollte es notdürftig für ein paar Stunden wieder geflickt werden.

»Es ist ja noch gar nichts vorbereitet«, rief sie nach der ersten Begrüßung.

»Das macht der Catering-Service«, antwortete er unbedarft.

»Die bringen nur das Essen. Um die richtige Atmosphäre müssen wir uns kümmern.«

»Wir haben genug Geschirr, Hemd und Krawatte habe ich schon rausgelegt. Mehr Atmosphäre braucht es wohl nicht.«

»Willst du eine Feier, oder willst du keine Feier?«

»Ehrlich gesagt …«

»Schon gut.« Sie hob die Hand, weil sie wusste, dass ihm das Brimborium auf die Nerven ging. »Du kriegst deine Feier, ob du willst oder nicht. Wozu bin ich sonst hergeflogen?«

»Um mir *Happy Birthday* zu singen und wieder abzuhauen.« Es lag ein augenzwinkernder Vorwurf darin.

»Wenn du wüsstest, was ich hinter mir habe.«

Sarah ging in die Küche und ließ sich auf die Eckbank fallen.

»Russell hat ein Kind angefahren – nicht, was du denkst«, korrigierte sie sich rasch. »Er ist nicht schuld, wahrscheinlich nicht. Ich fürchte, der Vater des Jungen hat nicht genügend aufgepasst. Es ist eine kleine Tragödie. Ich habe letzte Nacht kaum geschlafen.«

Bibi stand da, die Hände in den weiten Taschen der Cordhose.

»Stell dir vor, ein Kind. Wenn Russell nicht so schnell reagiert hätte … Ich darf mir das gar nicht vorstellen.«

»Was ist mit dem Jungen?«

»Zuerst sah es schlimm aus. Eine Rippe ist in die Lunge eingedrungen. Es war eine lange Operation.«

»Und sein Kopf?«

Seit jeher war Bibis größte Angst, dass sein Kopf eines Tages nicht mehr funktionieren würde. »Wenn mein Gehirn nur noch ein Stück Blumenkohl ist, bring ich mich um«, pflegte er zu sagen.

»Er hat eine Gehirnerschütterung.« Sarah spielte mit dem Silberhalter für die Streichhölzer. »Der Arzt kann Spätfolgen nicht ausschließen, trotzdem hatte der Kleine ein Riesenglück.«

»Das haben Kinder meistens. Ich weiß noch, wie du auf der Teppichstange gehangen hast …«

Während Bibi die alte Geschichte von der kleinen Sarah auf der Teppichstange erzählte, machte sie sich daran, Schwung in die Bude zu bringen. Sie schlüpfte aus den Schuhen. Vor allem die Beleuchtung musste verbessert werden. Die Räume der Altbauwohnung waren vier Meter hoch, die Lüster hingen knapp unter der Decke. Abends kam man sich vor wie in einer Aufbahrungshalle. Sarah schleppte Steh- und Tischlampen aus den anderen Zimmern herbei und platzierte sie an raffinierten Punkten, ließ sie eine Wand oder ein Objekt anstrahlen. Plötzlich blieb sie vor der kleinen Familiengalerie stehen: gerahmte Beweise für das verlorene Glück ihrer Eltern.

War Mama eigentlich hübsch, fragte sie sich. Ihre Mutter hatte hohe Wangenknochen, die starken Zähne hatte Sarah von ihr geerbt. Hanne war ihr Leben lang schlank gewesen. Das hätte sie mir mal besser vererben sollen, dachte Sarah, ich komme leider nach meiner Großmutter väterlicherseits. Die Oma aus Wilmersdorf war rund wie eine Kugel gewesen. Der Großvater war in der NSDAP geblieben, bis die Amerikaner Deutschland befreit hatten. Danach lebten sie auf der Insel Westberlin, es gab keine Verwandten, die rübermachen wollten. Die Familie war stets komplett, dachte Sarah. Bis Mama aus ihrer Ehe ausbrach.

»Du bist sechzig, Mama«, hatte sie damals gesagt, nachdem sie zur Katastrophenbekämpfung aus London angereist war.

»Ich werde neunundfünfzig«, lautete Hannes Antwort. »Ich will noch einmal von vorn anfangen.«

»Und Papa?«

»Der ist stehen geblieben. Manchmal sehe ich ihn am Frühstückstisch und weiß nicht mehr, mit wem ich beisammensitze.«

»So geht es vielen alten Ehepaaren. Was ist mit der Vertrautheit? Hast du keine Angst, im Alter allein zu sein?«

»Ich habe Angst, im Alter nur noch mit deinem Vater zusammen zu sein. Es macht mir solche Angst, dass ich schreien könnte.«

»Was willst du tun?«

»Tausend Sachen. Zum Beispiel Italienisch studieren.«

»Du willst studieren? Wovon willst du leben?« Die Unmöglichkeit, sich ihre Mutter an einer Uni vorzustellen, klang fast wie eine Beleidigung.

»Du glaubst, ich bin bloß ein dummes Anhängsel deines vergötterten Vaters. Ich habe dreißig Jahre lang halbtags gearbeitet und Rente einbezahlt. Es ist nicht viel. Aber es wird reichen.«

»Ist es ein anderer Mann? Hast du jemanden kennengelernt?«

»Nein, aber das werde ich. Dein Vater sieht gut aus und besitzt Charme, aber das ist nur seine äußere Hülle. Unter der Hülle sitzt nichts. Ich will einen kantigen Mann kennenlernen, mit dem ich lachen kann. Ich will Skifahren lernen.«

»Deshalb verlässt du Papa? Um mit einem kantigen Mann lachend die Skipiste runterzubrausen?«

Sarah stand immer noch vor dem Bild, das ihre Eltern an der Spree zeigte. Sowenig sie die Entscheidung ihrer Mutter damals verstanden hatte, so sehr bewunderte sie ihren Wagemut heute.

»Lass uns den Tisch in die Ecke rücken«, sagte sie zu Bibi.

»Wozu die Umständlichkeit?« Misstrauisch verfolgte er die Änderungen, die Sarah vornahm.

»Die Leute vom Catering wollen ein Buffet aufbauen. Wir brauchen sogar noch einen zweiten Tisch. Und viel mehr Stühle.«

»Am besten, ich geh ins Hotel, bis der Rummel vorbei ist«, seufzte er.

»Hör auf zu meckern. Einmal in zehn Jahren kannst du dich ruhig feiern lassen.«

»Ist ja gottlob der letzte runde Geburtstag, den ich erlebe.« Er schlurfte ins Gästezimmer. Sarah sah ihm entmutigt nach.

Sie entfloh der bedrückenden Gegenwart ihres Vaters, um noch ein paar Einkäufe zu machen. Gästehandtücher, eine schöne Seife, ein paar Kerzen. Alles, was Bibi daheim hatte, waren die Lichter, die er auf Omas Grab stellte. Versonnen lief Sarah eine Querstraße zwischen Ku'damm und Kantstraße entlang. Das gestrige Erlebnis hatte Dinge in ihr hochgeholt, die sie lieber im Unbenannten gelassen hätte. Russell war während des Unglücks so selbstbewusst gewesen, er hatte genau gewusst, was zu tun war. Russell kannte keinerlei Zweifel an sich selbst. So hat er mich damals auch rumgekriegt, dachte sie, mit dieser unerschütterlichen Voraussicht, dass wir füreinander geschaffen sind. Mir tat es wohl, so hartnäckig geliebt zu werden. Zwischen den vielen männlichen Drückebergern, die sich nie zu irgendetwas bekannten, war Russell eine faszinierende Ausnahme gewesen.

Sie trat in die Unterführung, als oben gerade die S-Bahn vorbeibrauste. Vor zehn Jahren waren alle aus ihrem Bekanntenkreis der Ansicht gewesen, sie habe mit Russell das große Los gezogen. Er hatte ihr ermöglicht, die Eigentümerin von *Trelawn Manor* zu werden. Für ihn selbst hatte es einen tiefen Einschnitt bedeutet, London und der Businesswelt *goodbye* zu sagen. Er beklagte sich nie darüber, nur manchmal, wenn er von einem Treffen mit Freunden aus der Hauptstadt zurückkam, wirkte er abwesend und schwermütig. Russell hatte so viel Vitalität – konnte es ihn wirklich erfüllen, ein ländliches Anwesen in Schuss zu halten, Gäste zu begrüßen und gelegentlich mit dem Schiff aufs Meer zu fahren? Dass es ihm nicht genügte, hatte sein Seitensprung vor anderthalb Jahren bewiesen.

Wieso brach das alles heute, am Tag nach dem Unfall, hervor? Ihre Kinderlosigkeit, die Zweifel an ihrer Ehe – was war geschehen, dass das alles sie so bedrängte? Sarah war immer noch tief erschüttert über die Möglichkeit, dass ein Kind hätte sterben können. Während Billys Eltern sich wahrscheinlich schon mit seiner Genesung beschäftigten, war die Tragödie, die beinahe eingetreten wäre, für sie greifbar und präsent.

Sie trat aus der Unterführung und steuerte auf das Einrichtungshaus in der Kantstraße zu. Der Feierabendverkehr brummte. Bei dem Lärm konnte Sarah den Anruf nicht hören, nur das Vibrieren ihres Handys ließ sie in die Tasche greifen.

»Ja?«

»Mrs. Henley?«, fragte jemand auf Englisch.

»Wer spricht da?«

»Mein Name ist John Cormac. Wir haben uns im Krankenhaus kennengelernt.«

»Mr. Cormac, natürlich.« Sie blieb stehen. »Ist etwas mit Billy?« Allein die Vorstellung, dass sich der Zustand des Kleinen verschlechtert haben könnte, versetzte Sarah in Panik.

»Im Gegenteil.« Sie hörte sein sympathisches Lachen. »Ich habe Ihre Nummer übrigens von der Polizei erhalten – ich hoffe, das ist okay?«

»Natürlich.«

»Ich rufe an, um zu sagen, wie leid es mir tut, dass Sie das durchmachen mussten. Es ist bestimmt schrecklich für Sie gewesen.«

Sarah verstand nicht sofort, was er meinte. Konnte es tatsächlich jemanden geben, der sich Sorgen um das Befinden anderer machte, während sein eigener Sohn schwer verletzt im Krankenhaus lag?

»Das ist sehr freundlich von Ihnen, aber mir erscheint es wichtiger, wie es Billy geht.«

Mr. Cormac berichtete, dass die Operation gut verlaufen sei, dass Billy zwar Schmerzen in der Brust hätte, ansonsten aber munter sei und die Aufmerksamkeit seiner Eltern und sämtlicher Verwandter genießen würde.

»Sie hätten es sehen sollen – das Krankenzimmer war voll. Jeder wollte ihm gute Besserung wünschen.«

»Das ist schön. Ach, wie mich das freut, Mr. Cormac!« Mitten auf der Straße begann Sarah zu strahlen. Eine schönere Nachricht hätte man ihr nicht überbringen können.

»Sie sind nicht daheim, dem Lärm nach zu schließen?«

»Nein. Ich bin in Berlin.«

»Was – wo?« Er glaubte, sich verhört zu haben.

»Ich bin Deutsche. Mein Mann ist Engländer. Ich musste heute dringend nach Berlin.«

»Entschuldigen Sie, ich wollte nicht stören.«

»Im Gegenteil, John! Wie geht es Ihrer Frau?«

»Sie weicht nicht von Billys Seite. Wir alle sind …« Er hielt inne. »Ich muss noch etwas loswerden, Mrs. Henley.«

»Nennen Sie mich Sarah.«

»Okay, Sarah. Ich möchte, dass Sie wissen, dass ich es mir nie verzeihen werde, Billy aus den Augen gelassen zu haben. Es war vielleicht nur eine Minute, aber ich trage die alleinige Schuld an dem Unglück. Das wollte ich eigentlich auch Ihrem Mann mitteilen, aber er hat mich ziemlich barsch an seinen Anwalt verwiesen.«

Sarah schämte sich in diesem Moment für Russell. »Tut mir leid, John. Mein Mann ist in juristischen Fragen …«

»Es war sein gutes Recht«, erwiderte Mr. Cormac. »Es wird keine juristischen Fragen geben. Ich bin schuld an dem, was passiert ist, sonst niemand.«

»Danke.« Sie hielt das Handy ans andere Ohr. »Ich hoffe, wir bekommen Gelegenheit, uns einmal unter angenehmeren Umständen kennenzulernen.«

»Das würde mich freuen.«

»Sie sind Lehrer, habe ich gehört?«

»Wie man's nimmt.« Auf ihr Schweigen sagte er: »Ich bin arbeitslos. Ich mache zurzeit das, was die meisten Leute an der Küste machen, wenn sie keinen Job haben: Ich verdiene an den Touristen.«

»Genau wie ich«, rief Sarah.

»Das habe ich gehört. Sie sind die Besitzerin von *Trelawn Manor*. Ein wunderbares Anwesen, eins der schönsten in der Gegend.«

»Woher kennen Sie es?«

»Wenn ich mit Billy und Chloé, meiner Tochter, den *coastal path* entlanglaufe, liegt *Trelawn* praktisch auf unserem Weg.«

»Stimmt, der Küstenwanderweg führt über unser Grundstück.«

»Einmal ist Billy sogar auf die Mauer geklettert, um sich das Schloss anzuschauen.«

»Schloss – na, ich weiß nicht. Warum sind Sie nicht hereingekommen?«

Sarah bemerkte die große Uhr an der Kreuzung. Bald

würden daheim die ersten Gäste eintreffen, und sie hatte noch nichts von den Einkäufen erledigt. »Entschuldigen Sie«, unterbrach sie sich selbst. »Mein Vater wird heute siebzig, und ich muss noch einiges vorbereiten.«

»Alles Gute für Ihren Dad«, sagte Mr. Cormac.

»Danke. Sie haben mir mit Ihrem Anruf gerade das schönste Geschenk gemacht.«

Als Sarah das Handy einsteckte, war ihr überall warm geworden. Während sie über die Straße lief, stellte sie sich Billys Vater vor. Er sah eigentlich nicht wie ein Lehrer aus, eins achtzig groß, blond, von kräftiger Statur. Ein echter Korne, dachte sie und betrat das Einrichtungshaus.

4

In Gegenwart von Elaine Peck kam Sarah sich schlank und filigran vor. Elaine ähnelte einer Erdgöttin, rund und fest, dabei sehr weiblich, mit einem klugen Lächeln. Sie arbeitete von früh bis spät und war das Rückgrat des Vermietungsbetriebs. Ohne sie hätten Sarah und Russell *Trelawn Manor* nicht am Laufen halten können. Die dynamische Lady hatte manchmal Hilfe von einem Mann aus Rinsey, der den Garten pflegte, ansonsten bewirtschaftete sie das Anwesen allein.

Es war Sonnabend, Sarahs Kurztrip nach Berlin und Bibis Geburtstagsparty lagen erst einen Tag zurück. Heute wurden in *Trelawn* die Wohnungen Nummer 4 und 6 frei; der Übergabetag gestaltete sich jedes Mal als Kampf mit der Zeit. Die Gäste wurden zwar gebeten, die Ferienwohnungen um zehn Uhr morgens zu räumen, aber das klappte selten. Entweder die Kinder wollten noch einmal ans Meer, irgendein Requisit war unauffindbar, oder die Familie tat einfach so, als hätte sie die Hausordnung nicht gelesen.

Mit Elaine brauchten sie das gar nicht erst zu versuchen. Punkt zehn Uhr rollte der Staubsauger an, wurde der Müll aus der Tonne geholt, dabei spähte sie ungeniert durch die

Fenster, um herauszufinden, wann mit dem Aufbruch zu rechnen sei. Die neuen Gäste würden bereits um fünfzehn Uhr anrücken, urlaubshungrig, neugierig auf die Landschaft und ihre schöne Ferienwohnung.

Den Gegebenheiten des Hauses entsprechend, hatte Sarah die einzelnen Apartments individuell gestaltet, doch in jedem war das Zentrum der offene Kamin. Zwar gaben die alten Feuerstellen kaum Wärme, trotzdem hatte jeder Urlauber das Gefühl, ein behagliches Heim zu betreten, wenn er den *fireplace* sah, in dem Elaine Späne und Holz vorbereitet hatte. Die Bäder von *Trelawn Manor* waren modern. Wo die traditionellen Böden zu retten gewesen waren, lief man auf grauem Schiefer, sonst auf Teppich. Auch wenn es vom Energieverbrauch her teurer kam, hatte Sarah sich von Russell überzeugen lassen, Elektroheizungen einzubauen; ein Knopfdruck, und es wurde warm.

Es ging auf Mittag zu, Zimmer Nummer 4 war bereits fertig. Bei Nummer 6 waren die Holländer so spät ausgezogen, dass Sarah Elaine zur Hand gehen musste. Sie tat es ungern. Nummer 6 war für sie so etwas wie das unheimliche Zimmer aus dem Märchen, in dem es spukte. Es weckte unangenehme Erinnerungen. Sie versuchte das Gespenst zu verjagen, indem sie Elaine von Bibis Geburtstagsparty erzählte.

»Die meisten aus Papas Bekanntenkreis sind seit dem letzten Mal älter, gebückter, irgendwie leiser geworden.«

Gemeinsam breiteten sie das Spannlaken über das Bett aus der Zeit Königin Victorias.

»Das war aber nur anfangs so. Ein paar Gläschen Rotwein, und die Stimmung taute auf. Bald ging es hoch her.

Die junge Kellnerin vom Catering-Service hatte alle Mühe, sich die alten Herren vom Leib zu halten.«

»Und deine Mutter? Ist sie auf die Party gekommen?« Elaine war in die Details der Trennung von Sarahs Eltern eingeweiht.

»Ja, und Bibi benahm sich wie ein aufgeregter junger Liebhaber.« Nachdenklich bezog Sarah das Kissen. »Er begrüßte sie nicht als die Frau, mit der er Jahrzehnte zusammengelebt hatte, sondern als seine große Liebe. Es war zauberhaft und traurig zugleich. Sie hat ihren neuen Freund mitgebracht.«

»Den Italiener?«, schnaufte Elaine, die unter dem Bett nach Abfall stöberte.

»Mama und er verstehen sich blendend.«

»Ich könnte das nicht.« Sie kam hoch. »Zuschauen, wie meine Frau und ihr Neuer auf meiner Geburtstagsparty turteln. Das ist doch krank.« Elaine öffnete die Tür. »Du machst die Küche, ich das Bad?«

»Einverstanden.«

Jede der beiden verschwand in einem anderen Zimmer. Als Sarah allein war, atmete sie einmal tief durch. Sie hätte Nummer 6 am liebsten versiegelt und nie mehr betreten. In der schlimmsten Phase ihrer Ehe hatte Russell hier Trost gesucht und gefunden.

Damals, vor zwei Jahren, waren sie an einem Tiefpunkt gewesen. Er war genervt gewesen, weil ihre Sexübungen nach Terminplan etwas Entwürdigendes bekommen hatten. In den Tagen, die sie als ihre fruchtbaren errechnete, waren Fragen nach Lust oder Leidenschaft nicht von Bedeutung. Russell musste einfach mit ihr schlafen, ob er wollte oder nicht. Sarah versuchte das Verbissene an der Sache mit leckeren

Essensrezepten, Alkohol und weiblichen Tricks zu überwinden. Manchmal brachen sie während ihrer unermüdlichen Bemühungen in Gelächter aus, zugleich veränderte sich etwas Entscheidendes zwischen ihnen. Durch ihre verkrampfte Jetzt-oder-nie-Haltung, dem Wunsch, endlich ein Kind zu bekommen, verlor Sarah Russells wahres Wesen aus den Augen. Er liebte sie aufrichtig und hatte sich fest vorgenommen, mit ihr den Rest seines Lebens zu verbringen, doch zugleich war Russell jemand, der Zwang nicht ertrug. Früh hatte er sich selbständig gemacht und war stets sein eigener Herr gewesen. Er hatte entschieden, wann sie aus London wegziehen und in Cornwall neu anfangen würden. Russell hielt gern die Zügel in der Hand. Als Zuchthengst auf Abruf taugte er nicht. Sarah spürte das, verschloss aber die Augen davor und beharrte darauf, dass sie es vor ihrem vierzigsten Geburtstag schaffen müssten.

Der Vierzigste kam und ging, und sie hatten es nicht geschafft. Bald darauf war eine aparte Frau aus Edinburgh mit ihrer vierjährigen Tochter in Nummer 6 eingezogen, Sarah hatte den Begrüßungsobstkorb für sie arrangiert. Miss Moynihan war Geschäftsfrau, arbeitete in Amsterdam und liebte es, ihren Urlaub in Südengland zu verbringen. Sie war Mitte dreißig, geschieden, selbstbewusst, ausgeglichen und sportlich. Es war für Sarah nicht neu, dass Russell attraktiven weiblichen Gästen Aufmerksamkeit entgegenbrachte. Sie gönnte ihm seine Auftritte als englischer Landjunker. Wie vielen anderen Gästen zuvor zeigte er auch Miss Moynihan sein Schiff und fuhr mit ihr und ihrer Tochter aufs Meer. Die Geschäftsfrau hatte nur eine Woche gebucht, danach war sie abgereist.

In der Zeit darauf fiel Sarah auf, dass Russell ungewöhnlich oft SMS-Nachrichten verschickte. Es war nicht seine Art, ständig in das kleine Gerät zu tippen, er kommunizierte lieber per Telefon.

Auf seinen Trip nach Paris wäre Sarah gern mitgekommen, doch Russell versicherte ihr glaubhaft, kein Weib dürfe die Runde der alten Londoner Freunde stören. Sie hatte ihm lächelnd viel Vergnügen gewünscht.

Im Frühling darauf kam Miss Moynihan wieder, diesmal ohne Tochter. Es gebe keinen schöneren Fleck auf Erden als *Trelawn,* versicherte sie und zog verabredungsgemäß wieder in Nummer 6 ein. Sarah hatte nie beachtet, dass das Apartment vom Künstlerturm am weitesten entfernt lag; man konnte nicht sehen, wer in Nummer 6 ein und aus ging.

Russell und Miss Moynihan hatten sich zwei Wochen lang täglich getroffen, gestand er Sarah später. Im Apartment oder auf dem Schiff, im Freien, einmal fuhren sie sogar in ein Hotel nach Penzance. Sarah entging nicht, wie unruhig Russell während der Zeit war, wie übellaunig, doch nie hätte sie es der Anwesenheit dieser Frau zugeschrieben. Betrug war in ihrer Ehe bisher kein Thema gewesen. Russell hatte so vehement um Sarah geworben und sie, nachdem sie Ja gesagt hatte, so sehr auf Händen getragen, dass sie immer noch glaubte, sie sei für ihn der Inbegriff aller Frauen.

Hinter Sarahs Rücken wurde Miss Moynihan zu Russells Liebesgöttin. Nachdem sie abreiste, verfiel er regelrecht. Er hatte nie zu Grübeleien oder Eremitentum geneigt, doch von nun an zog er sich zurück, sagte, er müsse allein sein und über manches nachdenken, er brauche Freiraum. Größerer

Freiraum als auf einem Gut wie *Trelawn* war kaum vorstellbar, Sarah verstand seinen plötzlichen Rückzug nicht.

Das Naheliegende erschien ihr als das Plausibelste: Russell steckte in der Midlifecrisis. Sie hatten seinen Fünfzigsten pompös begangen, und Sarah hatte geglaubt, er sei ein Mann, der diese Klippe mühelos umschiffen werde.

Nach Miss Moynihans Abreise nahm er in kürzester Zeit zehn Pfund ab und ließ sich einen Bart stehen. Er unternahm endlose Spaziergänge, ohne hinterher sagen zu können, wo er gewesen sei. Auf dem Höhepunkt der Krise zog er sogar vom Künstlerturm ins Kutscherhäuschen; er konnte Sarah nicht mehr in die Augen sehen.

Dann endlich rückte er damit heraus: Er habe sich verliebt. Für Sarah war es der berühmte Schlag aus heiterem Himmel. Russell gestand, dass es Miss Moynihan sei, dass sie sich in Paris getroffen hätten, gestand die wollüstige Zeit, die er mit ihr unter seinem eigenen Dach verbracht hatte. Und er gestand noch mehr: dass er sie wiedersehen müsse, er müsse einfach mit ihr zusammen sein, er könne nicht anders.

Nachdem Sarah den Wunsch nach Kindern insgeheim aufgegeben hatte, ohne mit Russell darüber zu sprechen – ihrer beider sexuelle Abstinenz sagte mehr als Worte –, sollte sie nun verkraften, mit Anfang vierzig sitzen gelassen zu werden.

Russell machte ernst und reiste ab; über das Danach hatten sie nicht gesprochen. Er hatte lediglich gesagt, dass er im Fall einer Scheidung großzügig sein würde. Sarah wusste, dass Russell nach Amsterdam fuhr. Sie stellte sich alles, was dort geschah, auf das Fürchterlichste vor und wurde fast wahnsinnig angesichts des Unbegreiflichen. Drei Tage später kehrte Russell zurück und kroch zu Kreuze. Miss Moynihan hatte ihn zurückgewiesen. Sie wolle eine gute Ehe nicht zerstören, hatte sie gesagt und Russell geraten, er solle in sich nach seinen Gefühlen für Sarah forschen, die er gewiss noch empfinde. Der Sex mit ihm sei prima gewesen, die Zeit in *Trelawn* aufregend, mehr konnte sich Miss Moynihan mit Russell aber nicht vorstellen. Zutiefst gedemütigt hatte er gefürchtet, dass Sarah ihn nicht mehr zurücknehmen würde. Er hatte ihr angeboten, ihm jede noch so ungewöhnliche Bedingung aufzuerlegen, wenn er nur nach Hause kommen dürfe.

Als Sarah nun mit verschränkten Armen in der Küche von Nummer 6 stand und sich diesen Moment vergegenwärtigte, fragte sie sich, warum sie ihm die Rückkehr so leicht gemacht hatte. Liebte sie ihn so sehr? Wahrscheinlich war sie einfach erleichtert gewesen, dass nicht alles zusammenbrach, was sie ihr Leben nannte. Ihr Leitspruch war ihr eingefallen: *Trelawn* ist mein Herz. Ich muss dort leben, wo mein Herz ist. Auch um des Hauses willen hatte sie gewollt, dass es weiterging. Sie hatte Russell ermöglicht, einen sauberen Schlussstrich zu ziehen und mit ihr neu anzufangen. Wie tief verletzt, wie verunsichert sie war, hatte sie sich damals nicht eingestanden. Die Wunde war erst in der Zeit danach aufgebrochen, für Russell unsichtbar. Manchmal hatte sie seinen Anblick, seine Gegenwart nicht länger ertragen, dann war sie in ihren Wagen gestiegen und in die Hügel von Long Rock gefahren oder an die zerklüftete Küste der Halbinsel. Dort war sie gelaufen, gelaufen, bis sie so müde gewesen war, dass sie ihren Schmerz nicht mehr gespürt hatte. Es hatte nicht immer geholfen, doch wenn sie heimgekommen war, war ihr die Ehe mit Russell oft wieder folgerichtig erschienen, sie war froh gewesen, ihn zu haben.

»Du bist in der Küche ja noch kein bisschen weitergekommen«, sagte Elaine mit gespieltem Vorwurf.

»Sorry, Elaine. Ich habe über etwas nachgedacht.«

Ob Elaine die wahren Verhältnisse kannte? So gut wie nichts, was auf *Trelawn* geschah, blieb vor ihr verborgen. Hatte sie Russell vielleicht sogar beobachtet, als er mit Miss Moynihan in Nummer 6 das große Glück suchte?

»Jetzt muss ich mich beeilen«, sagte Sarah.

Elaine legte ihr die Hand auf den Arm. »Geh schon mal rüber, und fang zu kochen an; ich hab das hier in einer halben Stunde geschafft.«

»Danke, Elaine.«

Sie war froh, Nummer 6 wieder verlassen zu können.

5

Sarah ließ das Autofenster herunter und genoss die schmeichelnde Luft. Im Dorf Praze-An-Beeble drosselte sie das Tempo – hinter der Kirche stand ein heimtückischer Blitzer. Die letzten Kilometer nach Camborne fuhr sie gemächlich.

Was für ein samtiger Frühling! Das hatte sie sofort an Cornwall geliebt: Durch den Golfstrom, der an Englands Küste vorbeizog, fielen die Winter mild aus, es erstarrte nicht alles wie in Berlin. Das Gras blieb das ganze Jahr über grün, der Frühling erwachte früher. Schon jetzt zogen sich knallgelbe Narzissenfelder durch die Landschaft, die Bougainvillea blühte, so wie viele andere Sträucher und Blumen, die Sarah in *Trelawn Manor* vorgefunden, und von denen sie noch eine Menge zusätzlich gepflanzt hatte. Nicht umsonst wurde die Gegend als Englische Riviera bezeichnet, und viele wohlsituierte Engländer ließen sich in dem schönen Landstrich nieder.

Sarah stellte den Wagen auf dem Krankenhausparkplatz ab. Am Empfang fragte sie nach der Zimmernummer von Billy Cormac. Bevor sie dort eintrat, befiel sie die unangenehme Erinnerung an die erste Begegnung mit Billys Mutter.

Hätte sie die Eltern nicht vor ihrem Besuch verständigen sollen, statt überraschend aufzutauchen? Was, wenn John und Maureen gerade bei ihrem Sohn saßen? Sarah klopfte. Sie tat nichts Unerlaubtes, das Wohl dieses Jungen lag ihr am Herzen.

Billy hatte Stöpsel in den Ohren und guckte auf einen kleinen Bildschirm. Er bediente die Tastatur nur mit einer Hand, sein linker Arm war eingegipst. Selbst unter dem Schlafanzug fiel Sarah sein mächtiger Brustverband auf. Um den Kopf trug er eine weiße Binde, am Kinn war er genäht worden. Außer ihm war niemand im Zimmer.

»Hallo, ich bin Sarah.«

»Tag.« Er blickte kaum auf.

Sie schloss die Tür, ging auf die Seite des Bettes, auf der sein gesunder Arm lag, und streckte ihm die Hand entgegen. »Ich habe mit deinem Dad telefoniert und erfahren, dass es dir wieder besser geht.«

Sarah wusste nicht recht, wie sie einem Achtjährigen erklären sollte, dass er von ihrem Wagen niedergestoßen und verletzt worden war. Sie wollte nicht mit der Erwähnung des furchtbaren Unfalls beginnen.

Er gab ihr die Hand, dann wandte er sich wieder seinem Spiel zu.

»War dein Vater heute schon hier?«

»Nein, aber Mama.«

»Was spielst du da?«

»Midgets.« Auf dem Bildschirm tauchten skurrile Zwerge auf, die ziemlich kriegerisch wirkten. Sarahs Geschenk für Billy war schwer zu verbergen; er hatte die Box schon erspäht.

»Was hast du da?«

»Im Krankenhaus zu liegen ist langweilig, dachte ich. Darum habe ich dir etwas mitgebracht.«

Sie packte es aus. »Das ist ein ProfiCube«, erklärte sie und spürte sofort, dass sie das Falsche ausgesucht hatte.

»Für einen Achtjährigen«, hatte Sarah im Spielzeugladen gesagt.

Die Verkäuferin hatte ihr verschiedene Computer-Games angeboten, ähnlich demjenigen, das Billy jetzt spielte. »Wie wär's mit Lernspielzeug?«, hatte sie auf Sarahs Zögern vorgeschlagen.

Sarah hatte sich eingestanden, wie wenig Ahnung sie von Kindern und deren Wünschen hatte. Die Verkäuferin hatte lehrreiche Puzzles vorgestellt, Musikinstrumente, auch Kaleidoskope. Verwirrt hatte sich Sarah schließlich für dieses Ding entschieden, das ein Würfel und zugleich ein Puzzle war.

»Danke.« Billy musterte die bunte Oberfläche. Sein Desinteresse war nicht zu übersehen.

»Wollen wir es auspacken?«

»Mach du es.«

Sie ärgerte sich über ihre Gedankenlosigkeit: Wie sollte Billy mit einer Hand diesen vertrackten Würfel zusammenbauen? Sie holte die Spielteile aus der Verpackung. Als Motiv ergab sich eine Safari mit fantastischen Tieren.

»Man fängt mit diesem Teil an, siehst du, dann setzt man das dran, und immer so weiter.«

Ihr gefiel das Spiel, weil es Logik und Fantasie verband. Der Beruf der Archäologin setzte ähnliche Fähigkeiten voraus: Kombinationsgabe im Rahmen wissenschaftlicher Fakten. Die Archäologie war es gewesen, die Sarah nach England gebracht hatte, namentlich neolithische Funde an der Küste von Sussex. Auch die erste Begegnung mit Russell hatte mit ihrem Beruf zusammengehangen. Sosehr sie sich mit der Bewirtschaftung von *Trelawn* einen Traum erfüllt hatte, wünschte sich Sarah manchmal die stille Konzentration ihrer früheren Aufgabe zurück.

Mit dem ProfiCube konnte sie bei Billy nicht punkten. Sie war eine Fremde für ihn und schneite einfach in sein Zimmer herein. Hatte sie angenommen, sie würden gleich Freundschaft schließen? Durch ihren Besuch und das Geschenk wollte Sarah gutmachen, was nicht wiedergutzumachen war. Nun bekam sie die Quittung dafür.

»Ich bin in dem Auto gesessen, mit dem du den Unfall hattest.« Sie zog einen Stuhl heran. »Ich wollte dir sagen, dass es mir sehr leidtut, dass diese Sache passiert ist.«

Er sah sie zum ersten Mal richtig an. »Papa sagt, wir hätten beide besser aufpassen müssen.«

»Was wolltest du eigentlich auf der Straße? Du hättest am Strand viel schöner spielen können.«

»Ich wollte zu Gwydyon.«

»Wer ist Gwydyon?«

»Mein Bruder.«

»Ich dachte, du hättest bloß ein Schwesterchen. Heißt sie nicht Chloé?«

»Chloé ist jünger als ich«, antwortete er.

»Und dein Bruder?«

»Gwydyon ist tot.«

Sarah hatte sich gerade setzen wollen, nun sank sie langsam auf den Stuhl.

»Tot? Das hat mir John – dein Vater nicht gesagt.«

Sie überlegte, ob der Name Gwydyon möglicherweise aus dem Sagenreich stammte, oder sprach Billy von einer realen Person?

»Papa glaubt, dass Gwydyon wirklich tot ist«, sagte der Junge. »Aber er hat sich nur verwandelt.« Er nahm eins der Puzzleteile und steckte es geschickt mit einem anderen zusammen.

»Wann ist Gwydyon gestorben?«

Er tat, als interessiere er sich nur noch für den Würfel. »Ich habe euer Auto nicht kommen sehen. Gwydyon aber schon.«

»Wie meinst du das?«

»Er hat es mir gesagt.«

Sarah beugte sich zu ihm. »Moment mal. Du behauptest, du bist vom Strand hochgelaufen, weil du oben deinen Bruder gesehen hast?«

»Genau.«

»Wie sah er aus?«

Sarah hatte die Erfahrung gemacht, dass man trügerische Schlussfolgerungen am besten ausschaltete, wenn man möglichst viele Details kannte. Die Summe der Details ergab meistens die Wahrheit.

»Wie er immer aussieht«, antwortete Billy.

»Was hatte er an? Trug er Schuhe, war er barfuß?«

»Gwydyon kommt in Schwarz.«

»Vom Strand bis zur Straße ist es eine ziemliche Entfernung. Es hätte auch jemand anders dort stehen können.«

Eins der Teile wollte sich nicht einfügen, Billy versuchte es mit Gewalt.

»Warte. Ich helfe dir.«

»Das ist meins!«, rief er so laut, dass sie zurückzuckte.

»Ich wollte dir nur zeigen …«

Er beruhigte sich augenblicklich wieder und legte die Teile auf die Bettdecke.

»Was geschah, nachdem du Gwydyon erreicht hattest?«

»Er hat mir gesagt, dass gleich etwas passieren wird.«

»Wenn er es dir vorausgesagt hat, warum bist du dann nicht ausgewichen?«

Der Junge sah sie abwesend an, als ob er die Frage nicht verstanden hätte. Er ließ sich zurücksinken und schloss die Augen.

»Vielleicht erzählst du es mir ein andermal.«

»Kommst du wieder?«, fragte er müde, ohne die Augen aufzuschlagen.

»Wie lange musst du im Krankenhaus bleiben?«

»Nicht hier. Komm zu uns.« Er sprach leise.

»Wo wohnt ihr?«

»Am Wasser.«

Sarah beobachtete, wie er einschlief. Sein Atem wurde regelmäßig, das Spielzeug entglitt seiner Hand. Sie hätte aufstehen und gehen können, doch sie blieb noch. Sie wusste wenig über kindliche Fantasien. War es normal, dass er sich den Unfall auf diese Weise erklärte? Vermischten sich Märchengeschichten und Realität? Sarah betrachtete das schlafende Gesicht. Hatte Billy wirklich einen Bruder gehabt, der gestorben war? Im Grunde ging sie das alles nichts an. Sie war eine Fremde, die Unfallgegnerin, sie hatte in der Familiengeschichte der Cormacs nicht zu schnüffeln.

Mit einem Seufzer stand Sarah auf. Gekommen war sie, um Billy eine Freude zu bereiten, sie ging, belastet mit einem Geheimnis. Sollte sie Russell davon erzählen? Für ihn war die Sache mit dem Unfall abgeschlossen. Dem Jungen ging es besser, Russell traf keine Schuld – wozu sich weiter Gedanken machen?

Sie sah auf die Uhr. Elaine war wahrscheinlich schon heimgefahren, das sollte sie jetzt auch tun. Am ersten Abend in der Ferienwohnung hatten neue Gäste oft Fragen, wie Dinge funktionierten, wo man Fahrräder leihen konnte und Ähnliches. Sie hätten bloß die Mappe aufzuschlagen brauchen, die Sarah zusammengestellt hatte, da stand alles drin. Meistens klingelten die Gäste aber bei ihr, manchmal bat sie sie zu einer Tasse Tee herein.

Sie verließ das Krankenzimmer und schloss die Tür so leise wie möglich. Auf der Heimfahrt sann sie über den merkwürdigen Namen nach. Gwydyon … Es klang keltisch.

6

Die Herren aus Schleswig-Holstein, die in Nummer 6 eingezogen waren, hatten sich überrascht gezeigt, als Sarah sie nicht auf Englisch, sondern mit Berliner Schnauze begrüßte. Sie hießen Pit und Willy, Pit war der Kleinere, mit kahl rasiertem Kopf. Willys langes graues Haar hatte etwas Affektiertes, aber seine Augen waren von solcher Güte, dass man ihm jede Eitelkeit nachsah.

Sarah hatte sie zum Fünfuhrtee eingeladen. Als Russell zum Dinner heimkam, saßen sie immer noch im Künstlerturm. Normalerweise reagierte er allergisch, wenn Feriengäste zu viel Anhänglichkeit zeigten, aber die beiden schienen ihm sympathisch zu sein.

»Sind Sie zum ersten Mal in Cornwall?«

»Ach wo. Wir kommen jedes Jahr mindestens zweimal auf eure schöne Insel«, antwortete Pit. »In einem früheren Leben muss ich Angelsachse gewesen sein.«

Russell wollte sich von Deutschland erzählen lassen, doch die beiden schwärmten von ihren Ferien an der schottischen Westküste, als es so heftig geregnet hatte, dass sie kaum aus dem Auto aussteigen konnten. Sie hatten auch Skye bereist und die Inseln im Süden, Scilly und die Isle of Wight.

»Sie kennen unser Königreich besser als die meisten Briten«, sagte Russell. »Mit Sarah ist es genauso. Alles Wissenswerte, was ich über meine Heimat weiß, hat mir eine Berlinerin beigebracht.«

»Das hat vor allem mit meinem Beruf zu tun«, sagte sie.

»Was machen Sie?«

»Ich bin Archäologin.«

»Wie verbinden Sie das, dieses riesige Anwesen und Ihren Beruf?«

»Ich habe die Archäologie an den Nagel gehängt.«

»Wie schade«, riefen Pit und Willy wie aus einem Mund.

»Ach, die Buddelei in der Erdgeschichte geht meiner Frau nicht ab«, warf Russell ein.

Sie musterte ihn. Woher wollte er das eigentlich wissen? Es gab Zeiten, in denen ihr die wissenschaftliche Arbeit fehlte.

Pit stellte die Tasse auf den Couchtisch. »Nirgends ist man so mittendrin in der Altertumsgeschichte wie im schönen Kernow.« Er betonte den alten Namen Cornwalls wie ein Einheimischer.

»Sie sprechen doch nicht etwa Kornisch?«, fragte Sarah überrascht.

»Penn-bloodh Demedhyans Lowen«, antwortete Pit. »Das ist allerdings der einzige Satz, den ich kenne.«

»Was bedeutet das?«

»Alles Gute zum Hochzeitstag.«

Sarah lachte, dann standen die beiden auf. »Vielen Dank für Ihre Gastfreundschaft.« Willy drückte Sarah und Russell die Hand. »Wir freuen uns auf zwei genussreiche Wochen.«

Nachdem sie gegangen waren, räumte Sarah die Spülmaschine ein. »Willst du überhaupt noch zu Abend essen?«, fragte sie Russell. »Du hast beim Shortbread ganz schön zugelangt.«

»Eine Kleinigkeit, bitte.« Er warf sich aufs Sofa. »Mal sehen, was die Nachrichten bringen.«

Über seiner Nasenwurzel bemerkte Sarah die Falte, die ihr verriet, dass seine Laune mies war. »Ist irgendwas?«

»Müde bin ich.«

»Was war denn los heute?«

Russell hatte in Penzance ein Büro gemietet. Es war eine überflüssige Investition, da es auf *Trelawn* genügend Möglichkeiten gegeben hätte, sich ein Arbeitszimmer einzurichten. Er aber bevorzugte es, täglich zwanzig Kilometer in die kleine Stadt zu fahren und in den ersten Stock eines düsteren Gebäudes zu steigen. Im Erdgeschoss saß eine Immobilienagentur. Sarah hatte scherzhaft gemutmaßt, Russell würde vor allem wegen der hübschen Maklerin hinfahren, aber die hatte vor Kurzem einen Navy-Offizier geheiratet. Russell handelte an der Börse, verfolgte die Kursentwicklungen und behielt dadurch das Gefühl, nicht völlig von der Welt des Big Business abgeschnitten zu sein.

»Sind deine Aktien gefallen?«

»Mir machen die Leerverkäufe bei den Rentenfonds zu schaffen. Ist aber bestimmt nur eine vorübergehende Hysterie.«

»Ich habe Billy besucht«, sagte Sarah beim Händeabtrocknen.

»Wen?«

»Den kleinen Billy.«

»Sollte ich den kennen?«

Sie zögerte, bevor sie die provokante Antwort gab. »Du hast ihn überfahren.«

Er drückte auf die Fernbedienung, der Ton verstummte. Die offene Küche lag erhöht über dem Wohnzimmer, Sarah konnte Russells kahle Stelle auf dem Hinterkopf sehen. Sie rötete sich, ein sicheres Zeichen, dass er sich ärgerte.

»Ich dachte, das hätten wir besprochen.« Er wandte sich um.

»Was? Dass dich keine Schuld an der ganzen Sache trifft?«

»Ist es nicht so?« Er bemühte sich, gelassen zu bleiben.

»Natürlich.«

»Du hörst dich aber an, als ob du Zweifel hättest.«

»Ich habe den Kleinen gesehen. Die vielen Verbände, der geschiente Arm – wie leicht hätten wir ihn umbringen können.«

Russell stand auf. »Schluss! Es tut mir leid, dass es passiert ist, aber gottlob ist es glimpflich abgegangen. Warum beschwörst du das Bild herauf, was noch Schlimmeres hätte passieren können?«

»Weil das Leben eines Kindes … So ein kleines Leben …« Sie wusste selbst nicht, was sie ritt. Es war ihr im Gegensatz zu Russell nach dem Unfall nicht möglich, einfach zur Tagesordnung zurückzukehren.

Breitbeinig stellte er sich unter die Treppe. »Sind wir jetzt wieder so weit? Bricht jetzt das dreimal verfluchte Kinderthema über uns herein?«

»Das hat damit gar nichts zu tun.«

»Natürlich hat es das. Wann immer ein Kind deinen Weg

kreuzt, ob im Guten oder Schlimmen, lässt du sein Schicksal mit solcher Wucht an dich heran, dass dein eigenes Unglück greifbar wird.«

»Welches Unglück?«

»Alt zu werden, ohne ein Kind großzuziehen.«

Sie schwiegen mehrere Sekunden, ohne einander aus den Augen zu lassen.

»Alt?«, fragte sie tonlos.

»Na ja, älter eben, meine ich.« Er spürte, dass er sich vergaloppiert hatte, drehte sich um und zappte stumm durch die TV-Programme.

»Daran habe ich wirklich nicht gedacht. Ich habe mit dem Älterwerden kein Problem.«

»Die Kindersache scheint dich aber immer noch zu bedrängen.«

»Ist das so abwegig?«

Er vermied ihren Blick. »Wenn du einen kleinen Jungen wie Billy hättest, wärest du wahrscheinlich – erfüllter.«

»Komme ich dir so unerfüllt vor?«

»Nein. Bloß jedes Mal, wenn Kinder ins Spiel kommen, habe ich das Gefühl, mich wegen irgendetwas verteidigen zu müssen.«

»Denkst du, ich gebe dir die Schuld?« Sarah betrachtete Russell, der wahllos die Fernsehsender wechselte. Wohin hatte ihr Zank sie geführt? Oder war es mehr als das? Sollte es der entscheidende Punkt in ihrem Leben sein? Lebten sie sonst bloß an diesem Konflikt vorbei? Vermieden sie es, sich ihr Scheitern einzugestehen?

»Es tut mir leid«, sagte sie schließlich. »Ich wollte dich

nicht auf die Palme bringen.« Sie ging zu ihm hinunter. »Billy erholt sich übrigens recht gut. Er spielt schon wieder, wir haben geplaudert.«

Eigentlich hätte Sarah ihm gern die Neuigkeit von dem mysteriösen Bruder erzählt, doch da Russell so zornig war, behielt sie es für sich.

Schon von Berufs wegen gewohnt, allem auf den Grund zu gehen, konnte sie ein Geheimnis wie dieses aber nicht auf sich beruhen lassen. Nachdem sich die Wogen geglättet hatten, gingen Russell und sie jeder auf sein Zimmer. Sarahs Turmstube war ihre uneinnehmbare kleine Welt. Sie hatte in dem runden Raum die unbehauenen Mauern nicht verputzen lassen und die Schwierigkeit gemeistert, runde Bücherregale anfertigen zu lassen. Der Schreiner hatte auf Kornisch geflucht, dieser vermaledeite Auftrag verlange die Quadratur des Kreises. Irgendwie war es ihm aber gelungen, jeden Winkel, jeden Verlauf der Mauer mit Regalen aus guter englischer Eiche zu verkleiden, sodass Sarahs Zimmer ein Turm aus Wissen geworden war. Mit ihrer auf einer gebogenen Schiene dahingleitenden Leiter durchforschte sie die Bücherborde und fand meistens, wonach sie suchte. Den Begriff Gwydyon im Internet nachzusehen wäre bei Weitem schneller gegangen, sie aber schwor auf die gute alte Methode. Nachschlagen bedeutete für sie, ein Buch in die Hand zu nehmen, und zwar ein dickes.

Gwydyon war tatsächlich eine Sagengestalt aus der keltischen Mythologie, jener Vorgeschichte, die den Iren, Walisern und Kornen gemeinsam war. Cornwall beanspruchte für sich, die einzige Region zu sein, in der der keltische

Einfluss bis in die jüngere Geschichte erhalten geblieben war.

Sechs Jahrhunderte vor unserer Zeitrechnung waren die Kelten von Osten her in Cornwall eingewandert. Sie hatten die Methoden zur Bearbeitung des modernen Metalls Eisen mitgebracht, was sie technologisch unschlagbar machte. Als die Römer bald nach Christi Geburt Britannien eroberten, zogen sich die Kelten in den äußersten Südwesten zurück. Cornwall wurde ein keltisches Widerstandsnest. Weitere fünfhundert Jahre später vereinte König Artus die zerstrittenen Keltenclans. Selbst während der Christianisierung, als Cornwall unter normannische Herrschaft geriet, blieb das Land keltisch. Die *Cornishmen* hielten an ihrer Sprache und den Gebräuchen fest. Sogar noch im Mittelalter war Cornwall als einzige englische Grafschaft nicht von Angelsachsen besiedelt und hatte sich bis heute als Grafschaft mit Sonderstatus behauptet.

Es kam Sarah daher keineswegs merkwürdig vor, dass ein kornischer Junge von einer Sagengestalt seiner keltischen Vorfahren gehört haben konnte, besonders, da sein Vater Lehrer war. Gwydyon, der Sohn des Gottes Dôn, galt als Gott des Krieges und der Dichtkunst, auch die Unterwelt gehörte zu seinem Herrschaftsbereich. Um Gwydyons Macht zu vervollkommnen, hatte man einen Teil der überirdischen Welt nach ihm benannt: Die Milchstraße, nach keltischem Glauben der Weg der Toten in die Unterwelt, hieß Caer Gwydyon.

Billy hatte erzählt, sein Bruder tauche schwarz gekleidet auf; bei einem Gott, der das Totenreich regierte, schien das nur natürlich zu sein. Blieb für Sarah die Frage, was Billys Fantasie ausgelöst hatte und wie seine Eltern damit umgingen.

Sie lauschte einen Stock tiefer auf Russells Zubettgehgeräusche. Er putzte seine Zähne so aggressiv, als wollte er sie abschleifen oder zurechtfeilen. Das Surren der elektrischen Zahnbürste hielt manchmal zehn Minuten lang an. Was würde er dazu sagen, wenn Sarah ihre Spurensuche nach Gwydyon fortsetzen würde? Er fände es aufdringlich und unbritisch. Im Vereinigten Königreich ließ man seine Mitmenschen tunlichst in Ruhe, was eine Qualität der Engländer war und zugleich eine ihrer Schwächen. Sarahs unverblümte Berliner Art galt hier als ruppig. Es musste aber einen Weg geben, mit John Cormac zu sprechen, ohne die guten englischen Sitten zu verletzen. Sarah legte das Buch der keltischen Mythologie auf den Nachttisch und begann sich auszuziehen.

7

Sarah schaute den Herren aus Norddeutschland beim Tennis zu. Pit und Willy spielten eigentlich nicht, sie tänzelten eher hinter den Bällen her und machten sich einen Riesenspaß daraus.

»Ein eigener Tennisplatz!«, rief Pit, als er Sarah bemerkte. »Das ist Luxus pur.«

»Macht auch viel Arbeit.« Sie trat an die Einzäunung. »Nach dem Winter sieht der Court ziemlich mitgenommen aus.«

Pit kam zu ihr. »Sie leben hier einen Traum, Sarah. Ich hoffe, Sie wissen das.«

»Manchmal.« Sie spielte mit dem Anhänger ihrer Wagenschlüssel. »Manchmal ist diese Ausschließlichkeit aber auch schwer zu ertragen.«

Der freundliche Mann sah sie an. »Kummer?«

»Das wäre zu viel gesagt.«

Begeistert zeigte Pit um sich. Die alte Eibe neigte sich über den Tennisplatz, dahinter begann ein Hain aus Ahornbäumen. Die Heckenrosen zeigten ihre Knospen. Das saftige Grün der Wiese wirkte, als ob es nicht echt wäre. Bis zu den Klippen schwang sich der Boden sanft abwärts, dahinter schimmerte das Meer.

»Sie leben im Paradies, meine Liebe.«

Sarah drehte sich um. Im Schatten des Hügels erhob sich das Herrenhaus, *Trelawn Manor,* ihre Freude, ihr Stolz. An diesem Morgen erschien es düster und unheilvoll. Russells Laune war auch nach dem Aufstehen bewölkt gewesen, schweigend hatte er sein Porridge gelöffelt und war mit kurzem Gruß ins Auto gestiegen. Er ist hier nicht glücklich, dachte sie. Zuerst hat er mich aus meiner Heimat weggeholt, dann habe ich ihn seiner Umgebung, der Businesswelt, entrissen. Vielleicht reden wir uns nur ein, uns einen gemeinsamen Lebenstraum erfüllt zu haben – vielleicht wollen wir beide etwas anderes.

Seit dem Unfall hatte sich etwas in Sarahs Bewusstsein verändert. Der Wunsch, das Rätsel um Gwydyon zu lösen, hatte nur zum Teil mit dem Schicksal des kleinen Jungen zu tun. Sie war auch ihrem eigenen Rätsel auf der Spur. Deshalb brach sie kurz darauf von *Trelawn* auf und fuhr ein paar Kilometer Richtung Osten, nach Portreath. Der Ort war nicht die Wohnadresse der Cormacs, sondern Johns derzeitiger Arbeitsplatz.

Die Hafeneinfahrt schmiegte sich sanft an die Küste, rechts und links erhoben sich die kleinen Häuser der Fischer auf den Hügeln. Wären nicht die unübersehbaren Zeichen des Tourismus gewesen, man hätte Portreath für ein kornisches Fischerdorf aus dem 19. Jahrhundert halten können.

Sarah wusste nicht, wo sie John suchen sollte, und fing aufs Geratewohl im Hafen an. Die Mole zog sich weit hinaus. Auf einem Schild las sie, dass der steinerne Steg bis Ende März gesperrt war, da hohe Brecher darüber weggingen, die einen Menschen mit sich spülen konnten. Das Hafenbecken teilte die Ortschaft. An der schmalsten Stelle war die Durchfahrt nur wenige Meter breit, größere Schiffe konnten hier nicht passieren. Dort lag das Winterschott. Man hatte die Einfahrt so konstruiert, dass schwere Bohlen aus Ulmenholz waagrecht in zwei Stahlschienen eingeschoben wurden. Die Bohlen hielten das Wasser zurück. Dahinter lagen die Boote während der Wintermonate auf dem Trockenen und wurden von der rauen See nicht hin- und hergeschleudert. Im Frühling öffnete man das Schott, und das Meer ergoss sich in den Hafen.

Rund um dieses Becken, wo früher Netze und Reusen zum Trocknen aufgehängt worden waren, florierte heute der Fremdenverkehr. Dicht an dicht drängten sich Straßencafés, Fischrestaurants, Andenkenläden und Kunstateliers, in denen stets die gleichen Motive von Portreath ausgestellt wurden. Es gab eine Kunstschule, in der man das Malen von Seebildern erlernen konnte, kleine Geschäfte, die einheimische Handwerkskunst anboten, und den alten Pub, zu dem mehrere neue hinzugekommen waren.

Sarah rechnete es den Engländern hoch an, dass sie ihre Küsten nicht so verschandelten wie die Südeuropäer. Italien, Spanien, Portugal hatten ihre Küstengebiete verbaut, verschleudert, vernichtet. Im Vereinigten Königreich konnte man kilometerlang an der Küste entlanglaufen, ohne auch nur ein Haus zu entdecken. Sarah hatte Kühe gesehen, die von ihrer Weide zum Meer hinuntertrotteten. Die malerischen Städtchen Cornwalls waren allerdings vom Tourismus nicht verschont geblieben. An der Westküste war es so schlimm, dass man in den Ortschaften während der Hochsaison ein Fahrverbot verhängte. Zu diesen Zeiten drängten sich in den historischen Siedlungen hundertmal so viele Touristen, wie das Dorf Einwohner hatte. Sarah fand die Entwicklung traurig und wusste zugleich, dass der Fremdenverkehr Cornwalls ökonomisches Rückgrat war.

In der Hafenmeisterei erkundigte sie sich nach John Cormac. Der Aufseher warf einen Blick zu den Anlegestellen. »Sein Boot ist nicht da. Er wird draußen sein.«

»Wie lange bleibt er gewöhnlich auf See?«

»Kommt auf die Route an. Manche Leute wollen die große Fahrt bis zur Halbinsel, andere bloß eine Rundfahrt zu den alten Minen. Vielleicht schauen Sie in einer Stunde wieder vorbei.«

Sarah war enttäuscht. Wenn sie etwas in Angriff nahm, wollte sie auch vorankommen. Plötzlich fiel ihr ein, dass sie Johns Telefonnummer haben müsste, da sie ja ein paar Tage zuvor von ihm angerufen worden war.

»Vielen Dank. Wie erkenne ich Cormacs Boot?«

»Blau«, sagte der Aufseher. »Es heißt *Chloé,* nach seiner Tochter.«

Wieder im Freien, prüfte Sarah die eingegangenen Anrufe. Sie kannte alle Nummern bis auf eine. Es war einen Versuch wert, sie tippte und wartete.

»Cormac Bootsvermietung«, sagte eine Frauenstimme.

Sarah begriff im selben Augenblick: John hatte sie von seinem Firmenhandy angerufen. Am anderen Ende war Maureen. Sarah tat das Dümmste, was man tun konnte, und legte auf. Das Display erlosch. Was war in sie gefahren? Warum sprach sie nicht mit Johns Frau und fragte, wann er mit dem Boot zurückkommen würde? Weil sie zu Maureen nicht das gleiche Verhältnis hatte wie zu ihm. Weil Sarah Billys Mutter nicht hätte eingestehen wollen, dass sie im Krankenhaus gewesen war, weil sie mit Maureen nicht über Gwydyon sprechen wollte. Trotzdem ärgerte sie sich über ihre Reaktion. Am liebsten wäre sie ins Auto gestiegen und heimgefahren.

Ohne rechtes Ziel lief sie in die erstbeste Gasse und fand eine Bäckerei, in der sie etwas trinken und auf John warten konnte. Bevor sie die Tür erreichte, kam ihr eine stumme Prozession entgegen, ein Leichenzug. Der schwarze Wagen fuhr voran, violette Samtvorhänge verwehrten den Blick ins Innere. Ein Zug dunkel gekleideter Menschen folgte, den Abschluss bildete ein Auto, in dem zwei weißhaarige Frauen saßen. Die Prozession umfasste gewiss hundert Menschen. Sarah fragte sich, wieso sich der Leichenwagen durch die enge Gasse zwängte, statt die Hauptstraße zu nehmen. Sie blickte sich um und entdeckte den Friedhof in unmittelbarer Nähe. Der Anblick stimmte sie friedlich. Das Heile-Welt-Szenario, das Portreath seinen Touristen zeigte, war nur aufgesetzt – hier offenbarte sich das wirkliche Leben. Ein Einheimischer wurde zu seiner letzten Ruhestätte begleitet, Freunde und Bekannte waren gekommen, um Abschied zu nehmen.

Als einen der Letzten im Zug entdeckte Sarah John Cormac. Er trug keinen Anzug wie die meisten Männer, sondern Latzhose und Jacke; wahrscheinlich kam er von der Arbeit. Sie überlegte, wo er vor Anker gegangen sein könnte, da sein Boot nicht im Hafen lag. Sie wollte mit ihm reden; ihn während des Leichenbegängnisses anzusprechen verbat sich aber von selbst.

Unauffällig folgte Sarah dem Kondukt in einiger Entfernung. An der Kreuzung zum Friedhof musste der Leichenwagen halten, da ein Kleinbus mit Touristen die Straße herunterkam. Der Fahrer bimmelte seine Glocke, stellte es aber sofort ein, als er den Trauerzug bemerkte. Er lüpfte die Mütze. Die Touristen schauten neugierig aus den Fenstern.

Der Friedhof umfasste den ganzen Hügel. Die Gräber waren nicht wie in Deutschland in Reihen und Wege gegliedert, sie wirkten wie zufällig hingestreut. Die ältesten Grabstätten zierten kornische Steinkreuze, manche zur Seite gesunken und verwittert. Auf abgerundeten Steintafeln las Sarah die Namen von längst Verstorbenen und die Spanne ihres Lebens. In der Mitte des Friedhofs erhob sich eine gewaltige Eiche. Der Baum wehrte sich gegen sein Absterben; das Innere war vermorscht, er wurde scheinbar nur noch von der Rinde zusammengehalten. Dennoch wölbte sich seine Krone majestätisch über den Hügel. Dahinter entdeckte Sarah die frisch ausgehobene Grube; die Ränder waren mit Kunstrasenteppich bedeckt. Der Leichenwagen hielt, sechs Männer hoben den Sarg heraus. Er war überraschend klein. War ein Kind gestorben oder eine zierliche Frau?

Sarah fand ihre Anwesenheit plötzlich unpassend, zog sich zurück und setzte sich auf die Steinbank unter der Eiche. Sie hatte noch nicht viele Begegnungen mit dem Tod gehabt. Ihre Eltern lebten, und der Tod ihrer Großeltern lag so weit in ihrer frühesten Kindheit, dass sie nur eine undeutliche

Erinnerung daran besaß. Tatsächlich war der Tod ihrer Schulfreundin Inken das stärkste Erlebnis, das Sarah mit dem Sterben verband. Für einen Augenblick tauchte das Schreckensbild vor ihr auf, was hätte sein können, wenn Billys Unfall nicht so glimpflich verlaufen wäre. Gwydyon fiel ihr ein.

Ein Windhauch, die Sonne verschwand hinter einer Wolke, jäh wechselte der Friedhof seinen Charakter. Die friedlichen Kreuze und Grabmale wirkten mit einem Mal düster und betrüblich. Doch schon ließ die Sonne den Rand der Wolke erstrahlen, alles hellte sich auf. Entlang der Friedhofsstraße standen Häuser. Wie mochte es sein, täglich von seinem Fenster auf Gräber zu sehen? Beruhigend wahrscheinlich, dachte sie. Es war die Ruhestätte von Menschen, die nichts mehr quälte. Sarah genoss die Minuten. Wenige Straßen entfernt tummelten sich die Touristen, hier herrschte tiefe Ruhe.

»Das ist ja eine Überraschung.«

John stand hinter ihr.

»Ist die Beerdigung schon vorbei?«

»Nein, aber ich habe Sie plötzlich da sitzen sehen. Was machen Sie in Portreath?«

Sarah wollte nicht gleich mit dem Grund ihres Kommens herausrücken. »Wer ist gestorben?«

»Die alte Miss Stevens.« Ungeniert nahm er neben ihr Platz.

»Eine Verwandte von Ihnen?«

»Miss Stevens war unsere Grundschullehrerin. Halb Portreath hat bei ihr lesen und schreiben gelernt.«

»All die Leute sind Schüler und Schülerinnen?«

»Natürlich. Sie selbst hatte keine Kinder. Aus der ganzen

Grafschaft sind die Leute angereist.« John zog die Jacke aus. Er trug ein Hemd aus rauem Stoff. »Miss Stevens war in Portreath eine Autorität. Alle, die es hier zu etwas gebracht haben, sind ihre Schüler gewesen. Wenn ihr eine Entscheidung der Gemeinde nicht gefiel, ging sie ins Rathaus, zeigte mit ihrem Stock auf den Bürgermeister und sagte: »Harry, du solltest dir die Sache mit der Baugenehmigung noch einmal überlegen. Bei den alten Minen dürfen keine Ferienapartments gebaut werden.«

»Und was hat Harry getan?« Sarah betrachtete die sympathischen Falten in Johns Gesicht. War er gleich alt wie sie oder etwas jünger?

Er zeigte zur anderen Seite des Hafens. In der Entfernung sah man die Schornsteine der vor Jahrzehnten stillgelegten Zinnminen.

»Sehen Sie dort irgendwo Ferienhäuser?« Er lachte. »Natürlich gab der Bürgermeister nicht zu, dass er auf Miss Stevens' Rat gehört hatte. Auf ihre Art hatte die alte Lady in Portreath viel zu sagen.«

»Wo liegt Ihr Boot, John?« Auf seinen erstaunten Blick setzte sie hinzu: »Ich habe am Hafen nach Ihnen gefragt.«

»Es liegt bei einem Bekannten – er soll sich die Turbinenwelle ansehen. Weshalb haben Sie mich gesucht?«

»Ich habe ein paar Fragen.« Sie kam sich auf einmal aufdringlich vor. »Sie brauchen sie nicht zu beantworten, es geht mich im Grunde nichts an.« Sie richtete sich auf. »Ich habe Billy besucht.«

»Ich weiß.«

»Wirklich?«

»Er hat uns erzählt, dass Sie da waren. Danke für das Geschenk.«

»Ich war so erleichtert, dass es ihm besser geht. Natürlich bin ich erschrocken, als ich die Verbände sah …«

»Er wird sie wohl noch eine ganze Weile tragen müssen. Der Chirurg hat angekündigt, dass es eine zweite Operation geben wird.«

»O nein!«

»Danach soll alles wieder in Ordnung kommen. Im Grunde ist es ein kleines Wunder, nach dem …« Er unterbrach sich, beide schwiegen.

»Billy hat mir etwas von einem Bruder erzählt, den er angeblich hatte.« Sie sah John an. »Wer ist Gwydyon?«

Es wäre ihr lieb gewesen, wenn Billys Vater gelacht und geantwortet hätte, das sei eine Kinderfantasie, die nichts zu bedeuten hätte. Er presste die Lippen zusammen.

»Ach das«, sagte er schließlich.

»Gibt es Gwydyon wirklich?«

»Nein und ja.« Er beugte sich vor.

»Hat Billy einen Bruder?«

Er nickte kaum merklich. »Glen. Sein älterer Bruder Glen.«

»Wo ist Glen? Sie haben nur eine Schwester erwähnt.«

»Als Chloé geboren wurde, lebte Glen bereits nicht mehr.«

Sarah drängte John nicht weiterzusprechen. Er starrte zu Boden. Schockartig fiel ihr ein, dass die Cormacs gerade fast ein zweites Kind verloren hätten.

»Man kann sich einfach nicht vorstellen, dass so etwas in Wirklichkeit geschieht«, sagte er. »Maureen und ich, wir stemmten uns mit aller Kraft gegen die Möglichkeit. Sie sprach fast nie von Glens Krankheit. Monatelang brachte sie ihn zur Behandlung, später blieb sie praktisch Tag und Nacht bei ihm in der Klinik. Sie redete von allem Möglichen, aber die Krankheit ließ sie nicht in die Welt ihres Geistes.«

Der kräftige Mann sah mit einem Mal ganz verfallen aus. »Die Heilungschancen sind bei Hodgkins hoch, vor allem bei Kindern. Wenn allerdings drei Monate nach der Behandlung ein Rückfall eintritt, sieht es nicht gut aus. Glen hatte drei Rückfälle. Am Ende hat er die Therapie nicht mehr verkraftet.« Er faltete die Hände ineinander. »Ich kann nicht beschreiben … Er hat nur sechs Jahre gelebt – sechs Jahre.« Sein Kinn zitterte, er wischte sich über die Augen. »Ich hatte Angst, dass es Maureen umbringt. Wenn wir damals nicht unsere Familie gehabt hätten … Diese kleine Welt hat sie gerettet. Immer war jemand da, der sie aufgefangen hat. Mein Dad, ihre Großmutter, Tante Ethel. Billy war währenddessen die meiste Zeit bei Maureens Eltern.« John richtete sich auf. »Er war bei Glens Begräbnis nicht dabei. Obwohl wir ihm gesagt haben, dass sein Bruder von uns gegangen ist, hat er es wahrscheinlich nicht akzeptiert. Ich nehme an, in dieser Zeit wurde Gwydyon geboren.«

Sarah hatte nicht voraussehen können, was ihre Frage auslösen würde. Nun verstand sie Maureens aggressive Reaktion im Krankenhaus. Eine Mutter, die all das durchgemacht hatte, die damit konfrontiert wurde, dass auch ihr zweiter Sohn in Lebensgefahr schwebte! Sarah wollte die Cormacs nicht weiter belästigen, sie war nur eine Außenstehende. Eine letzte Frage wollte sie jedoch noch klären.

»Warum hat Billy sich eine mythologische Gestalt als Bruder erschaffen?«

»Wir wissen es nicht. Ich habe ihn oft danach gefragt.« Er erwiderte Sarahs Blick. »Aus der Schule kann er Gwydyon nicht kennen, weil er damals noch nicht zur Schule ging. In keinem Märchen, das wir ihm vorgelesen haben, kommt Gwydyon vor.«

»Er scheint eine präzise Vorstellung vom Gott der Unterwelt zu haben. Für Billy ist Gwydyon real.«

»Der Arzt sagt, wir sollen ihm seinen erfundenen Bruder nicht wegnehmen – noch nicht.«

John stand auf, als ob er das Gespräch im Sitzen nicht länger ertrüge. »Dabei weiß er wahrscheinlich genau, dass Glen tot ist. Es scheint für ihn nur einfacher zu sein, wenn er dieses Phantom in der Nähe hat.«

»Gwydyon spricht angeblich zu ihm.«

»Ich weiß. Die beiden bereden alles miteinander.«

»Billy behauptet … Er sagt, Gwydyon habe ihn unmittelbar vor dem Unfall gewarnt.« Auch Sarah stand auf.

»Was?« John fuhr herum. »Das hat er mir nicht erzählt.«

Sie standen einander gegenüber.

»Seit Gwydyon aufgetaucht ist, hat Billy sich verändert«, sagte er. »Als Glen noch lebte, war Billy sanft und lernbegierig. Heute ist er verschlossen, und wenn man nur den geringsten Zweifel an Gwydyons Existenz anmeldet, wird er aufbrausend. Er tut, als ob wir Erwachsenen nichts verstünden.«

Sarah hatte alles erfahren, was sie wissen wollte. Es war trauriger, als sie angenommen hatte. So schön die Stunde in

Portreath gewesen war, kam sie sich mit einem Mal fehl am Platz vor.

»Ich muss nach Hause.«

John schien ihre Regung ohne Worte zu verstehen.

»Es tut mir leid, dass zwischen uns alles – so gekommen ist.« Er ergriff ihre Hand.

»Ja, das ist schade.«

Ihre Augen ruhten ineinander.

»Hätten Sie mich damals doch einfach besucht, als Billy in *Trelawn* auf die Mauer gestiegen ist.« Sie zog ihre Hand zurück und machte eine unbeholfene Geste. »Dann hätten wir uns unter anderen Umständen kennengelernt.«

Beide standen da, als ob sie nie mehr weggehen wollten.

»Ich glaube, ich muss wirklich …« Sie zeigte zum Ausgang.

»Ich sollte nach meinem Boot sehen.«

»Kann Ihr Bekannter die Turbinenwelle reparieren?«

»Nein, das geht in Portreath überhaupt nicht. Dazu muss das Boot geslippt werden.« Er räusperte sich. »Wahrscheinlich sehen wir uns so bald nicht wieder.«

Die Strahlkraft seiner Augen und sein Lächeln verwirrten Sarah.

»Stimmt. Das ist unwahrscheinlich.«

»Es sei denn …«

»Ja?«

»Sie buchen mal mein Boot.« Es sollte wie ein Scherz klingen, aber Sarah spürte, es war ein Angebot.

»Das könnte ich Russell schwer erklären.«

»Wieso?«

»Wir haben selbst ein ziemlich großes Boot. Manchmal machen wir uns den Jux, damit zum Einkaufen zu schippern.«

»Meines ist ein umgebauter Fischkutter, sicher viel langsamer als Ihres.«

Beim Grab der Lehrerin löste sich eine kleine Gruppe und kam den Hügel herunter. Die Beerdigung schien vorbei zu sein. Sarah wollte den Friedhof vor den Trauergästen verlassen und verabschiedete sich rasch.

»Auf Wiedersehen, John, alles Gute.«

»Ihnen auch, Sarah.« Sie gaben einander die Hand.

8

Bei sich zu Hause putzte Sarah selbst, besonders im Turmzimmer duldete sie Elaines Staubsauger nicht. Dort lagen Papiere lose herum, Notizen und Zeitungsartikel, aufgeschlagene Bücher; Sarah mochte ihre penible Unordnung. Auch wenn sie ihren Beruf nicht mehr ausübte, umgab sie sich gern mit der Atmosphäre des Suchens und Forschens.

Gerade war ihr ein Malheur passiert; ihre Thermoskanne war zerbrochen. Ein ganzer Liter Earl Grey hatte sich über den Schreibtisch und den Teppich ergossen. Nachdem sie ihren Laptop vor der Flüssigkeit gerettet hatte, rief sie Elaine zu Hilfe. Die kam, mit allem Nötigen bewaffnet, die Treppe hoch, breitete saugkräftige Tücher aus, wischte, schrubbte und legte trocken. Kniend arbeitete sich Elaine durch das Zimmer. Ihr Hintern stieß dabei gegen einen Bücherstapel und brachte ihn zum Einsturz. Sarah half, die Bücher einzusammeln. Zuunterst lag eines, das sie angefangen, wegen seiner Oberflächlichkeit aber wieder weggelegt hatte. Das Buch hieß *What if?,* ein reißerisches Werk, das sich in historischen Spekulationen erging, was gewesen wäre, wenn … Was, wenn Kennedy nicht ermordet worden wäre, wenn

Hitler den Zweiten Weltkrieg gewonnen hätte, und so fort. Während Elaine sich mit ihrer Ausrüstung zurückzog, stand Sarah da, das Buch in der Hand. Sie schlug es nicht auf, las nicht darin, starrte nur auf den Titel, und eine Welt von Vorstellungen tat sich vor ihr auf.

Hätte sie sich damals nicht so entschieden, ihr Leben wäre ein anderes geworden. Irgendwann kam jeder an so eine Kreuzung, und der Weg, den er einschlug, bestimmte seine Zukunft. Zu dem Zeitpunkt, an den sie dachte, hatte Sarah bereits ein paar unbedeutende Beziehungen hinter sich gebracht, ihr Studium abgeschlossen und ihren ersten Job angetreten. Es war eine Stelle in Bayern, die Neuordnung und Digitalisierung eines Archivs, weswegen sie die meiste Zeit am Scanner und am Kopiergerät verbrachte. Sie bewohnte eine kleine Wohnung in Garmisch, staunte als Flachlandpflanze über die Bergriesen und fuhr, so oft sie konnte, in die Natur.

Heinz war ein drahtiger Bursche, den sie in der Seilbahn auf die Zugspitze kennengelernt hatte. Er hatte pechschwarzes Haar, einen bedrohlichen Schnurrbart und eine große Nase. Er war lustig, herzensgut und ein hinreißender Liebhaber. Heinz arbeitete als Grafiker, entwarf Plakate und hin und wieder Bühnenbilder. Zwei Jahre durchlebten sie ein Bilderbuchglück. Er wohnte in Innsbruck, weshalb sie sich oft nur am Wochenende sahen. Sarah liebte Heinz wie keinen Mann zuvor; er war der erste, mit dem sie sich eine gemeinsame Zukunft vorstellen konnte. Im zweiten Jahr wurde sie schwanger. Ein Kind passte weder in ihre noch in seine Lebensplanung, doch während Sarah über Kompromisse nachdachte, wie sie Beruf, Mutterschaft und Beziehung unter einen Hut bringen könnte, hielt Heinz sich bedeckt. Er blieb der lustige, hinreißende Heinz; das Thema Kind blendete er jedoch vollkommen aus. Kam Sarah darauf zu sprechen, behandelte er die Sache wie das Problem anderer Leute. Zuerst machte sie den flapsigen Umgang mit dem Thema mit, da sie annahm, zum rechten Zeitpunkt würde Heinz schon zu ihr stehen. Er machte seine Windelwitze, seine Kinderwagenwitze, er blieb in Innsbruck, sie in Garmisch. Durch die voranschreitende Schwangerschaft ließ sich dieser Zustand bald nicht mehr aufrechterhalten, und Sarah stellte Heinz zur Rede. Er sagte ihr rundheraus, er würde gern mit ihr zusammenbleiben, allerdings nur, wenn sie das Kind loswürde. Er verlangte die Abtreibung nicht von ihr, er stellte sie bloß vor die Wahl. Sarahs Idee, zusammenzuziehen, wollte er auch nur dann in Erwägung ziehen, wenn sie zu zweit bleiben würden. Sie war zu diesem Zeitpunkt bereits in der achten Woche, das Kind war nicht mehr *etwas,* sondern *jemand* für sie. Sie wusste das Geschlecht zwar nicht, redete aber bereits mit Mario, wie sie ihr Baby insgeheim nannte.

Sarah hatte ihren Eltern von der Schwangerschaft erzählt. Beide wünschten sich Enkelkinder, wussten aber auch, wollte Sarah ihren Beruf ernsthaft ausüben und nicht für den Rest ihres Lebens in Archiven versauern, war es noch zu früh für ein Kind. Bibi und Hanne hatten Heinz kennengelernt und waren von ihm genauso hingerissen wie ihre Tochter. Eines Abends jedoch nahm Hanne ihre Tochter beiseite.

»Sarah, dieser Mann ist ein einsamer Cowboy. Er liebt die Frauen, und sie lieben ihn, aber am Ende des Tages wird er aufbrechen und in die Prärie hinausreiten, und zwar allein. Mit oder ohne Kind – du wirst ihn verlieren.«

Hätte Hanne ihre Warnung nicht so offen ausgesprochen, wäre Sarah vielleicht von selbst darauf gekommen, dass ihre Mutter recht hatte. So aber, verliebt und unerfahren, sah sie sich in der Not, ihre Beziehung unter Beweis stellen zu müssen. Heinz sollte ihr Mann fürs Leben sein, sie wollte ihn nicht aufgeben, nicht verlieren. Sie konnte sich ein Dasein ohne Heinz nicht mehr vorstellen und bekam Angst, ihn zu verlieren.

So entschloss sie sich, das Kind nicht zu bekommen. An der wichtigsten Kreuzung ihres Lebens entschied sie sich für diesen Weg. Der Schwangerschaftsabbruch war in dieser Phase bereits kompliziert, sie aber nahm ihn auf sich und zeigte Heinz, dass sie es für ihn tat. Nach der Operation teilte der Arzt ihr mit, dass es ein Junge gewesen war.

Danach begann für Sarah die Hölle, wenn auch in kleinen Schritten. Heinz war nett zu ihr und dankte ihr das Opfer mit viel Aufmerksamkeit. Zugleich lebte er, nun, da Sarah sich als so *modern* erwiesen hatte, seine Freiheit wieder in vollen Zügen aus. Wie zuvor sahen sie einander nur am Wochenende, bald musste sich Sarah eingestehen, dass diese Beziehung auf Zuruf alles war, was Heinz ihr zu geben bereit war. Nach und nach fühlte sie sich wie ein Bündel aus Verzweiflung und Angst, überwuchert von Schuldgefühlen. Sobald sie nicht mehr die lässige junge Archäologin war, mit der man Pferde stehlen konnte, verlor Heinz das Interesse an ihr. Er nahm Sarahs Veränderung, an der er selbst die Schuld trug, zum Anlass, ihr mitzuteilen, dass sie sich auseinandergelebt hätten. Heinz trennte sich nicht von ihr, selbst dazu hatte er nicht den Schneid, er fand nur, man müsse alles neu bedenken und bewerten. Irgendwann rief er nicht mehr an.

Sarah verfiel in einem Maß, dass ihre Eltern es mit der Angst zu tun bekamen. Sie aß kaum noch, magerte ab, hatte Schwindelanfälle und konnte ihren Beruf nicht mehr ausüben. Sie floh aus dem üppigen bayerischen Süden in ihr Elternhaus nach Berlin. Selbst nach Monaten genas sie nicht, sie hatte keinen Grund dafür. Es gab nichts, was sie aufrichten, ihre eine neue Perspektive zeigen konnte. Ihre Entscheidung, das Kind nicht zu bekommen, würde sie für immer verfolgen.

Erst ein Angebot aus England gab ihr die Kraft, die Misere zu überwinden. Sarahs früherer Professor, Erich Silberschneider, leitete die Erweiterung einer Ausgrabungsstätte in Dorchester und bot seiner Schülerin an, ihn zu begleiten. Sie griff sofort zu und stürzte sich in die Arbeit. Drei Jahre danach lernte sie Russell kennen. Bei ihrer ersten Verabredung, als er ihre Lebensgeschichte noch nicht kannte, platzte Russell damit heraus, dass er unbedingt Kinder wolle, eine Menge Kinder, eine große Familie. Er konnte nicht wissen, welche Gefühle er damit in Sarah auslöste. Auch wenn es ihr anfangs nicht bewusst wurde, sah sie an der Seite dieses Mannes die Chance, die Wunde ihres Lebens zu heilen und über ihre Schuldgefühle hinwegzukommen.

What if? Gedankenverloren hielt Sarah das Buch in der Hand. Wenn sie Heinz damals widerstanden und das Kind bekommen hätte, wäre die Beziehung mit ihm wahrscheinlich zum gleichen Ende gekommen. Aber es gäbe ihren Sohn, Mario. Sarah wäre nicht nach England aufgebrochen, hätte Russell nie kennengelernt und wäre nicht Eigentümerin von *Trelawn* geworden.

Sie legte das Buch weg und setzte sich. In diesem Augenblick holte die Trauer sie ein. Mario wäre jetzt fünfzehn, bald würde er das heimische Nest verlassen und seine eigenen Wege gehen. Aber sie hätten ein inniges Verhältnis zueinander, er würde immer wieder gern zu seiner Mutter nach Hause kommen. Wahrscheinlich hätte sie ihn allein großgezogen, wahrscheinlich in Berlin. Ihr Beruf und das Kind wären im Grunde einfach zu vereinbaren gewesen, besonders mit den Großeltern in derselben Stadt. Alles wäre zu meistern gewesen, wenn sie sich damals richtig entschieden hätte.

Russell wusste von der Abtreibung, er hatte ihr Mut gemacht, dass sie zusammen Kinder haben würden, die Sarah über ihren Verlust hinwegbringen würden. Warum musste sie gerade jetzt so viel darüber nachdenken? *What if,* dachte Sarah – *what if?*

Das Geräusch des Autos kündigte an, dass Russell zum Lunch heimkam. Er tat es nur unregelmäßig, manchmal aß er auch in Penzance. Sie lief ins Bad und verwischte die Spuren ihres Unglücks. Sie hatte nichts zu essen vorbereitet, aber Russell war genügsam, ein Sandwich würde ihm reichen. Wieso kann ich ihn nicht so lieben wie früher?, dachte sie. War es Russells Seitensprung, seine Amour fou mit Miss Moynihan, die ihre Beziehung vergiftet hatte? Oder war es die bittere Erkenntnis, dass es vielleicht doch nicht im Buch des Schicksals geschrieben stand, dass sie bis an ihr Lebensende zusammengehörten? Beständigkeit, Loyalität und das Ausharren in einer Krise gehörten zu Sarahs besten Charaktereigenschaften. Sie wollte eine gute Ehe führen, sie *wollte* es einfach! Deshalb ging sie hinunter und machte Russell ein besonders schmackhaftes Sandwich.

9

Der Anruf kam morgens, um kurz nach neun, Russell war gerade aus dem Haus. Sarah gönnte sich ihre zweite Tasse Tee, was sie meistens tat, um dem jungen Tag die Chance zu geben, in Ruhe zu erwachen. Sarahs Lebensgeister erwachten langsam, Russell jedoch war ein Morgenmensch und nach dem Aufstehen äußerst gesprächig. Er musste den Tag aktiv begrüßen und hielt allmorgendlich seine Monologe.

»Hast du die Spülmaschine vor dem Zubettgehen angemacht? Ja, ich sehe schon, dann leere ich sie jetzt gleich. Das wird heute ein durchwachsener Tag, andererseits, vielleicht reißen die Wolken zu Mittag auf.«

Sarahs Vorstellung eines perfekten Morgens hatte mit Schweigen zu tun. Deshalb wartete sie einfach ab, bis Russell gefrühstückt hatte und nach Penzance aufgebrochen war. Mit ihrem Tee setzte sie sich auf die Terrasse und schaute übers Meer. Die Sonne kam in der warmen Jahreszeit gegen neun hinter den Felsen hervor, brauchte dann aber noch eine Weile, bis sie über den Granatapfelbaum stieg und die Terrasse mit ihrer Wärme verwöhnte. Sarahs erste Begegnung mit *Trelawn* hatte mit diesem Baum zu tun. Die Maklerin hatte ihnen das Anwesen zuerst von außen gezeigt. »Palmen und Bougainvilleen?«, hatte Sarah ausgerufen. »Wie überstehen die den Winter?«

»Unsere Winter sind sehr mild.« Zum Beweis hatte die Maklerin Sarah den Granatapfelbaum gezeigt, dessen Wurzeln so kräftig waren, dass sie den Rand der steinernen Terrasse sprengten.

Das Klingeln des Telefons riss sie aus ihren Gedanken. Sie ließ es läuten, als es nicht aufhörte, ging sie seufzend nach drinnen.

»Trelawn Holidays.« Sie meldete sich mit dem Firmennamen, da die meisten Anrufe die Ferienwohnungen betrafen.

»Guten Tag. Ist Mr. Henley zu sprechen?«, fragte eine junge Frauenstimme.

»Wer ist da?«

»Das *Snooty Fox Inn.*«

Sarah sah die Lobby des alten Hotels vor sich, in dem sich auch ein Pub befand. Sie und Russell hatten dort einmal etwas getrunken; vom Dunst des alten Bratfettes, der durch die Halle wehte, war ihr schlecht geworden. Sie konnte sich nicht vorstellen, warum jemand aus dem *Snooty Fox* sie anrief.

»Könnte ich bitte Mr. Henley sprechen?«, sagte die Frau am anderen Ende.

»Mein Mann ist nicht da.«

»Oh, na ja, dann können Sie mir bestimmt sagen, was wir mit seinem Feuerzeug machen sollen.«

Russell hatte bis vor kurzem Zigarren geraucht, von einem

Tag auf den anderen aber aufgehört, als er in der Zeitung auf die Abbildung eines Lungenkarzinoms gestoßen war.

»Es sieht teuer aus, deshalb dachten wir, er vermisst es«, sagte die junge Frau auf Sarahs Schweigen.

»Woher wissen Sie, dass das Feuerzeug meinem Mann gehört?«

»Weil sein Name eingraviert ist. Außerdem war er ja bei uns zu Gast.«

Es kam vor, dass Russell auf dem Heimweg von Penzance irgendwo eine Kleinigkeit aß. Dass es ausgerechnet das *Snooty Fox* gewesen sein sollte, wunderte sie. »Wann hat mein Mann im Pub gegessen?«

»Er hat es nicht im Pub liegen lassen, sondern auf dem Zimmer.«

Die Antwort kam arglos, eine nüchterne Information. Sarahs erster Gedanke wäre auch bestimmt harmlos gewesen, hätte das Ereignis vor anderthalb Jahren sie nicht wachsam gemacht. Es gab keinen vernünftigen Grund, warum Russell ein Zimmer im *Snooty Fox* mieten sollte – außer dem einen. Das Hotel lag in Marazion, dem Seebad, acht Meilen von *Trelawn* entfernt. Weshalb könnte Russell acht Meilen von seinem Zuhause ins Hotel gehen? Sarah hatte noch nie ein Feuerzeug bei ihm gesehen, in das sein Name eingraviert war. Ihre einzige Hoffnung lag in der Antwort: »Ich glaube, es handelt sich um eine Verwechslung.«

»Russell Henley«, sagte die Stimme am anderen Ende. »So steht es auf der Hotelanmeldung.«

»Das ist mein Mann.«

Sarahs Gedanken irrten umher. Wieso hatte er, wenn er

heimlich ins Hotel ging, seinen richtigen Namen angegeben? Nahm er an, dass Sarah nach ihrem missglückten Besuch dort das *Snooty Fox* nicht wieder betreten würde? Sie kamen selten nach Marazion – der Badeort lag abseits ihrer üblichen Wege. Russell musste darauf vertraut haben, dass er mit einer einzigen Nacht im Hotel nicht allzu viel riskieren würde.

Schluss mit solchen Spekulationen! Sie schüttelte den Kopf. Bis jetzt hatte sie nichts als die Nachricht einer Unbekannten am Telefon.

»Das Beste wird sein, ich hole das Feuerzeug selbst ab. Wo bekomme ich es?«, fragte sie bemüht locker.

»Bei mir, an der Rezeption.«

»Und Sie sind …?«

»Tracey. Ich bin bis Nachmittag hier.«

»Schön, Tracey, ich komme vorbei.«

Sarah kehrte auf die Terrasse zurück und stand in der Mitte des steinernen Vierecks. Ihr Tee war kalt geworden. Die Sonne strahlte durch die Krone des Granatapfelbaumes. Sie hätte jetzt ihre Tasche nehmen, ins Auto steigen und nach Marazion fahren können, aber sie stand nur da. Sie hatte keine Lust, einer Sache auf den Grund zu gehen, die gemein und schäbig zu werden versprach. Sie wünschte sich, dass es eine andere Lösung gab als die offensichtliche. Russell hatte in letzter Zeit jede Nacht daheim geschlafen.

Und was war mit den zweieinhalb Tagen, die sie in Berlin verbracht hatte? Was tat er überhaupt, wenn sie fort war? Der Gedanke, eine betrogene Frau zu sein, kam ihr plötzlich so verrückt vor, dass sie auflachte.

»Da hat ja jemand tolle Laune«, sagte eine Stimme aus der Tiefe.

Sarah trat an die Balustrade. Pit und Willy schauten vom Klippenpfad zu ihr hoch. Sie trugen leichte, helle Sachen, als ob schon Sommer wäre.

»Machen Sie einen Morgenspaziergang?« Sie versuchte, sich ihre Verwirrung nicht anmerken zu lassen.

»Wir kommen gerade zurück«, antwortete Pit. »Ein herrlicher Gang die Klippen entlang.«

Normalerweise hätte sie ihnen angeboten hereinzukommen – heute nicht. »Ich wollte gerade Besorgungen machen.«

»Viel Spaß«, rief Willy. Sie schlenderten weiter Richtung Nummer 6.

War Russells Liebesnest nicht mehr Nummer 6, dachte Sarah, frequentierte er mittlerweile die regionalen Hotels? Sie verabscheute solche Gedanken, doch was sollte sie sonst vermuten? Als sie ins Auto stieg, war ihr so flau im Magen, als ob sie etwas Schlechtes gegessen hätte.

Marazion war berühmt für seine vorgelagerte Gezeiteninsel St. Michael's Mount, die durch eine schmale Straße mit dem Festland verbunden war. Bei Flut versank die Straße im Meer, und der Berg des heiligen Michael wurde zur Insel. Sarah zweigte von der Hauptstraße ab und fuhr in den Küstenort. Vor dem *Snooty Fox* gab es keine Stellplätze; sie musste auf den öffentlichen Parkplatz ausweichen und ein Stück zurücklaufen. Unterwegs sah sie zu den Hotelfenstern hinauf. Ob Russell ein Zimmer mit Blick auf St. Michael's genommen hatte? Ob die, mit der er hier abgestiegen war, eine Einheimische war oder eine Touristin, die bald wieder abreisen würde, weshalb Russell keine Folgen seines Schäferstündchens befürchtete? Bevor Sarah das Hotel betrat, atmete sie tief durch und rieb die Hände aneinander. Sie hatte nun die Entscheidung zu treffen, ob sie so tat, als wüsste sie von Russells Hotelbesuch, oder durch ihre Fragen zu erkennen gab, dass sie sich betrogen fühlte. Erst jetzt fiel ihr ein, dass es ja noch eine andere Lösung gab. Sie brauchte Russell nur anzurufen und zu sagen: »Die haben im *Snooty Fox* dein Feuerzeug gefunden. Kannst du mir erklären, wie es dorthin kommt?«

Der hohe Raum war praktisch leer, vor der Mittagszeit kamen kaum Gäste in den Pub. Ein alter Mann las Zeitung, an der Rezeption zeigte sich niemand. Sarah wollte die Klingel drücken, doch sie war vom Büro aus schon gesehen worden. Eine junge Frau kam auf sie zu.

»Tracey?«

»Hallo. Das ging ja schnell.«

»Ich hatte es nicht weit.«

Die Hotelangestellte schob ihr einen Briefumschlag entgegen. »Das Feuerzeug ist ziemlich schwer, sonst hätten wir es Ihnen mit der Post geschickt.«

»Verstehe.« Sie betastete den Gegenstand durch das Papier. Er wirkte quadratisch und massiv. Kurzerhand öffnete sie das Kuvert und zog eine Schachtel heraus. Kein Firmenname, eine Geschenkbox. Jemand hatte Russell das Feuerzeug geschenkt. Die Box war lieblos aufgerissen worden, darin lag das versilberte Ding. Ein Modell, das man aufklappen musste, dann zündete die Flamme. An der Schmalseite, nicht leicht zu entdecken, fand sie die Gravur »für Russell«. Sonst nichts, nicht etwa »für Russell von Daisy» – oder wie sein Schwarm heißen mochte.

»Dann wäre ja alles klar«, sagte Sarah, die spürte, dass das Mädchen sie beobachtete. War das *Snooty Fox* etwa ein Hotel, in dem häufiger heimliche Liebespärchen abstiegen? »Gibt es noch etwas zu begleichen?«, fragte sie beiläufig.

»Nein, die Rechnung wurde bar bezahlt.«

Bar, dachte Sarah, damit es hinterher nicht auf der Kreditkartenabrechnung erscheint. »Wann war mein Mann genau hier?« Die Frage entlarvte ihre Situation, aber sie konnte das Hotel nicht verlassen, ohne es zu erfahren.

»Vorgestern.« Tracey brauchte für die Antwort nicht ins Gästebuch zu schauen.

»Das ist unmöglich«, rutschte ihr heraus. Das war der Abend gewesen, an dem Russell und sie über das Kinderthema gestritten hatten. Es war der Abend des Tages, an dem Sarah Billy besucht hatte. Nach der Auseinandersetzung mit Russell hatte sie das Rätsel um Gwydyon zu lösen versucht, während er in der Etage darunter zu Bett gegangen war. Es schien ihr undenkbar, dass er später noch einmal aufgebrochen und heimlich ins *Snooty Fox* gefahren sein sollte. Seit ein paar Jahren wurde er abends ziemlich früh müde und legte sich vor Sarah schlafen. Ein nächtliches Abenteuer wie dieses traute sie ihm nicht zu. Sarah erinnerte sich allerdings auch daran, dass er am nächsten Morgen betrübt und übellaunig aufgestanden und bald nach Penzance gefahren war.

»Sehen Sie, hier.« Tracey schlug das Buch auf und tippte mit dem Finger auf die Eintragung. »Das war vorgestern.«

»Das ist ein Einzelzimmer.« Sarah erkannte das entsprechende Kürzel im Register.

»Ja, sicher.«

»Er hat …?«

Sie wandte den Blick ab und tat, als ob sie das Feuerzeug wieder verpackte. Das Kuvert schob sie Tracey über den Tresen zu. Sie würde sich ihre Auskunft dort holen, wo es angebracht war, bei Russell. Das Geschenk mit Gravur, das Einzelzimmer im *Snooty Fox,* die Nacht, die er höchstwahrscheinlich nicht im Hotel, sondern daheim verbracht hatte, das ergab keinen Sinn. Darum würde sie nicht länger hier stehen und stammelnd versuchen, die Zusammenhänge herauszubekommen.

»Vielen Dank, Tracey. Mein Mann ist bestimmt erleichtert, das Feuerzeug wiederzubekommen.«

»Freut mich, geholfen zu haben.«

Sarah verließ die muffige Halle und trat ins Tageslicht. Sie wusste nicht, wo sie hinsollte – zu Russell nach Penzance? Oder bis zum Nachmittag warten, wenn er heimkam? Sie musste irgendetwas unternehmen, das sie aufrichten, ihr Mut geben würde.

Sie schaute zu St. Michael's Mount und gestand sich ein, noch nie dort gewesen zu sein, und zwar aus demselben Grund, weshalb sie vieles in Cornwall noch nicht besichtigt hatte, weil es von Touristen gestürmt wurde. Doch im Augenblick lag die Insel einsam da, die Kapelle auf dem Gipfel wirkte einladend.

Sarah lief zum Strand. Die Flut würde nicht so schnell kommen, sie konnte trockenen Fußes hinübergelangen. Beim

Betreten des Dammes las sie den kornischen Namen der Insel – An Garrek Los y'n Cos. Sarah schritt rasch aus, so als ob drüben etwas Bestimmtes auf sie wartete.

Beim Gehen klärten sich ihre Gedanken häufig, so auch diesmal. Jemand hatte ein Einzelzimmer im *Snooty Fox* bewohnt, das auf Russells Namen gebucht worden war. Er selbst hatte die Nacht nicht dort verbracht, dessen war sich Sarah so gut wie sicher. Und doch hatte er im Hotel ein Geschenk von jemandem erhalten, der annehmen musste, dass Russell noch rauchte. Etwa vor einem Jahr hatte er damit aufgehört. Natürlich war es auch möglich, dass Russell sich mit seinem Hotelgast tagsüber getroffen hatte und dass das Zimmer für ein wenig Liebe am Nachmittag gemietet worden war. Danach war er heimgefahren, und nie wäre etwas herausgekommen, hätte er sein silbernes Feuerzeug nicht vergessen.

Sie setzte ihre Schritte vorsichtiger, der Damm war an manchen Stellen glitschig vom Tang. Der kleine Hafen bestand seit dem Mittelalter, heute diente er nur noch zum Anlegen der Touristenboote. Sie erreichte die Einfahrt und schlenderte weiter. Acht Boote zählte sie, fünf von ihnen lagen in tieferem Wasser vor Anker. Sarah las die erfindungsreichen Namen der bunten Schiffe, einige davon waren kornisch.

Sie hatte das blaue Boot fast hinter sich gelassen, als etwas ihre Aufmerksamkeit auf sich zog. Es war ein Fischkutter, nur dass an Deck Sitzbänke angebracht worden waren. Der blaue Anstrich des Bootes schien gerade erneuert worden zu sein. Am Eingang hing eine Liste, auf der Touren angeboten wurden, die man buchen konnte – der Ausflug zum St. Michael's Mount kostete pro Person neun Pfund.

Sarah ging näher, das Boot war leer.

»Hallo?«

Wahrscheinlich besichtigte die Gruppe gerade die Kapelle und den Rest der Insel. Obwohl sie so gut wie sicher war, wessen Boot sie entdeckt hatte, kehrte sie auf die Mole zurück und fand hinter dem Bug die verschnörkelte Aufschrift *Chloé*. Ohne ihr Zutun war sie auf Johns Boot gestoßen. Er ging seiner Arbeit nach und zeigte den Touristen Sehenswürdigkeiten.

Unweit des Bootes nahm Sarah auf einer Steinbank Platz. Sie wollte nicht auf den Hügel, um ihn zu suchen, sie genoss den freundlichen kleinen Zufall, der ihr widerfuhr. Gestern hatten sie angenommen, dass sie einander kaum wiedersehen würden, heute war Sarah durch die Sache mit dem Feuerzeug wieder in Johns Nähe gekommen.

Sie betrachtete das Festland, das aus der Entfernung überraschend flach wirkte. Sarah empfand die Küstengegend als hügelige Landschaft. Sie wandte sich nach links, entlang des Strandes gelangte man nach Penzance; wahrscheinlich würde man es zu Fuß in einer knappen Stunde schaffen. Dort saß Russell wohl gerade an seinem Schreibtisch, erledigte Geschäfte und hatte keine Ahnung, dass Sarah ein Geschenk für ihn in ihrer Tasche trug. Sie zog das Päckchen hervor und untersuchte das Feuerzeug genauer. Es sah neu aus, das Herstellerland war nirgends zu entdecken. Wer konnte annehmen, Russell mit so einem Ding eine Freude zu bereiten? Sarahs anfängliche Panik war verflogen, es würde für all das eine Erklärung geben.

Auch wenn das zufällige Zusammentreffen sie freute,

wollte sie John nicht um jeden Preis wiedersehen, wahrscheinlich würde sein Trip über die Insel auch zu lange dauern, um auf ihn zu warten. Sie stand auf, lief den hufeisenförmigen Hafen zurück, und blieb überrascht stehen.

Das Wasser war gekommen. Nicht durch eine wild hereinbrechende Flut, die man am höheren Wellengang hätte vorhersehen können, es war lautlos gestiegen und hatte den Fußgängerdamm überflutet. Man sah ihn noch, doch versunken im Grün. Sarah hätte nur Schuhe und Strümpfe ausziehen brauchen und wäre immer noch mühelos ans Festland gelangt. Ein verrückter Gedanke hinderte sie daran: Unvermittelt war sie zur Gefangenen der Gezeiten geworden. Zugleich ankerte John Cormacs Boot hier, er würde mit seiner Gruppe in absehbarer Zeit zurückkommen. Was lag näher, als ihn zu bitten, sie hinüberzubringen? Lächelnd sah Sarah zu, wie das Meer den Steg Zentimeter für Zentimeter verschlang.

10

Als sie John den Hügel herunterkommen sah, missfiel Sarah ihr Einfall plötzlich. Musste er nicht annehmen, sie laufe ihm nach? Gestern war sie ihm auf das Begräbnis seiner Lehrerin gefolgt, heute sah es so aus, als ob sie sich vom Wasser einschließen ließ, damit John sie retten könnte. Würde er ihr glauben, dass nichts dahintersteckte als Zufall? Sarah sah sich plötzlich, wie John sie sehen musste: eine wohlhabende Landlady mit zu viel Zeit, die ihre Bekanntschaft mit einem gut aussehenden Skipper zu vertiefen suchte – nein, so wollte sie nicht dastehen, nicht ausgerechnet vor John, den sie wirklich gernhatte.

Den sie gernhatte? Irritiert hielt Sarah inne. Sie war in John einem freundlichen, stillen Mann begegnet, der seine Familie mit einem Aushilfsjob durchbrachte. Es ließ sich nicht leugnen, dass sie sich gut verstanden, und doch wäre es verrückt, ihr Aufeinandertreffen zu missdeuten. Sie waren einander in einer verzweifelten Lage begegnet, nun würde sich ihr Verhältnis bald normalisieren, Billy würde aus der Klinik entlassen werden, danach hatten Familie Cormac und die Henleys nichts mehr miteinander zu schaffen.

Nachdem Sarah in ihren Gedanken so weit gekommen war, gab es für sie keinen Zweifel mehr, dass sie nun so schnell wie möglich von hier fortwollte. Ein paar unvernünftige Momente lang hatte sie es sich romantisch vorgestellt, John wiederzubegegnen und von ihm gerettet zu werden. Blanker Unsinn, schalt sie sich, so dramatisch war ihre Situation nun auch wieder nicht; es gab genügend andere Boote, die sie später mit hinübernehmen konnten. Aber darauf warten und inzwischen vielleicht doch noch John in die Arme laufen, das wollte Sarah nun wirklich nicht.

Kurz entschlossen schlüpfte sie aus den Schuhen, zog die Strümpfe aus und eilte von der Hafenmole seitwärts die Rampe hinunter, die auf den Damm führte. Sie lief ins Wasser – Gott, war das eisig! Cornwall mochte ein mildes Klima haben – der Atlantik war dennoch kalt. Selbst im Sommer gingen die Surfer nur mit Neoprenanzügen ins Wasser. Einmal Preußin, immer Preußin, ermutigte sie sich und lief weiter. Die Strecke mochte vielleicht dreihundert Meter lang sein, das würde sie schaffen. Nachdem das Wasser ihre Knie umspülte, schien es nicht mehr tiefer zu werden. Sie genoss das erfrischende Fußbad, der Tag hatte so überhitzt begonnen, dass es ihr genau das Richtige schien. Sie vermied es, sich umzudrehen, von hinten und auf die Entfernung würde John sie kaum erkennen.

Außer ihr war kein Mensch auf dem Damm. Einheimische und selbst die Touristen schienen zu wissen, dass ein überspülter Steg seine Tücken hatte. Sarah war noch nicht bis zur Mitte gekommen, als sie auf etwas Weiches trat und das Gleichgewicht verlor. Wie in einem Cartoon ruderte sie hilflos mit den Armen, und im nächsten Augenblick ging sie baden.

Mein Ausweis, der Führerschein, die Autoschlüssel, waren ihre ersten Gedanken, während sie prustend versank. Verrückterweise musste sie auch daran denken, dass Russells Feuerzeug nun nass werden würde. Die Kälte war weniger schlimm als die Aussicht, klitschnass an Land waten und ins Auto steigen zu müssen.

Sie war gerade wieder aufgetaucht und begann sich zu orientieren, als sie einen Motor hörte. Nicht vom Land her, das Geräusch näherte sich in ihrem Rücken. Nachdem sie sich das Salz aus den Augen gerieben hatte, entdeckte sie ein rotes Schlauchboot, das auf sie zukam. Es steuerte niemand anderer als John Cormac. Wie war er so schnell in das Dingy gekommen? John erreichte sie, drosselte den Motor und fuhr einen Kreis um Sarah.

»Geben Sie mir Ihre Hand!« Sein blondes Haar fiel ihm ins Gesicht.

Sarah hätte vor Peinlichkeit schreien mögen. Genau das hatte sie vermeiden wollen: John Cormac rettete sie!

»Es geht schon«, rief sie und versuchte sich möglichst ladylike aus den Fluten zu erheben.

»Geben Sie mir Ihre Hand, ich bitte Sie.« Er sagte es voll Anteilnahme, doch im nächsten Moment konnte er nicht an sich halten und brach in Gelächter aus. »Entschuldigung, aber das sah einfach zu komisch aus, als Sie …« Er riss sich zusammen. »Verzeihung.«

Da es nicht mehr schlimmer kommen konnte, zögerte Sarah nicht länger und ergriff seine Hand. Mit den Füßen stieß sie sich vom Untergrund ab, ihr Oberkörper landete auf dem Rand des Schlauchbootes. Sie konnte sich vorstellen, wie lächerlich sie aussah: Wie eine Kröte ruderte sie mit allen vieren und versuchte strampelnd ins Gummiboot zu gelangen. John umfasste ihre Schultern, zog und hievte. Wenn ich nur fünf Kilo leichter wäre, dachte sie und saß endlich im Rettungsboot. Sie fuhr sich durchs klitschnasse Haar.

»Wie haben Sie das gemacht, so schnell hier zu sein?« Ihre Augen brannten vom Salzwasser.

»Ich habe immer wieder mal ungeschickte oder tollkühne Bootsgäste, denen Ähnliches passiert.« Er zeigte zur Insel. »Mein Kutter ist zu hoch, um jemanden damit zu bergen. Das Rettungsboot ist Vorschrift.«

»Ich gehöre wohl eher zur ungeschickten als zur tollkühnen Sorte«, knurrte Sarah.

»Im Gegenteil, ich habe Sie bewundert, als Sie ins Wasser gewatet sind.«

»Sie haben mich erkannt?«

Er nickte. »Wieso haben Sie nicht auf mich gewartet? Ich hätte Sie an Land gebracht.«

Die Frage war so logisch wie unbeantwortbar. John gab Gas und steuerte zu seinem Kutter zurück. Sarah zählte fünf Gäste, die staunend darauf warteten, dass ihr Reiseführer von seiner Rettungsaktion zurückkehrte.

»Vielleicht könnten Sie mich drüben absetzen«, sagte sie, ohne John anzusehen.

»Ist mir ein Vergnügen.« Er lachte so jungenhaft, dass sie ihre miese Laune vergaß und in sein Lachen mit einstimmte.

»Kann man sich etwas Idiotischeres vorstellen als meinen Versuch, übers Wasser zu gehen?« Sie lachten so herzlich, dass die Touristen neugierig von einem zum anderen schauten.

Kurz darauf verabschiedeten sie sich an Sarahs Auto. Sie fröstelte, der Fahrtwind war kühl gewesen. Nun wollte sie so schnell wie möglich aus den nassen Sachen heraus.

»Merkwürdig, dass uns wieder ein Unfall zusammenführt.« Sie spürte, wie das Salz auf ihrer Haut trocknete.

John sah sie einen Moment lang an, dann gab er ihr ihre Tasche. »Ich würde Sie gern auf einen Drink einladen.«

»In dem Zustand?« Sie sah an sich hinunter.

»Nicht jetzt. Wenn Sie etwas trockener sind.« Er lächelte. Sein Blick schweifte über die Küstenlinie, über ihnen erhob sich das *Snooty Fox Inn.*

»Einverstanden«, antwortete sie. »Wenn es nicht ausgerechnet das *Snooty Fox* ist.«

»Ich möchte etwas mit Ihnen besprechen.« Er fixierte sie mit seltsamem Ausdruck.

»Gern.« Ihr war komisch zumute. Eben noch hatte sie über das ungewöhnliche Verhältnis zu John nachgedacht, und nun lud er sie zu einem Drink ein.

»Heute habe ich zu viele Kunden und will danach noch Billy besuchen. Wie wäre es morgen?«

»Einverstanden«, sagte sie eine Spur zu prompt.

»Nachmittags?«

»Lieber zu Mittag.« Sie hatte keine Lust, Russell erklären zu müssen, wo sie hinfahren würde.

»Zum Lunch?«

»Abgemacht.« Sie öffnete die Autotür.

»In Portreath hat ein neues Fischlokal aufgemacht, das noch ein Geheimtipp ist.«

Sie verabredeten Ort und Zeit, danach ging John ans Wasser zurück. Sarahs nasses Kleid machte auf dem Ledersitz ungewohnte Geräusche. Sie schaltete die Heizung ein. Ich habe eine Verabredung mit John Cormac, dachte sie, und konnte sich ihre Fröhlichkeit nicht recht erklären.

11

In *Trelawn* war es still. Die Gäste gingen friedlichen Beschäftigungen nach, Pit und Willy waren nach Newlyn aufgebrochen, weil sie vom dortigen Fischmarkt gehört hatten. Elaine hatte eine Ameisenstraße entdeckt, ein Hinweis darauf, dass die letzten Gäste von Nummer 3 etwas Verderbliches hinter die Kommode hatten fallen lassen. Mit vereinten Kräften rückten sie das Möbel vor – der Anblick war unerfreulich und unappetitlich – und entsorgten den Fund.

Obwohl sie geduscht hatte, spürte Sarah das Salz noch auf der Haut, ihr Haar war spröder als sonst. Das Feuerzeug hatte sie in ihrem Zimmer zum Trocknen auf die Fensterbank gelegt. Durch die Begegnung mit John war Sarahs Erlebnis im Hotel in den Hintergrund gerückt. Nun überlegte sie, wie sie Russell darauf ansprechen sollte, ohne ihn gleich zu verdächtigen. Sie wollte ihm die Chance geben, die Widersprüche aufzuklären, hoffte mittlerweile sogar auf eine simple Erklärung. Wenn man es recht besah, hatte er wenig getan, um seine Hotelreservierung zu verschleiern. Russell, der Londoner, und die Deutsche, die das Luxusgut *Trelawn* gekauft hatten, waren in der Gegend nicht unbekannt. Man hätte ihn im *Snooty Fox* leicht erkennen können, in dem Fall hätte Sarah die Information auf anderem Weg erhalten. In den Stunden, die dem aufregenden Vormittag folgten, überlagerten merkwürdige Gefühle ihr Misstrauen gegen Russell und verwirrten sie zusehends – es waren Gefühle für John Cormac.

»Reiß dich bitte zusammen«, sagte sie in ihrem Zimmer. »Es geht nicht an, dass du plötzlich Frühlingsgefühle bekommst wegen irgendeines Mannes, den du kaum kennst. Du hast gerade wirklich andere Probleme.«

Es liefen so einige gut aussehende Männer in Cornwall herum. Knorrige Typen mit zupackenden Berufen – Automechaniker, Männer, die mit Bulldozern die Strände reinigten, Fischer, Berufstaucher und Landschaftsmaler. Die Kornen waren ungewöhnliche Männer, schließlich waren sie Nachfahren von König Arthurs Tafelrunde, dachte Sarah. Auch John wirkte wie ein moderner Ritter. Ein stiller Mann, der mit seinem Schiff aufs Meer fuhr, die Traditionen Cornwalls liebte, seine alte Lehrerin zu Grabe trug, ein Mann, der schwere Schicksalsschläge verkraftet hatte. Sarah sah im Geist Johns Frau vor sich, sportlich, mit rotem Haar und hellen Augen. Sie hatten zusammen eine kleine Firma aufgebaut.

Noch ein ganzer Tag, bis sie ihn wiedersehen sollte. Sarah war neugierig, was er ihr sagen, wieso er sie überhaupt treffen wollte. Ein Blick aus dem Fenster: Im Garten wartete viel Arbeit. Rund um die Beerensträucher musste die Erde umgegraben werden, die Rosen brauchten Dünger, die Winterstürme hatten Äste von den Bäumen gerissen, die Sarah zu

Brennholz zersägen wollte. In den ersten Jahren waren ihr manche Arbeiten zu schwer gewesen; mittlerweile legte sie fast überall selbst Hand an, weshalb Elaine sie scherzhaft Lady Workaholic nannte.

Bevor sie hinausging, griff Sarah zum Telefon. Der wöchentliche Anruf in Berlin war ein Ritual, heute hatte er sogar einen tieferen Grund. Früher hatte sie einfach ihre Eltern angerufen, heute musste sie entscheiden, ob sie Vater oder Mutter sprechen wollte. Sie wählte Hannes Nummer.

»Ich bin beim Walken«, sagte ihre Mutter ohne Begrüßung, weil sie Sarahs Nummer erkannte.

»Wo walkst du?«

»Grunewald, Schatz. Ich bin begeistert von Carlo. Ich dachte immer, die Süditaliener nehmen selbst für die kleinste Strecke das Auto. Aber er hat eine Kondition ...«

»Dann passt es vielleicht im Augenblick schlecht.« Unsinnigerweise fand Sarah sich belauscht, wenn der Freund ihrer Mutter in der Nähe war.

»Es geht schon, ich habe dieses Dings im Ohr. Ich kann telefonieren und walken gleichzeitig.«

Sarah stellte sich Hanne vor, wie sie mit den Stöcken ausholte, während ein Headset an ihrem Ohr klemmte. So sahen die Senioren von heute aus.

»Ich wollte nur plaudern.«

»Pinocchio«, kam es vom andern Ende, das Codewort, wenn Hanne ihre Tochter beim Lügen erwischte.

»Na schön – die Wahrheit ist, Russell hat mich möglicherweise ein zweites Mal betrogen.«

Hanne wechselte ein paar italienische Worte mit ihrem

Partner. »Erzähl mir alles. Ich habe Carlo ein Stück vorausgeschickt.«

In der Pause, die entstanden war, hatte Sarah ihre Gedanken geordnet. »Eigentlich ist das nur die halbe Wahrheit. Im Moment beschäftigt mich weniger, ob Russell fremdgeht, sondern …«

»Sondern?«

»Ich habe einen Mann kennengelernt.«

»Au Backe«, sagte Hanne. »Ich hab's gewusst.«

»Was heißt das?«

»Ich wusste, dass da noch ein Nachspiel kommt.«

»Nachspiel?«

»Mir war klar, du würdest Russells Untreue nicht so einfach wegstecken. Nicht du, mein idealistisches Mädchen.«

»So idealistisch bin ich gar nicht.«

»Schon als du ganz klein warst, hast du ein Unrecht, das man dir oder anderen antat, nicht ertragen.« Bevor Sarah antworten konnte, fragte Hanne: »Wer ist der Mann?«

»John. Ich habe dir auf der Geburtstagsparty von ihm erzählt. Der Vater des verunglückten Jungen.«

»Der Mann vom Unfall? Wieso hast du den wiedergesehen?« Sarah hörte die Stöcke der Mutter klappern. »Er ist doch verheiratet.«

»Stimmt. Ich treffe ihn ja auch nur auf einen Drink. Du glaubst, das Ganze könnte bloß eine späte Reaktion auf Russells Affäre sein? Nein, Mama, das ist mir zu primitiv.«

»Das ist die Liebe meistens – primitiv.«

Die Liebe. Zum ersten Mal, seit Sarah John kannte, war

das Wort gefallen. »Das ist noch keine Liebe, wenn man …« Sie lachte. »Er hat mich aus dem Wasser gezogen.«

»Wenn das keine Liebe ist«, antwortete Hanne trocken. »Russell ist ein prima Kerl, ein guter Mann. Ein Mann in seinen Fünfzigern, das erklärt manches. Wie alt ist der andere?«

»So alt wie ich, schätze ich.«

»Und er hat Frau und Kind.«

»Zwei Kinder.«

»Nicht gut, gar nicht gut. Kennst du die Frau?«

»Flüchtig.«

»Was macht er beruflich?«

»Er hat ein Boot.«

»Für Romantik ist also gesorgt«, sagte Hanne. Die Stöcke schwangen klappernd aus.

»Es ist noch gar nichts passiert.«

»Du hast *noch* gesagt. Du willst also, dass etwas passiert.«

»Ich weiß nicht, Mama.« Sarah ließ sich rücklings aufs Bett sinken.

»Du weißt es, und du willst es. Dir ist hoffentlich klar, was das bedeutet. Wenn Russell sich seine Männlichkeit mit einem Seitensprung beweisen will, dann geht es wirklich bloß darum. Wenn du mit John in den Sonnenuntergang schipperst, dann steckst du in schlimmen Schwierigkeiten.«

»Wieso?«

»Weil dein Herz mit hinausfährt. Dann kommst du als eine andere zurück.«

»Russell hat auch sein Herz an Miss Moynihan verloren.«

»Weißt du, warum? Weil die Lady ihn nicht wollte! Weil sie den feschen Russell in seiner Midlifekrise heimgeschickt hat. In dem Fall glauben die Männer meistens, ihnen geht die große Liebe ihres Lebens flöten. Wenn Russell und die Schottin zusammengekommen wären – keine drei Monate später wäre er reumütig zu dir zurückgekrochen.«

Sarah musste über Hannes Monolog lachen. »Wieso arbeitest du nicht als Paartherapeutin? Du scheinst alle Spielformen der Liebe zu kennen.«

»Man nennt es auch Lebenserfahrung.« Hanne lief schneller. »Si, si, certo, amore!«, rief sie. »Sorry, aber die Liebe meines Lebens wird ungeduldig. Wir müssen ein andermal weiterquatschen.«

»Danke, dass du mir zugehört hast.«

»Gern geschehen. Tschüs.«

Wenn du mit John in den Sonnenuntergang schipperst, dachte Sarah und musste grinsen, dann dachte sie an das bevorstehende Gespräch mit Russell und wurde wieder ernst.

Russell kam später nach Hause als sonst, es dämmerte bereits. Er legte den Schlüsselbund auf die Konsole, richtete vor dem Spiegel sein Haar, machte sich einen Drink und stieg die Stufen zur Küche hinauf. Sarah war mit dem Dinner fertig, der Salat stand auf dem Tisch.

»Schönen Tag gehabt?«, fragte er gewohnheitsmäßig.

»Wie man's nimmt. Ich hatte einen verrückten Tag.«

Mit erhobenen Augenbrauen setzte er sich auf seinen Platz und wartete, bis Sarah weitersprach.

»Ich war heute in Marazion.«

»Hast du die Stoffe endlich ausgesucht?«

In Marazion gab es das beste Geschäft für Möbelstoffe und einen erstklassigen Polsterer. Seit Langem wollten sie die

Sessel vor dem Kamin neu beziehen lassen, verschoben es aber immer wieder. Russell nahm die Serviette aus dem Silberhalter und legte sie über seine Knie. Durch nichts ließ er erkennen, ob Sarahs Eröffnung ihn alarmierte. Sein Handy klingelte.

»Entschuldige, das wird Sam sein.«

»Mach's nicht zu lang.«

Nach zehn Minuten kam er aus seinem Zimmer, das Telefon immer noch am Ohr.

»Tut mir leid. Ich könnte jetzt an die Vorteilsaktien rankommen, aber nur, wenn ich schnell bin.«

»Das heißt?«

»Würde es dir was ausmachen, ohne mich zu essen? Ich wärme mir das Stew später auf.«

Sarah setzte ein ärgerliches Gesicht auf, doch in Wirklichkeit war sie froh, einen Aufschub gewonnen zu haben. Die Disziplin sagte ihr, man dürfe die Angelegenheit nicht auf die lange Bank schieben, doch sie hatte gerade nicht das Bedürfnis, Russell auf den Zahn zu fühlen – sie hatte keine Lust auf unangenehme Neuigkeiten. Später vielleicht. Vor dem Zubettgehen würde sich eine Gelegenheit ergeben.

»Okay, wenn diese Aktien so wichtig sind«, antwortete sie und tat sich eine Portion Stew auf.

Er deutete einen Kuss an und zog sich in sein Zimmer zurück.

Die Sonne war versunken, in blauen und violetten Tönen lag der Park vor dem Fenster, Sarahs Lieblingsstunde. Sie aß langsam und versonnen, betrachtete die Lichtreflexe im Weinglas, sah zu, wie die Konturen draußen weicher und unschärfer wurden und schließlich verschwanden. Sie öffnete das Fenster; um diese Jahreszeit waren noch keine Mücken zu befürchten. Die Grillen und Zikaden gaben ihr nächtliches Konzert, entfernt hörte man das Meer gegen die Klippen schlagen. Sarah stellte ihr Geschirr nicht in die Maschine, sondern spülte es von Hand, deckte das Stew zu und ging in ihr Zimmer hinauf. Sie holte Bücher über keltische Mythologie hervor und suchte weitere Hinweise zu Gwydyon. Mittendrin gestand sie sich ein, dass sie es weniger aus Wissensdurst tat, sondern weil sie John morgen davon erzählen wollte.

Irgendwann hörte sie Russell aus seinem Zimmer kommen. Wahrscheinlich hatte er nicht bis jetzt telefoniert, sondern online geschäftliche Transaktionen durchgeführt. Er kam die Stufen zu ihrem Zimmer hoch. Ohne genau zu wissen, warum, sprang Sarah zum Fensterbrett und versteckte das Feuerzeug.

»Lust auf ein bisschen Zweisamkeit?« Er öffnete die Tür nur so weit, dass er den Kopf hindurchstecken konnte.

»Jetzt habe ich mich gerade in diese Sache eingearbeitet. Da würde ich gern dranbleiben.«

»Sorry noch mal wegen des Essens.« Er überschritt die Schwelle nicht. »Vielleicht freut es dich zu hören, dass ich mit ein paar Mausklicks neuntausend Pfund verdient habe.«

»Gratuliere.«

»Dann genießen wir heute jeder seinen Single-Abend.«

Sie nickte, den Finger auf eine Buchseite gelegt. Unter dem Buch verbarg sich das Feuerzeug. *Für Russell.* Sie wollte es nicht erfahren, nicht jetzt, keine großen Gefühle und

Vorwürfe, keine hitzigen Wortwechsel und das Aufreißen von Wunden, die gerade vernarbt waren. Das Feuerzeug blieb unter dem Buch verborgen, Russell zog die Tür zu und kehrte auf seine Etage zurück.

12

Was man gemeinhin als Schmetterlinge im Bauch bezeichnet, empfand Sarah häufig vor Ereignissen, die ihrer Führung entgleiten könnten. Deshalb überließ sie sich nicht wie sonst ihren Morgengedanken auf der Terrasse, sondern widmete sich dem Haushalt. Den Alltag im Griff zu behalten war wichtig. Sie war erleichtert gewesen, als Russell am Frühstückstisch einen Monolog über das Sparkonzept der Regierung gehalten hatte. Bester Laune war er ins Auto gestiegen und davongefahren.

Mit jeder Stunde, die verging, wurde Sarah jetzt nervöser. Sie fühlte sich wie in einer Zwischenwelt, gefangen zwischen ihrer Liebe für das Gewohnte und der Neugier auf etwas, das passieren könnte. Ihr Gewissen meldete sich. Hatte Russell damals ähnlich empfunden, wenn er zu einem Stelldichein mit Miss Moynihan aufgebrochen war? Wie gingen Männer mit Gewissensbissen um – verdrängten sie sie einfach? Beim Reinigen des Kamins richtete sich Sarah plötzlich auf. »Es ist nur ein Drink, du dummes Huhn! Er will einen Drink mit dir nehmen, weiter nichts!«

»Wer will einen Drink mit dir nehmen?«, fragte Elaine, die eben vom Leeren des Biomülls zurückkam.

»Niemand. Ich habe nur laut gedacht.«

»Mein Zahnarzttermin ist um zwei«, sagte Elaine. »Wenn ich schon mal in Helston bin, würde ich gern vorher noch einkaufen. Könnte ich ein wenig früher …?«

»Natürlich, fahr, wann du willst.« Sie war erleichtert, ungesehen zu ihrem Treffen mit John fortzukönnen. Elaine musterte sie einen Moment lang, dann wandte sie sich wieder ihrer Arbeit zu.

Sarah kalkulierte eine Viertelstunde für die Strecke nach Portreath ein und brach dann eine halbe Stunde früher auf. War ihr die Fahrt vor ein paar Tagen heiter und verschlungen erschienen, fand sie die vielen Kurven heute nervenaufreibend. Als ein neues Baustellenschild in Sicht kam, dachte sie: nur kein Stau! Ungeduldig scherte sie hinter einem Viehtransporter aus, fand aber keine Möglichkeit, ihn vor der Abzweigung nach Portreath zu überholen. Endlich fuhr sie in den Ort ein, fand einen Parkplatz im Schatten, schloss das Auto ab und machte sich zu dem Lokal auf, das John ihr beschrieben hatte. Sie war zwanzig Minuten zu früh.

Ihr Telefon vibrierte in der Tasche.

»Ja?«

»Es wird leider später«, sagte John.

»Ach …« Sie wollte sich nicht anmerken lassen, dass sie enttäuscht war.

»Um einiges später. Wenn es Ihnen nichts ausmacht, verschieben wir es besser auf einen anderen Tag.«

So dumm war sie sich selten vorgekommen. Während ihre Gedanken um den lächerlichen Lunchtermin gekreist waren, kostete es ihn keine Mühe, einfach abzusagen. »Was gibt's denn?«, fragte sie kühl.

»Komplikationen mit Billy. Der Arzt will uns sprechen.«

Schlagartig sah Sarah den Jungen im Krankenbett vor sich. »Was für Komplikationen?«

»Das wissen wir noch nicht. Ich bin in der Klinik. Ich dachte, ich schaffe es noch rechtzeitig nach Portreath, aber der Arzt lässt uns warten.«

»Natürlich, John, das ist wichtiger.« Sie meinte es auch so.

»Mir tut es sehr leid.« Er flüsterte fast.

»Mir auch.«

»Wir müssen es nachholen.« Es klang eindringlich.

»Das fände ich schön.«

Grüßen Sie Billy, war sie im Begriff zu sagen. Rechtzeitig fiel ihr ein, dass Maureen das sicher nicht gern hören würde. »Melden Sie sich einfach, wenn Sie Zeit haben«, sagte sie leichthin. »Ich halte die Daumen für Billy.«

»Danke.« Er legte auf.

Sarah stand in Portreath, umgeben von gut gelaunten Touristen. Sie hatte vergessen, wie das war, wenn die Gefühle Achterbahn fuhren. Bis auf Russells Affäre waren die letzten Jahre im Gleichmaß verlaufen. Seit dem Unfall jedoch schienen die Ereignisse hin und her zu springen, Sarah hatte den Eindruck, ihnen hinterherzulaufen. Sie hatte Hunger und ziemlich schlechte Laune.

Sie brachte die kurvenreiche Strecke zum zweiten Mal hinter sich. Als sie gerade zu Hause angekommen war, rief John erneut an.

»Es ist schneller gegangen als erwartet«, sagte er fröhlich. »Jetzt hätte ich Zeit.«

Sie fand seine Sprunghaftigkeit nun doch aufreibend. »Ach ja?«

Er schien ihren Stimmungswechsel nicht zu merken. »Gute Neuigkeiten: Billy wird um die zweite Operation herumkommen.«

»Das ist toll.« Sofort hatte sich Sarah wieder im Griff. Billys Gesundheit war beileibe wichtiger als ein Mittagessen, das sich verschoben hatte.

»Entschuldigen Sie nochmals«, sagte er. »Geben Sie mir eine zweite Chance?«

»Ich bin bereits daheim«, antwortete sie zögernd. »Und ich habe keine Lust, die Kurven nach Portreath noch mal zu fahren.« Sarah hatte eine verrückte Idee. »Warum kommen Sie nicht vorbei?«

»Nach *Trelawn Manor?*«

»Sie wollten es sich doch ansehen.« Kam ihr Vorschlag zu prompt? »Mein Mann ist tagsüber in Penzance.« O Gott, klang das nicht, als ob sie ihm sagen wollte: Die Luft ist rein!

»Gern«, antwortete er. »Soll ich uns etwas zu essen mitbringen?«

»Na hören Sie mal, Sie sind mein Gast! Ich mache uns eine Kleinigkeit.«

»Wie lange brauche ich vom Krankenhaus bis zu Ihnen?«

Sie vereinbarten eine neue Uhrzeit.

Sarah sah im Kühlschrank nach, was vorrätig war, und dachte sich eine leichte Mahlzeit aus. Wie gut, dass Elaine heute ihren Zahnarzttermin hatte; sie würde nachmittags nicht mehr kommen. Anhand der Autos auf dem Parkplatz stellte Sarah fest, dass bis auf die Gäste aus Nummer 4 alle ausgeflogen waren. Unsicher, was sie erwartete, versuchte sie ihre Unruhe zu unterdrücken und begann zu kochen.

John verspätete sich ein wenig. Nachdem er auf der Terrasse die Aussicht bewundert hatte, gingen sie hinein.

»Ein herrliches Haus. So viel Platz! In unserem Cottage ist es mit zwei Kindern einfach zu eng.«

Sarah ließ sich die Lage seines Hauses beschreiben und stellte fest, dass sie schon mehrmals daran vorbeigefahren war. John war beim Friseur gewesen. Eigentlich schade, sein langes Haar hatte ihr gefallen.

»Neuer Haarschnitt«, sagte sie, während sie die Gemüsebuletten auftat.

»Meine Frau hat es geschnitten. Ich habe die Fransen im Gesicht nicht mehr ausgehalten.« Er setzte sich. »Hmm, das riecht fein.«

»Es ist ein Berliner Rezept, aber ohne Fleisch.«

Er schnitt die Bulette an und kostete. »Jetzt bin ich doppelt froh, dass wir nicht in Portreath gegessen haben.«

Nach all ihren unausgegorenen Fantasien kam Sarah die Situation nun sehr unverfänglich vor. Sie saß mit einem sympathischen Mann bei Tisch, er aß Buletten, erzählte, dass seine Frau ihm die Haare schnitt, und bewunderte die Aussicht. Nichts hätte normaler sein können. Der Drink hatte Sarah entspannt, zum Essen öffnete sie eine Flasche Weißwein und goss ihnen ein.

»Was wollten Sie mit mir besprechen, John?«

Er nahm das angebotene Glas. »Das ist nicht einfach.«

»Hat es mit Billy zu tun?«

»Nein.«

»Ich finde es toll, wie schnell er sich erholt.«

»Stimmt. Er hatte wirklich mehr als einen Schutzengel.«

»Vielleicht war Gwydyon doch in seiner Nähe.« Sie hätte ihm nun erzählen können, dass Gwydyon bei den Kelten auch als Schutzgottheit fungierte, doch sie fand, es war nicht der rechte Zeitpunkt.

»Sarah, ich bin kein Draufgänger«, begann John, nachdem er einen Schluck getrunken hatte. »Ich gehe auf Menschen zu, so wie es mir ums Herz ist, und meistens liege ich damit richtig.«

Sie sagte nichts.

»Bei Ihnen ist das anders.« Er lächelte scheu. »Wissen Sie, dass ich oft das Bild vor Augen habe, wie wir uns das erste Mal begegnet sind? Ein schreckliches Bild, ich knie über meinem blutüberströmten Sohn, und Sie beugen sich zu mir. Ich glaube, da ist es bereits geschehen.«

»Was ist geschehen, John?« Sie hatte die Luft angehalten und atmete hörbar aus.

»Wissen Sie das nicht?«

Sie ahnte es, hoffte sogar, dass es so sein würde, aber Sarah hatte seit Jahren kein solches Gespräch geführt. Sie besaß keine Übung darin. Das Leben bestand nicht aus Höhepunkten, meistens war es einfach eine Abfolge von Notwendigkeiten. Daher ließ sie John einfach weiterreden.

»Ich bilde mir ein, dass Sie es auch gespürt haben.« Er hielt die Gabel in der Hand, ohne zu essen. »Vielleicht träume ich das auch nur, oder ich spinne. Ich bin keiner, der sich bei

Frauen besonders gut auskennt.« Er riskierte einen Blick in ihre Augen. »Als ich Sie unverhofft auf dem Friedhof entdeckt habe, hat mich das sehr gefreut. Als Sie dann auf St. Michael's Mount aufgetaucht sind, dachte ich, das kann kein Zufall sein.«

»Das war es aber«, antwortete sie, ohne nachzudenken.

»Ach so.« Er schien enttäuscht. »Sehen Sie, da habe ich schon meine Antwort.«

»So habe ich das nicht gemeint.« Sie wollte seine Hand nehmen, zuckte im letzten Moment zurück und nahm stattdessen ihr Glas.

»Sie machen etwas mit mir, Sarah«, sagte er nach einer Pause. »Ich kriege Sie einfach nicht aus dem Kopf.«

Sarah wusste nicht, wie sie sich verhalten sollte, Johns Direktheit überforderte sie vollkommen.

»Was mache ich denn mit Ihnen?«

»Sie rauben mir meine Ruhe.« Seine Antwort klang traurig. »Deshalb dachte ich …« Er stockte. »Wir klären das, um es dann ein für alle Mal zu vergessen.«

»Vergessen?«, fragte sie überrascht.

Er legte das Besteck weg. »Wenn es Verliebtheit ist, und das kann ich schließlich nur von mir behaupten, dann ist es etwas, das nicht sein darf.«

»Ich verstehe.«

Klar und deutlich stand die Unmöglichkeit vor Sarah. Sie dachte an die rothaarige Frau, die so gut zu John passte, mit der er sich ein Leben aufgebaut hatte. Da waren ihre beiden Kinder, die gemeinsame Sorge um Billy, die Trauer um ihren verstorbenen Sohn. Da war Sarahs eigenes Leben, auch wenn sie es in diesen Tagen manchmal in Zweifel zog. Sie war mit einem Mann verheiratet, der sie lange Zeit sehr glücklich gemacht hatte. Dass sie kein Kind bekommen hatten, war nicht allein seine Schuld. Nun saß sie mit John Cormac in dem Haus, das Sarahs stärkste Bindung zu ihrer Lebenssituation war. *Trelawn Manor ist mein Herz,* dachte sie. Stimmte das noch, oder war ihr Herz unversehens auf Wanderschaft gegangen?

Sie spürte, dass John eine Antwort erwartete. Dieser Mann machte ihr ganz altmodisch eine Liebeserklärung. Er flirtete nicht, tanzte nicht den Imponiertanz, wie Männer das gern taten, John sagte einfach, wie es ihm ums Herz war, und rührte sie damit umso mehr. Doch genau das war das Problem. Ohne es zu wissen, hatte er mit seiner Offenheit Sarahs wunden Punkt berührt, ihre Schwierigkeit, Gefühle auszusprechen.

Es war ihr nicht möglich, einfach zu sagen: »Ich danke dir, dass du so offen bist. Auch ich empfinde etwas für dich, empfinde so stark, dass ich es kaum noch auf meinem Stuhl aushalte.«

Sie verschloss dieses Gefühl in sich. Sie hätte sich für das, was sie nun erwiderte, ohrfeigen können, dennoch nahm sie die Flasche und sagte: »Noch ein Schluck Wein?«

Er sah sie an, als hätte sie ihn geschlagen.

»Nein, danke. Nicht um diese Zeit.« Er legte die Hand auf sein Glas.

Der Zauber war verflogen. Sarah hatte das Gespinst, das er zwischen ihnen gewoben hatte, zerrissen. Welche Überwindung es ihn gekostet haben musste. Die Scheu vor einer peinlichen Situation hatte ihn nicht daran gehindert, sich zu offenbaren. Warum konnte sie seine dargebotene Hand nicht ergreifen und ihm sagen, wie es ihr selbst erging? Ihr war danach, ihm wortlos um den Hals zu fallen, sein Gesicht in beide Hände zu nehmen und ihn zu küssen. Stattdessen sah sie ihn unsicher an, schüttelte den Kopf und trank. Der Kloß in ihrer Kehle ließ sie fast ersticken.

»Ich habe Sie in Verlegenheit gebracht«, sagte er, nachdem weitere Sekunden verstrichen waren.

»Nein, im Gegenteil.«

»Ich dachte, dass es die ehrlichste Lösung wäre, dabei war es die aufdringlichste. Ich hätte den Mund halten und alles auf sich beruhen lassen sollen.« Er stand auf.

»Bitte gehen Sie nicht.«

»Ich kann jetzt nicht neben Ihnen sitzen und übers Wetter reden.« Er schob den Stuhl zurück. »Es war dumm von mir. Verzeihen Sie noch einmal.«

Ein Wort, eine Geste, ein Kuss, und Sarah hätte den Knoten zerschlagen können. Doch ihre Gefühle saßen in dem Panzer fest, der sich vor vielen Jahren um ihr Herz gelegt hatte. Verknöcherter als eine steife Engländerin kam sie sich vor, die sie sonst so belächelte.

»Wollen Sie nicht wenigstens noch das Haus sehen?« Es war ihr hilfloser Versuch, ihn vom Gehen abzuhalten.

»Wozu?« Er sah sie freundlich an. »Um den Schauplatz zu besichtigen, an dem Sie und Ihr Mann glücklich sind?« Er wandte sich zur Tür. »Das ist der schönste Besitz der Gegend, und Sie wissen es.« Er zögerte, ihr die Hand zu geben, und ging schließlich ohne Berührung hinaus.

Sarah war unfähig, einen Gedanken zu fassen. Während sie das Auto starten hörte, nahm sie Johns Teller und stellte ihn in die Spüle. Ihr Blick wanderte zum Herd. Es waren noch genügend Buletten übrig, sie konnte Russell daraus ein Dinner zubereiten, dachte sie mechanisch.

13

Wie eine Fremde strich Sarah durch ihr Haus. Es dämmerte, die Gäste ruhten sich auf ihren Zimmern von den Tagesausflügen aus. Im Rittersaal betrachtete sie die vielen Dinge, deren Details sie all ihre Aufmerksamkeit geschenkt hatte. Das Wappen des Adelsgeschlechts war so stark beschädigt gewesen, dass sie es abgenommen und zu einem Künstler nach St. Ives transportiert hatte, der die Farben wieder zum Leuchten gebracht hatte. Um diese besonderen Vorhangkordeln zu bekommen, war sie bis Gloucester gefahren. Den großen Läufer, der den Rittertisch und die offene Feuerstelle verband, hatte sie so unvernünftig teuer ersteigert, dass selbst Russell, der ihr sonst freie Hand ließ, gemeint hatte: »Wir haben nicht die finanziellen Mittel der *royal family.*«

All die Arbeiten, Verschönerungen, das Finden und Präparieren der Accessoires hatten zwei Jahre gedauert. Noch bevor alles aufs i-Tüpfelchen fertig war, hatten sie begonnen, die Apartments zu vermieten. Sarah erinnerte sich an ihre Aufregung, als die ersten Gäste gekommen waren – Amerikaner, die die besondere Sorgfalt, mit der in *Trelawn* alles aufeinander abgestimmt war, nicht zu würdigen gewusst hatten.

Seitdem suchte sie ihre Klientel so sorgfältig aus, wie das per E-Mail möglich war. Barbaren hatten unter ihrem Dach nichts verloren.

Und jetzt? Sarah drehte sich in der Halle im Kreis. *Das ist der schönste Besitz der Gegend, und Sie wissen es,* hatte John gesagt. Was bedeutete das schon? *Trelawn* war zum Museum erstarrt. Sie spürte kein Leben mehr darin – und hatte doch vor nicht langer Zeit ihr ganzes künftiges Leben auf dieses Haus ausgerichtet. Ihr war, als ob sie den Holzwurm im Gebälk hören könnte, als ob überall Spinnweben wehten, obwohl Elaine das niemals zulassen würde.

»Wo ist mein Herz?«, flüsterte Sarah. »Was ist mit ihm geschehen?« Nicht nur das Haus, auch sie selbst war sich im Augenblick merkwürdig fremd.

Sie floh in den Künstlerturm. Bald darauf hörte sie Russells Auto kommen. Während sie ihm die Buletten warm machte, erzählte er von Entwicklungen bei den Rentenfonds und wie er davon profitieren wollte. Sie aßen miteinander wie an unzähligen Abenden zuvor und plauderten über Alltäglichkeiten. Sie hätte das Feuerzeug holen und klären können, was der Klärung bedurfte. Zugleich war es das Letzte, was sie wollte. Ihr Herz war übervoll und traurig, ihre Gedanken kreisten um John. Was tat er gerade, wie ging er mit der Situation um? Während Sarah Russell von dem gleichen Weißwein einschenkte, von dem John getrunken hatte, verschwamm das Bild ihres Mannes vor ihr, und das Bild Johns schob sich dazwischen. Vor ein paar Stunden war die Liebe durch ihr Leben geweht, und sie hatte sie vorbeiziehen lassen. Wie hatte sie John gehen lassen können? Seit Tagen dachte sie ständig an ihn. Sie hatte sich auf ihre Verabredung gefreut wie ein junges Mädchen, war erregt und enttäuscht gewesen, als ihr Date ins Wasser zu fallen drohte. Dieser Mann hatte ihr die schönste Liebeserklärung gemacht, die man sich vorstellen konnte, sie aber hatte es nicht über die Lippen gebracht, zu sagen: »Ich habe mich auch in dich verliebt. Ich weiß, dass es nicht sein darf, und doch ist es passiert.«

Als sich der Abend Minute für Minute hinschleppte, hielt Sarah es nicht länger aus. Sie sagte, sie hätte etwas zu erledigen, lief in den Turm und starrte Johns Nummer auf dem Telefon an. Sie fürchtete, Maureen könnte abheben, doch selbst das war ihr jetzt egal.

John ging nach dem ersten Klingeln ran. Es hätte vieles zu klären gegeben, doch Sarah sagte einfach, was ihr auf der Seele brannte.

»Ich muss dich sehen.«

Ein kurzer Atemzug. »Ja, ich dich auch.« Seine Stimme klang aufgeregt. Im Hintergrund hörte sie ein Kind weinen.

»Heute noch, John.« War das sie selbst, die sprach, oder schrie die Verwirrung, die Hilflosigkeit aus ihr? »Ich weiß, wie verrückt das klingt.«

»Mir geht es genauso. Wo treffen wir uns?«

»Nicht im Hotel.« Unter anderen Umständen wäre ihr diese Offenheit unmöglich erschienen, aber sie konnte einfach nicht mehr. Die Zeit des Wenn und Aber, die Zeit des guten Benehmens war vorbei.

»Nicht im Hotel«, bekräftigte er.

»Wo dann?« Durch das Telefon hörte sie, dass Maureen und das Kind näher kamen.

»Auf dem Boot«, flüsterte er.

»In zwei Stunden?«

»Okay.« Er legte vor ihr auf.

Sie wusste nicht, was er Maureen erzählen, mit welcher Ausrede er so spät von zu Hause aufbrechen würde, ohne Argwohn zu erwecken. Sarah selbst hatte dieses Hindernis nicht zu bewältigen. Sie und Russell schliefen nicht mehr im selben Zimmer, seit sie aufgehört hatten, auf ein Kind zu hoffen. Der Parkplatz des Künstlerturms befand sich auf der Rückseite des Gebäudes, von den oberen Zimmern hörte man Autos weder ankommen noch abfahren. Und selbst wenn, es wäre Sarah egal gewesen. Sie forderte ihr Recht auf Glück und begriff zugleich, wie lange sie nicht mehr glücklich gewesen war. Sie verbrachte die verbleibende Zeit in ihrem Zimmer. Russell ging, wie gewohnt, früh zu Bett.

Mit wenigen Handgriffen machte sich Sarah schließlich im Bad zurecht, lief ins Erdgeschoss und verließ das Haus.

Sie fuhr durch die Nacht. Die Strecke nach Portreath war ihr vertraut, selbst in den scharfen Kurven gab sie Gas. Sie stellte sich Johns Kutter vor; mit all den zweckmäßigen Sitzbänken an Deck war es beileibe kein romantischer Ort. Und doch freute sie sich unendlich, dorthin zu kommen.

Während man tagsüber Tickets ziehen und einen Aufenthalt in Portreath mit dem Auto teuer bezahlen musste, wirkte der Hafen nachts wie ausgestorben. Sarah stellte das Fahrzeug quer über zwei Parkplätzen ab, sprang ins Freie und lief ans Wasser. Ein rotes und ein grünes Positionslicht zeigten ihr an, welches Boot es war; verheißungsvoller hätte eine Einladung nicht sein können. John stand am Ufer. Das Hemd, das er trug, war eine Schlafanzugjacke. Auch ihm schien es egal gewesen zu sein, wie er zu Sarah gelangte.

»Wie bist du fortgekommen?«, fragte sie.

Bevor er antworten konnte, lagen sie sich schon in den Armen. Sie spürte seinen Rücken, seine Schulterblätter, die kräftigen Muskeln. Er streichelte ihr kurzes Haar, den Hals, ohne Scheu glitt seine Hand tiefer und packte ihre Hüfte. Sie klammerte sich an John, wuchs an ihm empor, ihre Lippen suchten einander. Sarah gab sich dem Kuss hin, als ob es ihr erster wäre. All die Zurückhaltung, ihr Zaudern, das ängstlich Gebändigte in ihr, zerbrachen in tausend Stücke. Sie warf sich John entgegen und überschwemmte ihn mit ihren Gefühlen und einer Leidenschaft, die viel zu lange eingesperrt gewesen war. Ohne sich umzusehen, ob jemand sie beobachtete, zog John sie an den Rand des Ufers, sprang ins Boot und hob sie zu sich herunter. Er führte sie zur Kajüte neben dem Steuerrad. Dort mussten sie sich kurz trennen, da man nur einzeln in den Bootsrumpf schlüpfen konnte. John kroch voran und zog Sarah ins Dunkel nach. Während sie sich in seine Arme fallen ließ, sah sie durch ein Bullauge die andere Seite des Hafens, den friedlich beleuchteten Pier, die alte Turmuhr. Sie küssten sich. Ganz selbstverständlich begannen sie einander auszuziehen, in der winzigen Schlafkoje ein Ding der Geschicklichkeit und Ausdauer. Sarah zerrte an seiner Hose, er an ihrer Unterwäsche. Sie lachten und keuchten und sahen sich dabei glücklich an. Aufgeregt in ihrer Nacktheit, wurden sie übergangslos ein Paar, ohne jeden Vorbehalt, das Verbotene ihres Tuns zählte nicht. Sie liebten sich voll Hingabe und Zärtlichkeit. Irgendwann löste

John sich von ihr, langte zu einer Klappe hinauf und stieß sie auf. Frische Luft drang herein, sie atmeten auf, küssten und liebten sich weiter. Durch die Öffnung über ihnen konnte Sarah den Mond sehen.

Die Liebe mit Russell war schön gewesen, Sarah hatte den Sex mit ihm genossen. Als ihr Kinderwunsch sie beide nur noch auf Sarahs Monatszyklen achten ließ und die Tage des Eisprungs ähnlich einer Kommandoaktion zur Befruchtung genutzt wurden, war Sex zur Funktion verkommen. Seitdem war es nicht mehr wie früher, und Sarah hatte sich eingeredet, sie seien eben bereits ein eingespieltes Ehepaar. Erst durch die Wunde, die Russells Affäre ihr zugefügt hatte, war ihr klar geworden, dass ihr Mann erotisch noch äußerst aktiv war, nur eben nicht mit ihr. Nach der Sache mit Miss Moynihan war ihr Liebesleben praktisch zum Erliegen gekommen. Die getrennten Schlafzimmer waren nur ein äußeres Zeichen dafür.

Die Stunden mit John erschienen Sarah wie das Öffnen einer Tür. In der winzigen Kajüte erforschte sie diesen unbekannten Männerkörper und genoss zugleich die Vertrautheit, die sie von Anfang an mit John verbunden hatte.

»Sag mir, wenn du heimmusst«, flüsterte sie, nachdem sie eine Weile erschöpft nebeneinandergelegen hatten und sich umschlungen hielten.

»Es ist egal.« Er streichelte ihre Brust.

»Wieso?«

»Ich habe …« Er hob den Kopf. »Ich habe mit Maureen einen Streit vom Zaun gebrochen, um fortzukönnen.«

»Für so durchtrieben hätte ich dich gar nicht gehalten.«

»Leider streiten wir ziemlich häufig in letzter Zeit.« Er seufzte. »Ich schlafe nicht selten hier draußen.«

Sie wollte fragen, was der Grund für die Unstimmigkeiten sei, doch es sollte ihm nicht so vorkommen, als ob sie hoffte, dass sein Ehesegen schief hing. Gedanken dieser Art waren ihrem Glück abträglich, das wusste Sarah, doch sie ließen sich nicht gänzlich beiseiteschieben und kratzten bereits an ihrem Hochgefühl.

»Wann musst du nach Hause?«, fragte er.

»Ich sollte hier weg sein, bevor der erste Ordnungshüter kommt und mir ein Parkticket verpasst.«

Sie küssten sich und brachten einander wieder in Stimmung. Gleich darauf vergaß Sarah alle ihre Befürchtungen.

Um kurz vor fünf stiegen sie schließlich in ihre Autos. Beide wussten, nach der Glückseligkeit begann nun ein Tag, der von Verwirrung und Gewissensbissen geprägt sein würde, ein Tag, an dem Lügen kaum zu vermeiden sein würden.

Sarah hatte Russell noch nie betrogen. Doch etwas in ihrem Leben war verschoben worden, sie konnte es noch nicht benennen, aber die völlige Hingabe zu John hatte nichts mit einem flotten Seitensprung zu tun. Es ängstigte sie, dass ihr Erlebnis weit darüber hinausging, zugleich gab es ihr neue Kraft.

Mit gemischten Gefühlen fuhr sie nach *Trelawn* zurück. Die aufgehende Sonne tauchte das Land in magische Farben.

14

Wie erwartet, hatte Russell nichts von Sarahs Abwesenheit bemerkt. Ausgeschlafen kam er aus seinem Zimmer, während sie die kurze Zeit bis zum Aufstehen wach im Bett gelegen hatte. Gut gelaunt erzählte er vom Bad aus, wie vorteilhaft sich die Dinge mit den neuen Aktien entwickelten, die Eröffnung der asiatischen Börsen hätte ihm eine positive Überraschung beschert. Nachdem er die Spülmaschine ausgeräumt hatte, setzte er sich an den Frühstückstisch, griff zur *Times* und verschwand hinter dem großformatigen Blatt.

Sarah hätte zur Tagesordnung übergehen können, und nichts wäre weiter passiert. Doch der lichte Tag verdeutlichte ihr, dass sie nun Klarheit schaffen musste. Heute Morgen würde sie Russell nicht ins Büro fahren lassen, ohne das Zwielicht zwischen ihnen verscheucht zu haben.

»Als ich vorgestern in Marazion war, habe ich dort keine Möbelstoffe gesucht«, begann sie.

»Warum nicht? Die Kaminsessel fallen bald endgültig auseinander.« In seinem Gesicht spiegelte sich nicht der geringste Verdacht, was ihre Einleitung bedeuten könnte.

»Die haben hier angerufen.«

»Wer?«

»Jemand vom *Snooty Fox Hotel.*« Sarah streute Rosinen ins Porridge. »Du hast dein Feuerzeug dort vergessen.«

Er hielt den Blick auf die Zeitung gesenkt, als ob es nichts Wichtigeres gäbe, als den Artikel zu Ende zu lesen. »Scheiße«, sagte er kaum hörbar.

»Was heißt das?«

»Ich wollte es dir sagen. Gestern schon, auf alle Fälle heute.« Umständlich faltete er das Blatt zusammen.

Auf sein Schweigen sagte sie: »Warum erzählst du es mir nicht einfach jetzt?«

Er schaute auf die Uhr. Ein Blick in ihre Augen sagte ihm, es gab keine Ausflucht. Er nahm sein Frühstück entgegen, streute nicht wie sonst Zimt darauf, sondern tauchte nur den Löffel ein. Sarah kam sich seltsam dabei vor, ihm ein Geheimnis abzuverlangen, während ihre Neuigkeit ihn weit mehr überraschen dürfte.

»Es ist alles in Ordnung«, sagte er beherrscht.

»Geht es vielleicht etwas genauer?«

Er schob seine Tasse so impulsiv von sich, dass Tee herausschwappte. »Warum mussten die hier anrufen, verdammt! Jetzt glaubst du bestimmt … Du musst es ja glauben.«

»Was denn?«

»Die Vorwürfe, die Schuldgefühle, der ganze Irrsinn – ich will das nicht noch einmal durchmachen.«

Sie hatte genug von seinen Andeutungen. »Du hast ein Zimmer im *Snooty Fox* genommen, hast es aber gar nicht benutzt.«

»Woher weißt du das?«

»Weil du in dieser Nacht zu Hause geschlafen hast.«

»Genau!« Die Erleichterung in seinen Zügen brachte Sarah fast zum Lachen. »Das habe ich wirklich.«

»Also war das Ganze ein Stelldichein am Nachmittag«, fuhr sie trocken fort.

»Nein.«

»Wozu solltest du sonst ein Hotelzimmer reservieren?«

»Nicht für mich, für jemand anderen.«

»Soll ich raten, oder erzählst du es mir endlich? War es die Immobilienmaklerin aus Penzance, irgendeine süße Cocktailkellnerin, oder war es vielleicht Miss Moynihan?«, sagte sie sarkastisch.

»So ist es.«

Der Satz kam so unvermittelt, dass sie ihn erst gar nicht wahrnahm. Als ob der Ton abgedreht worden wäre, sah Sarah nur, wie sich seine Lippen bewegten.

»Du hast …?« Sie musste sich setzen.

»Ich habe nichts, Darling. Iris ist hier aufgetaucht. Nein, das stimmt nicht ganz. Sie hat vorher angerufen.«

Er hob die Hand, wie um einem Einwand zuvorzukommen.

»Wir haben seit damals nicht ein einziges Mal miteinander gesprochen. Sie rief an und sagte, dass sie durch unsere Gegend kommen würde, dass inzwischen genug Zeit vergangen sei, um wieder wie zwei Erwachsene miteinander zu reden. Sie fragte, ob ich ein Hotel für sie wüsste.«

»Das ist Nonsens«, entgegnete Sarah, nach außen ruhig. »Miss Moynihan hätte übers Internet Hunderte *guest houses* buchen können. Wozu brauchte sie dich dafür?«

»Wahrscheinlich wollte sie eine persönliche Empfehlung. Was war schon dabei?«

Sarah lachte. »Nach anderthalb Jahren ruft dich deine Verflossene an, und du findest es nicht ungewöhnlich, dass du ein Zimmer für sie buchen sollst?«

Er begann zu essen. Der Umstand, dass das Gespräch nicht gleich feindselig wurde, gab ihm Zuversicht. »Das habe ich mir, ehrlich gestanden, nicht überlegt. Sie wollte gern in dieser Gegend absteigen, bloß nicht zu nahe bei *Trelawn*.«

»Natürlich nicht. Sonst hättet ihr euch ja nicht heimlich treffen können.«

»Bei Iris klang das völlig harmlos. Ich fand nichts dabei.«

»Erzähl mir nichts. Du hast dich gefreut, dass sie anrief und dich um den Gefallen bat.«

»Natürlich – das heißt, nein! Die Sache ist für mich hundertprozentig erledigt. Ich wollte ihr nur – behilflich sein.«

»Kam sie mit ihrer Tochter nach Cornwall?«

»Nein, sie war allein.«

»Also ein Revival, das die smarte Miss Moynihan hübsch eingefädelt hat.«

»So muss es dir natürlich vorkommen.« Er seufzte. »Ich hatte keine Vorstellung, was sie will.«

»Du hättest Nein sagen können.«

»Vielleicht wäre es das Beste gewesen.« Er sah sie treuherzig an. »Kurz und gut, ich habe das Zimmer bestellt, und sie kam her.«

»Wann?«

»Vor drei, nein, vor vier Tagen. Wir trafen uns auf der Hotelterrasse zum Teetrinken.«

Sarah beugte sich über den Tisch. »War das nicht unbedacht? Ein Bekannter hätte euch sehen und es mir erzählen können.«

»Es war ein harmloses Treffen.«

»Warst du nicht überwältigt, schlug dein Herz nicht bis zum Hals?« Sarah fühlte sich unwohl dabei, die Anklägerin zu spielen. Beschrieb sie nicht ihre eigenen Gefühle der letzten Nacht?

»Es war ungewöhnlich, sie wiederzusehen, natürlich, aber es war auch heilsam. Ich stellte erleichtert fest, dass ich kühl blieb. Es war wie der Beweis für mich, dass es ein für alle Mal vorbei ist.« Er hob den Blick, als ob er ein Lob erwartete.

»Und obwohl es vorbei ist, schenkt dir Miss Moynihan ein Feuerzeug mit der Gravur *für Russell?*«

Der Schlag saß, doch Russell behielt Oberwasser. »Iris dachte, ich rauche noch.«

»Und nachdem ihr gemütlich Tee getrunken hattet, was geschah dann?«

»Wir verabschiedeten uns.«

»Das nehme ich dir nicht ab.«

»So war es aber.«

Sie fixierte ihn. »Die Frau vom Hotel sagte, sie hätten das Feuerzeug auf dem Zimmer gefunden.«

Er fuhr sich über den Dreitagebart. »Vielleicht habe ich Iris den Koffer noch aufs Zimmer gebracht. Ja, genau. Dabei werde ich es wohl liegen lassen haben.«

Sarah hätte ihm gern entgegengeschleudert, dass er nicht der Einzige war, der sich einen Seitensprung erlaubte. Am liebsten hätte sie gerufen: »So weit sind wir also, einer betrügt den andern, und es macht überhaupt keinen Unterschied mehr!«

Doch genau das konnte sie jetzt nicht sagen. Sie konnte Russell ihren Ehebruch nicht gestehen, ohne dass es wie kleinliche Rache wirkte. Drängte sich der Gedanke nicht förmlich auf: Sie hatte herausbekommen, dass Russell sich im *Snooty Fox* mit jemandem traf, und es ihm mit gleicher Münze heimgezahlt. Was sie vor wenigen Stunden erlebt hatte, wirkte plötzlich schmutzig und klischeehaft. Das kurze Glück war verflogen, und die Lage, der Sarah mit Klarheit und Offenheit hatte begegnen wollen, war unabsehbar geworden.

15

Drei Tage hörte sie nichts von John und widerstand der Versuchung, ihn anzurufen. Sie ersann alle möglichen Erklärungen – dass er mit dem Boot unterwegs war, dass er Zeit zum Nachdenken brauchte, doch schließlich ließ sich der Verdacht nicht mehr unterdrücken, dass dies seine Art war, auf Distanz zu gehen.

Endlich meldete er sich und erklärte zu seiner Entschuldigung, dass er von früh bis spät ausgebucht gewesen sei.

»Fünf Touristentouren allein am Vormittag, eine sogar bis zum Lizard. Dann muss ich zu Billy ins Krankenhaus, und abends die Familie – es ist schwierig.«

»Und wenn ich zu dir auf die Halbinsel komme?«, schlug Sarah vor. »Treffen wir uns am Wasser.«

»Zwecklos. Das Boot legt nur kurz an, ich zeige den Leuten die Höhlen, und wir stechen wieder in See.«

Er bekräftigte, dass er sie so bald wie möglich sehen wollte, und nach einigem Hin und Her vereinbarten sie schließlich einen etwas ungewöhnlichen Treffpunkt.

Ein Paket unter dem Arm, betrat Sarah die Klinik. Sie hatte Billy ohnehin noch einmal besuchen wollen, bevor er entlassen würde, nun diente ihr Kommen einem doppelten Zweck. Auf einem der nüchternen Korridore blieb sie unvermittelt stehen. Die Bilder jener Nacht, Erinnerung an Berührungen, an den Geruch des Salzwassers, das schwankende Boot – bei aller gebotenen Vernunft schien es ihr unmöglich, diesen Traum einfach enden zu lassen. Sie war keine Heilige und wollte das unverhoffte Glück nicht einfach von sich weisen. Mit Anfang vierzig solltest du wissen, dass es das große Glück nur auf Kitschpostkarten gibt, widersprach sie sich. Ich treffe John, um es zu beenden – bevor die Sache mich verschlingt und uns alle unglücklich macht.

Als sie weitergehen wollte, bemerkte sie, dass sie sich verlaufen hatte. Der Korridor, durch den sie nun kam, war violett gestrichen, nicht grün wie die Abteilung, in die sie wollte. Sie versuchte sich anhand der Schilder zu orientieren, schließlich fragte sie nach dem Weg. Ein junger Arzt beschrieb ihr, wo sie abzweigen musste. Sie kehrte um und betrat gleich darauf Billys Zimmer.

»Hallo. Kennst du mich noch?«

»Klar«, sagte er.

Der Junge trug die Schlafanzugjacke offen, der Brustverband war einem großen Pflaster gewichen. Man hatte die Binde um seinen Kopf entfernt. Die rasierte Stelle über der Schläfe legte Nähte frei, die Fäden waren noch nicht gezogen worden.

»Heute habe ich dir etwas mitgebracht, das dir gefallen wird.«

Sie legte das Paket auf sein Bett. Er riss es mit einer Hand auf, und das Zeitungspapier gab den Blick auf ein altes Buch frei. Sie hatte es aus ihrer Bibliothek mitgebracht und verschenkte es schweren Herzens.

»Weißt du, was das ist? Keltische Märchen. Geschichten von Leuten, die vor tausend Jahren hier gelebt haben. Einige spielen sogar in dieser Gegend.«

Er blätterte und betrachtete die alten Stiche mit Menschenfressern und Prinzessinnen.

»Wenn du magst, schau mal auf Seite 128 nach.«

»Was ist da?«

»Guck selbst.« Sie setzte sich an den Bettrand.

Billy fand die Seite, auf der das Märchen »Wie Gwydyon auf Brautschau ging« begann. Sein Finger glitt über den Titel. Ängstlich erwartete Sarah, was der Name des keltischen Gottes bei ihm auslösen würde.

»Was ist das, Brautschau?«

»Wenn ein Mann heiraten möchte, aber noch nicht weiß, welche Frau es sein soll, dann sieht er sich mehrere Frauen an, bis er die Richtige findet.«

»Liest du es mir vor?« Er suchte nach Abbildungen in der Geschichte.

»Willst du es nicht selbst lesen?«

»Nein.« Er schob ihr das Buch hin.

Sarah warf einen Blick auf die Uhr; in wenigen Minuten würde John hier sein. Sie holte sich einen Stuhl ans Bett und begann: »Gwydyon war der Herrscher der Totenwelt, der die meiste Zeit tief unter der Erde zubrachte und daher sehr einsam war. Ständig zogen Verstorbene an ihm vorbei, die in die Unterwelt kamen. Die meisten waren alte Menschen, manchmal kam aber auch ein hübsches Mädchen des

Weges, das jung aus dem Leben geschieden war. Dann dachte Gwydyon, wie schön es wäre, sie zur Frau zu nehmen. Doch diese Mädchen waren tot, er konnte sie nicht mehr heiraten, außer …« An dieser Stelle hob Sarah den Kopf. »Außer Gwydyon würde ein Mädchen auf dem Weg in die Unterwelt abfangen, bevor es ins Totenreich kam. Merkwürdigerweise führte die Straße zur Unterwelt bei den Kelten über den Himmel. Die Verstorbenen mussten erst über die Milchstraße reisen, bevor sie Gwydyons Reich betraten.«

»Er ist im Himmel«, sagte Billy.

»Wer?« Sie hob den Blick.

»Wenn er zu mir kommt, kommt er vom Himmel.«

»Du meinst deinen Bruder?«

»Er kann sich sehr schnell von Ort zu Ort bewegen. Er ist stärker als alle anderen.«

»Gwydyon ist dein Beschützer, nicht wahr?«

»Er will, dass ich so werde wie er«, sagte Billy.

»Dass du so wirst – wie Gwydyon?« Sarah legte den Finger auf die Buchzeile. »Wie meinst du das? Willst du ein Held werden wie Gwydyon? Ich finde, du bist schon ein Held, weil du deinen Unfall so toll überstanden hast.«

»Es war kein Unfall. Er wollte mich holen.«

»Das ist Unsinn.«

»Du weißt nichts!«, rief Billy so heftig, dass Sarah zusammenzuckte. »Warum redest du, wenn du nichts weißt!« Aus schmalen Augen sah er sie an.

»Als ich vorhin hereinkam, dachte ich, um wie viel besser es dir schon geht. Bald kannst du rumlaufen und Fußball spielen und in die Schule gehen. Ist das nicht besser, als wenn Gwydyon dich geholt hätte?«

Seine Gesichtszüge entspannten sich. »Ich bin gut im Fußball.«

»Wo spielst du, Mittelfeld, oder bist du Stürmer?«

Sein Blick wanderte zum Buch. »Wie geht es weiter?«

Sarah zögerte, noch einmal von Gwydyon anzufangen. Doch Billy schien sich beruhigt zu haben.

»Gwydyon schwang sich zu den Sternen empor und lauerte in der Milchstraße, ob nicht ein Mädchen vorbeikäme, das er heiraten könnte. So manche hübsche Maid kam des Weges, er brauchte nur zuzugreifen. Jedes Mal aber dachte Gwydyon, es könnte ein noch schöneres Mädchen auftauchen, dann würde es ihm leidtun, nicht diese gewählt zu haben.« Sarah blätterte um. »Da erschien eines Tages Lemeia, die Tochter des Magiers. Ihr Vater hatte sie aus Rache vergiftet, weil sie …«

Schwungvoll ging die Tür auf, und ein roter Haarschopf tauchte auf. »Nur noch drei!«, rief jemand beim Eintreten.

»Mama!« Billy vergaß seine Vorleserin, schlug die Decke zurück und schob die Beine an den Bettrand.

»Du hast Besuch?«, fragte Maureen Cormac, die Sarah nicht gleich wiedererkannte.

Die Situation war ihr nicht nur peinlich, weil Johns Frau eintrat, sondern weil Maureen sie bei etwas so Persönlichem wie dem Vorlesen überraschte. So gut kannte sie Billy nun wirklich nicht. »Entschuldigen Sie.« Sarah stand auf.

»Nur noch drei, nur noch drei!«, rief Billy und setzte die Füße auf den Boden.

»Nicht so übermütig, Mister.« Maureen umarmte ihn, dabei behielt sie Sarah im Auge.

»Ach, Sie sind das.« Ihr Blick verdunkelte sich für einen Moment. »Sie haben Glück, Billy noch anzutreffen.« Lächelnd sah sie ihn an. »Überübermorgen geht es nach Hause.«

»Über-über!«, lachte er. »Überübermorgen!«

»Ich bin Maureen.« Johns Frau streckte ihr die Hand entgegen. »Unsere erste Begegnung ist ziemlich missglückt, habe ich recht?«

Auch wenn Sarah mit diesem Zusammentreffen zuletzt gerechnet hatte, riss sie sich zusammen und drückte die kräftige Hand. »Ich habe dieses Buch daheim gefunden, keltische Märchen. Ich dachte, es macht Billy vielleicht Spaß, darin zu blättern.«

»Hast du dich bedankt?«, fragte Maureen ihren Sohn.

»Danke.«

»Sind Sie zufällig in der Gegend oder …« Sie hob Billy ins Bett zurück.

John hätte bereits hier sein müssen. Hatte er nicht gewusst, dass Maureen Billy besuchen kam? Da fingen sie schon an, die Lügen, dachte Sarah, die hässlichen Gedankenwindungen, wie man die Dinge so hindrehen konnte, dass niemand Verdacht schöpfte.

Maureen war nicht so jung, wie Sarah beim ersten Mal geglaubt hatte, wahrscheinlich nur ein paar Jahre jünger als John. Rot schien ihre natürliche Haarfarbe zu sein, sie war der Sommersprossentyp. Sie hatte eine ungewöhnlich schlanke Figur, wenn man bedachte, dass sie drei Kinder zur Welt gebracht hatte.

»Ich hatte in Camborne zu tun«, log Sarah. »Ihr Mann hat mir erzählt, Sie haben noch eine Tochter?«

»Ja. Chloé ist bei ihrer Oma.«

Sarah spürte, es war an der Zeit zu gehen.

»Ich habe noch Ihr Schreiben im Büro«, sagte Maureen. »Ich weiß nicht recht, was ich damit anfangen soll.«

»Ein Schreiben – von mir?«

»Von Ihrem Anwalt.« Maureen nahm eine Limoflasche aus der Tasche. »Nicht gleich alles auf einmal«, sagte sie zu Billy.

»Von unserem Anwalt? Das muss mein Mann …« Sarah sah zu, wie der Junge einen kräftigen Schluck nahm. »Was steht in dem Schreiben?«

»Es liest sich ein wenig wie ein Schuss vor den Bug.« Maureen lächelte sarkastisch. »Da steht, dass Ihr Mann sich streng an die Verkehrsregeln gehalten hat, dass mein Mann dagegen seine Aufsichtspflicht vernachlässigt hätte. Dass die Schuldfrage …«

»Zerreißen Sie den Brief.« Sarah trat einen Schritt näher. »Werfen Sie ihn einfach weg. Mein Mann und sein Anwalt … Vergessen Sie die ganze Angelegenheit, ich bitte Sie.« Sie nahm es Russell übel, dass er ihr nichts davon erzählt hatte.

Die beiden Frauen standen sich nun dicht gegenüber.

»Glauben Sie mir, für John war es die größte Strafe, dass es durch seine Nachlässigkeit zu dem Unfall kam.«

»Ich weiß. Bitte … Ich kann mich nur aufrichtig für den Brief entschuldigen.«

Ein Anflug von Wärme huschte über Maureens Gesicht.

»So sind die Männer.« Sie lächelte. »Sie wollen immer alles regeln.«

»Ja, so sind sie wohl.«

»Sie sind also die Lady, die sich *Trelawn Manor* unter den Nagel gerissen hat.« Anscheinend wollte Maureen gar nicht, dass Sarah sofort aufbrach.

»Stimmt. Ohne meine Überredungskunst wäre Russell vor so einem großen Anwesen bestimmt zurückgeschreckt.« Sie sah Maureen herausfordernd an. »Was meinen Sie mit *unter den Nagel gerissen?*«

»Als unser Baronet im biblischen Alter von sechsundneunzig Jahren auf *Trelawn* gestorben ist und klar wurde, dass sich die Familie das Haus nicht mehr leisten kann, haben wir gehofft, die vom County würden *Trelawn* kaufen und etwas Gemeinnütziges damit machen.« Maureens Blick wanderte zu Billy, der das Gespräch aufmerksam verfolgte. »Doch die Gemeinde winkte ab, zu hohe Renovierungs- und Instandhaltungskosten.«

»Ja, die Kosten waren enorm.«

»Dann wollte man, dass ein Einheimischer *Trelawn* kauft. Es gab einige Bewerber, aber alle scheiterten an der Finanzierung. Und dann hieß es plötzlich: Die Deutsche kommt.«

»Ich hatte den Eindruck, wir wären hier freundlich, wenn auch etwas zurückhaltend, aufgenommen worden.«

»Zurückhaltend?« Maureen lachte. »Wussten Sie nicht, dass der Baronet im Zweiten Weltkrieg von den Deutschen abgeschossen wurde? In der Gefangenschaft hat man ihn gefoltert.«

»Davon hatte ich keine Ahnung.«

»Er hat Ihre Landsleute bis an sein Lebensende gehasst. Er würde sich im Grab umdrehen, wenn er wüsste, dass ausgerechnet eine Deutsche die Besitzerin seines geliebten *Trelawn* geworden ist.«

»Mein Mann stammt aus London.« Sarah wusste nicht, was sie sonst sagen sollte.

Ein verschmitztes Augenzwinkern Maureens. »Mein Mann hat gesagt, dass Sie sympathisch sind. Ich gebe ihm recht.«

Sarah wurde das Ganze zu viel, das Doppelbödige der Begegnung überforderte sie. »Ich werde mir Mühe geben, die Vorurteile gegen uns zu zerstreuen.« Sie wollte zur Tür.

»Billy hat noch einen Wunsch«, sagte Maureen in ihrem Rücken.

»Ja?«

»Er traut es sich Ihnen nicht zu sagen.« Sie setzte sich zu ihrem Sohn aufs Bett. »Er möchte sich *Trelawn* angucken, wenn er wieder gesund ist.«

»Aber gern!«

Kaum ausgesprochen, bereute Sarah ihre Reaktion. Die Lage wurde immer grotesker. Sie plauderte angeregt mit der Frau des Mannes, mit dem sie die Nacht verbracht hatte. Sie lud die Cormacs ein, sie zu besuchen, während sie eigentlich heimlich mit John verabredet war.

»Wir sind schon öfter bei Ihnen vorbeigekommen«, sagte Maureen. »Baden Sie in Ihrer Bucht auch?«

»Ich habe es erst einmal gemacht.«

»Saukalt, oder?«

Sarah erkannte, dass Johns Frau, hatte sie sich erst einmal warmgeredet, schwer zu stoppen war.

»Wir baden meistens in Marazion«, fuhr sie fort. »Durch die Insel ist das Wasser dort ruhiger. Und im *Snooty Fox* kriegt man ein anständiges Essen.«

Marazion, das *Snooty Fox* – entlang dieser Küste lebte man eben in einer kleinen Welt. Alles war hier nachbarschaftlich. Eine längere Beziehung würde schwerlich unentdeckt bleiben. Sarah begann sich die Folgen auszumalen: Die unerwünschte Deutsche, die sich das kornische Schmuckstück *Trelawn* unter den Nagel gerissen hatte, kaperte nun einen braven *Cornishman,* nachdem sie dessen Jungen mit dem Auto niedergefahren hatte. Sie drang in eine ansässige Familie ein und zerstörte sie rücksichtslos.

»Ich muss wirklich los«, sagte sie.

»Hast du gehört, Billy? Du darfst ins Schloss.« Maureen knuddelte ihn. »Wie sagt man?«

»Danke schön.« Er sah Sarah offenherzig an.

»Von wo aus Deutschland stammen Sie?«

»Ich bin Berlinerin.«

»Berlin soll toll sein.«

»Gut, dann …«

Sarah hatte die Klinke in der Hand. Von draußen hörte sie Schritte und schickte ein Stoßgebet zum Himmel, dass es nicht John sein möge. Ihr Gebet wurde nicht erhört. In der Tür stieß sie mit ihm zusammen.

»Hallo, ich konnte nicht schneller …«, begann er.

»Mister Cormac!« Hastig fiel Sarah ihm ins Wort. »Ich habe Ihre Frau und Billy gerade nach *Trelawn* eingeladen.«

Ein Blick ins Krankenzimmer, Maureen schien Johns entlarvende Worte nicht gehört zu haben.

John nickte ihr freundlich zu. »Hallo, Darling«, sagte er zu seiner Frau. »Wie geht es dem Patienten?« John nahm Billy so schwungvoll hoch, dass der Junge den Gipsarm hilflos von sich streckte.

Sarah hielt es nicht länger aus. »Bis dann also«, rief sie und war auch schon draußen. Sie nahm sich nicht die Zeit, die Tür zu schließen, hastete durch den Korridor, rannte zum Ausgang und ins Freie. Als sie ins Mittagslicht trat, kam es ihr vor, als ob ihr der Boden unter den Füßen weggezogen würde. Wohin sollte sie, nach Hause? In diesem Augenblick gab es kein Zuhause für sie.

Eine halbe Stunde später rief John an.

»Ich mache dir einen Vorschlag«, sagte er, nachdem er sich für die verrückte Situation entschuldigt hatte. »Am Wochenende wird es leider nicht klappen. Zu viele Bootstouren, dann die Kinder, und ich will dich nicht nur zwischen Tür und Angel sehen. Aber was machst du kommenden Montag?«

»Wir haben einen Gästewechsel, und ich wollte zur Auktion nach Lostwithiel.«

»Hm«, machte er. »Lostwithiel liegt nicht am Wasser.«

»Ich weiß.«

»Andererseits könnten wir in der Fowey-Bucht ankern. Von dort wärest du rasch in Lostwithiel.« Er erklärte ihr, dass er für die Reparatur der Turbinenwelle in eine bestimmte Werft müsse und sich für Montag dort angemeldet hätte. Die Arbeit würde vierundzwanzig Stunden dauern, es wäre also eine Übernachtung nötig.

»John.« Das Telefon am Ohr, lehnte Sarah sich ans Auto. »Das sollten wir nicht tun.«

»Natürlich nicht. Ich habe jetzt schon ein schlechtes Gewissen. Aber wäre es nicht wunderbar?«

»Eine Nacht an Bord ...«

»Das wohl kaum. Das Boot wird geslippt; es muss ins Trockendock und hängt drei Meter in der Luft. Wir müssten woanders übernachten.«

Allein die Vorstellung machte Sarah glücklich. Lächelnd schüttelte sie den Kopf. »Von hier nach Lostwithiel dauert es mit dem Auto eine Stunde. Wie soll ich Russell erklären, dass ich über Nacht fortbleibe?«

Sie redeten und träumten weiter. Sarah wollte es sich noch überlegen, gleichzeitig wusste sie bereits, dass sie es möglich machen würde. Ein letztes Mal, nahm sie sich vor, ein letztes Abenteuer, ein letzter Trip ins Glück. So beschwichtigte sie ihr Gewissen. Erst als sie auflegte, merkte sie, dass es zu nieseln begonnen hatte.

16

»Ist es wegen der Sache im *Snooty Fox?*« Russell stand im Bad und betrachtete Sarah im Spiegel.

»Nein.« Sie nahm Zahnpasta und eine Creme vom Bord.

»Weshalb fährst du dann Hals über Kopf weg?« Er folgte ihr ins Turmzimmer.

»Du übertreibst. Ich habe die Auktion seit Wochen im Kalender eingetragen. Einige Objekte sind sogar für mich reserviert.«

»Aber warum bleibst du über Nacht?«

»Weil es mir dort gefällt. Lostwithiel ist ein nettes Städtchen; ich kenne ein paar Antiquitätenhändler, ich will mal rauskommen. Ist das so schwer zu verstehen?«

»Normalerweise nicht. Bloß ausgerechnet jetzt, nachdem du weißt, dass ich Iris wiedergesehen habe, kommt es mir seltsam vor.«

Die Hoffnung, Russell würde Sarahs Trip arglos zustimmen, hatte sich nicht eingelöst. Seit seinem Bekenntnis bezüglich Miss Moynihans war er ungewöhnlich wachsam.

»Ich will ein bisschen allein sein und nachdenken, das ist alles.« Sie beugte sich über ihre gepackte Tasche.

»Nachdenken, über uns?«

»Natürlich auch über uns.«

»Dann hat es also doch mit Iris und dem *Snooty Fox* zu tun?« Er zwang sie, ihn anzusehen.

»Russell, ich bitte dich! Natürlich bin ich nicht erfreut, dass du sie heimlich in einem Hotel wiedergesehen hast und mir nichts davon erzählst.« Sie zog den Reißverschluss zu.

»Iris ist Vergangenheit für mich – ich liebe nur dich.« Er nahm ihre Hände. »Das glaubst du mir doch?«

»Kommt es darauf an, ob ich dir glaube?« Auf seinen erschrockenen Blick sagte sie: »Ich will bloß einen Tag wegfahren. Und weil ich mich nicht hetzen möchte, übernachte ich dort.«

»Wo?«

»In irgendeinem *Bed and Breakfast*.«

»Du warst doch gerade erst weg, in Berlin. Weshalb diese plötzliche Rastlosigkeit?«

Sarah kannte Russells Hartnäckigkeit, in solchen Fällen benahm er sich wie ein Spürhund. Er würde bohren und fragen und immer weiter in sie dringen, bis sie ihm irgendetwas hingeworfen hatte. Tat sie es nicht, bestand die Gefahr, dass er sie nicht gehen lassen würde.

»Schön, es ist wegen Miss Moynihan«, antwortete sie. »Ich brauche ein bisschen Abstand, um meine Gedanken zu sortieren.«

Die wievielte Lüge war das? Sarah kam sich schäbig vor. Russells Verhältnis beschäftigte sie weit weniger als ihr eigenes. John zu sehen, ihn zu umarmen, mit ihm aufs Meer zu fahren. Eine ganze Nacht mit ihm zu verbringen! Das war alles, worum ihre Gedanken gerade kreisten.

»Russell, ich muss einen klaren Kopf bekommen. Ich fahre nach Lostwithiel, und wenn ich zurückkomme, reden wir über alles.«

Es war ihr ernst. Sie wollte nicht auf diese Weise weitermachen, das war Russell gegenüber nicht fair. Diesen einen Flug ins Glück gönnte sie sich noch, danach musste reiner Tisch gemacht werden. Sarah nahm ihre Tasche und ging zur Tür.

»Und wenn ich dir schwöre, Iris nie wiederzusehen?«

»Keine Meineide, Russell.«

»Du glaubst, ich lüge?«

Sie trat auf die Treppe. »Ich glaube, dass zwischen uns etwas nicht mehr stimmt. Das kann doch vorkommen, wenn man länger zusammen ist.«

Sie spürte das Vibrieren ihres Telefons in der Tasche; das war sicher John. »Mach dir keine Sorgen. Ich nehme mir jetzt ein wenig Zeit zum Durchatmen, und wenn ich wiederkomme, reden wir. Wir bekommen das hin.«

Niemand hoffte das mehr als sie. Russell blieb auf dem oberen Absatz stehen. Als sie zurückschaute, gab es ihr einen Stich. Der stets so selbstbewusste Russell stand da wie ein begossener Pudel.

Sarah fuhr zu der kleinen Anlegebucht von Maghwan, wo wegen der schlechten Straßenverhältnisse kaum jemand hinkam. Sie stellte den Wagen an einem Feldweg ab und lief mit ihrer Tasche zur Bucht. Da lag die *Chloé;* das freundliche blaue Boot schwankte im Wasser, einen harmloseren Anblick hätte es kaum geben können. John war unter Deck, erst als

Sarah die Mole erreichte, tauchte sein Blondschopf an Bord auf. Er schwang sich über die Reling und sprang mit einem Satz an Land. Sie standen einander gegenüber, und beiden war bewusst, was sie gerade taten. Sarahs Herz schlug bis zum Hals.

»Gibt es hier ein Boot zu mieten?«, fragte sie leise.

»Zu Diensten, Ma'am.«

»Was kostet mich das?«

»Kommt darauf an, wo Sie hinwollen.«

»Ich dachte an …«

Bevor sie den Satz beendete, lagen sie einander in den Armen. Den anderen zu spüren war die einzige Möglichkeit, alle Fragen beiseitezudrängen.

»Es ist alles so schwierig«, sagte John nach einem langen Kuss.

»Lass uns nicht darüber reden.« Sie hielt ihn umfasst. »Bei mir ist es das erste Mal. Und bei dir?«

Er zog sie zum Steg, der aufs Boot führte. »Bei mir auch – so gut wie.«

»Heißt das, du machst so etwas öfter?«

»Unsinn. Maureen und ich führen eine gute Ehe.« Erschrocken über seine unbedachten Worte, drehte er sich um. »Ich meine …«

»Es ist in Ordnung, dass du das sagst. Ich möchte, dass wir ehrlich zueinander sind.« Sie lief die schmale Planke hoch.

Als sie an Deck standen, sagte Sarah: »Keine Wunden, John; wir wollen niemanden verletzen, deine Frau nicht, und auch Chloé und Billy nicht.«

Liebevoll sah er sie an. »Du bist wunderbar, weißt du das?«

»Ich bin bloß verdammt ängstlich. Ich kann so etwas nicht einfach eiskalt durchziehen. Sie senkte den Blick. »Wie die Sache mit Russell weitergehen soll, weiß ich noch nicht.«

»Welche Sache?«

»Er hat mich betrogen, das ist noch nicht lange her. So wie es aussieht, ist es auch noch nicht ausgestanden.« Sie streichelte Johns Hände. »Wenn ich meine Ehe retten will, muss ich ihm alles erzählen. Keine Angst, ich ziehe dich da nicht mit hinein.«

Er umarmte sie und hob sie zu sich hoch, Sarah verlor den Boden unter den Füßen. »Wir wollten doch nicht darüber reden«, flüsterte John. »Lass uns all das aussperren, ein paar Stunden wenigstens.«

»Einverstanden, wenn du mich runterlässt.« Sie strampelte. »Ich bin viel zu schwer.«

Er setzte sie ab. »Dieser Kutter ist für eine Nutzlast von sechs Tonnen ausgelegt. Mach dir also keine Sorgen.«

Lachend sah Sarah sich um. »Du hast ja umgebaut.«

Die Holzbänke waren verschwunden, stattdessen hatte John einen Tisch und zwei bequeme Liegen festgeschraubt.

»Das waren nur ein paar Handgriffe. Wenn ich mit Maureen und den Kindern rausfahre …« Schuldbewusst sah er sie an. »Entschuldige, ich rede schon wieder …«

»Das wird uns noch häufiger passieren.« Sie ergriff das Steuer. »Nimm mich mit, Kapitän, auf die Reise.«

John löste die Bugleine. »Taugst du denn was als Skipper?«

»Mach dich nicht so wichtig mit deinem Makrelendampfer.« Sie zog einen Fender aus dem Wasser. »Ich bin mit meinem Vater schon über den Wannsee gekreuzt, da hast du noch

Rotznasen in der Schule unterrichtet.« Mitschiffs wartete sie, dass er den Motor startete. »Ich bin der beste Matrose, den du je kriegen wirst.«

Kaum war die Maschine angesprungen, löste Sarah die Achterleine. Behutsam manövrierte John das Boot aus dem seichten Wasser. Sie steckte einen Finger in die Luft, der Wind war ablandig.

»Schade, dass du kein Segler bist. Bei dieser Brise könnten wir mühelos sechs Knoten machen.«

»Ich will, dass unsere Fahrt möglichst lange dauert.« John drehte Richtung Südost und fuhr aufs offene Meer.

Als es Mittag wurde, kam die Landzunge vor Gorran Haven in Sicht, dahinter lag die Bucht von Fowey. Sarah saß an Deck, John steuerte. Einmal hatte sie zu ihm in den Führerstand flüchten müssen, weil ein heftiger Schauer niedergegangen war. Sie hatte sich an ihn geschmiegt, und ihre Leidenschaft war erwacht. John presste sie ans Ruder, wilde Berührungen, wilde Küsse, mehr war nicht möglich. Die See war kabbelig, er musste durch gegeneinanderbrechende Wellen manövrieren. Man konnte das Schiff nicht führungslos lassen, und um Anker zu werfen, war das Meer zu tief. Nach dem Regen wischte Sarah die Sitze trocken und sah nach, welche Schätze Johns Pantry barg. Sie fand Sandwiches, dazu eine Flasche Wein, Wasser, Brot und Oliven.

»Du hast an alles gedacht.«

»Die Fahrt ist lang, die See ist rau, da braucht man etwas im Magen.«

John versuchte, das Ruder zu fixieren, und scheiterte am Seegang. Sarah brachte ihm einen Snack zum Steuer.

»Das ist das Dilemma der Seefahrt, sie erschwert Sex und alle anderen Vergnügungen.«

»Deshalb sind Frauen an Bord normalerweise unerwünscht.«

Sie küssten sich, er aß im Stehen.

Stunde um Stunde mit einem Mann allein zu sein, den sie kaum kannte, war für Sarah unerwartet anstrengend. Sie bemerkte, dass sie sich *verhielt,* statt einfach frei zu sein, sie spielte die Rolle der Liebhaberin, und sie beide spielten einen Ausflug ins Glück. Die Gischt, die sich an der Bordwand brach, die eilenden Wolken, der weite Horizont und die Küste in der Ferne, das romantische Szenarium stimmte, doch die Akteure waren noch nicht aufeinander eingespielt. Ihr Verlangen nacheinander war da, die Vertrautheit jedoch musste sich erst einspielen. Sarah wollte sich von ihrer Anspannung befreien, darum begann sie zu erzählen. Von ihrer Kindheit in der damals noch geteilten Stadt, über die Ehe ihrer Eltern, in der Bibi gern im Licht gestanden hatte, während ihre Mutter sich scheinbar freiwillig im Hintergrund gehalten hatte. Sarah erzählte, wie sie beim Fall der Mauer mit ihrem ersten festen Freund zur Bernauer Straße gefahren war, um bei dem großen Ereignis dabei zu sein. Sie sagte, dass sie während des Studiums am glücklichsten gewesen sei; auf den Spuren der Vergangenheit zu wandeln hätte ihr Ruhe und Selbstsicherheit gegeben. Man konnte die Zeugen der Welt von früher betrachten, erforschen und mit dem Heute vergleichen. John wollte schließlich wissen, wie Sarah nach England gekommen war.

»Das hatte mit einem Mann zu tun. Nichts Erotisches«, sagte sie auf seinen Blick. »Ein alter Mann, Erich Silberschneider. Er war bereits alt, als ich bei ihm studierte. Danach kam eine schwierige Zeit für mich, eine unglückliche Liebe, und wieder war es Silberschneider, der mir herausgeholfen hat. Er war der Methusalem unter den Archäologen, als ich seine Assistentin wurde, und nahm mich mit nach Dorchester. Dort gruben und buddelten wir nach der Kultur, die wir beide am meisten lieben, die der Kelten.« Sie sah John an. »Und jetzt pflüge ich mit einem Nachfahren der Kelten durch die Wellen des Atlantiks. Wer hätte das gedacht?«

»Ich bin nur der Nachfahre einer Lehrerfamilie«, antwortete er. »So weit man zurückschaut, haben die Cormacs unterrichtet. Ich bin der Schandfleck in unserer Familientradition.«

»Vielleicht bist du nur der Erste, der zur keltischen Tradition zurückfindet. Die Kelten siedelten sich an vielen Orten Europas an, weil sie hervorragende Seefahrer waren.«

»Was wurde aus deinem Professor?«

»Ich habe lange nichts von ihm gehört. Vielleicht ist er sogar schon gestorben. Wir sind nicht im Frieden auseinandergegangen.«

»Weshalb?«

»Er war dagegen, dass ich meinen Beruf aufgab. Er fand, es sei eine Vergeudung von Talent.«

»Und du?«

Sie rückte näher an ihn heran. »Die Arbeit fehlt mir. Das wurde mir erst vor Kurzem klar. Ich habe alles, was ich bin und tue, auf die Bewahrung dieses alten Besitzes abgestimmt. *Trelawn* sollte mein Lebensinhalt werden, das war ein Fehler. Vor allem, weil es auch Russell nicht glücklich macht.«

Das Boot sackte in ein Wellental, Sarah strauchelte, John fing sie auf. Gemeinsam betrachteten sie die Küstenlinie, die jede Minute näher kam.

»Russell ist Geschäftsmann aus Leidenschaft. Er liebte seine Firma, er liebt die Welt, in der er Dinge kaufen und verkaufen kann, auch wenn er diese Dinge nie zu Gesicht bekommt. Er hat ein Gespür dafür, was steigen und was fallen wird. Sein Pflaster war London, er liebte es, auf der Kings Road einen Drink zu nehmen. Für mich war es die Erfüllung, den Boden von *Trelawn* mit meinen eigenen Händen zu bearbeiten. Russell konnte dem nie viel abgewinnen.«

»Wenn ich es recht verstehe, buddelst du einfach gern.«

»Stimmt!« Erstaunt sah sie ihn an. »Es ist wirklich so einfach: Ich grabe gern in der Erde.«

»Dann solltest du das wieder tun – nicht nur, um im Herbst die Dahlien auszugraben.«

Danach war es eine Weile still. Sarah dachte darüber nach, wie simpel John ihre Bedürfnisse auf den Punkt gebracht hatte.

Er zeigte zur Küste. »Siehst du das Rote dort vorn? Das ist die Werft von Fitzmaurice.«

»Dann sind wir bald da?« Sie packte die Essensreste zusammen und verstaute alles in der Pantry. »Du willst wahrscheinlich nicht, dass dich die Leute von der Werft mit mir zusammen sehen?«

John nickte erleichtert. »Ich habe schon überlegt, wie ich es dir beibringen soll.«

»Hör mal, ich bin als Geliebte nicht von gestern.« Sie zog ihre Jacke an. »Wo setzt du mich ab?«

»In Fowey. Nicht weit vom Hafen ist die Autovermietung, wo der Wagen bereitsteht.«

»Es geht doch nichts über eine ausgetüftelte Planung.«

Sie küssten sich so ausgiebig, als ob ihr Kuss lange vorhalten sollte. John fuhr die Maschine auf Limit, denn von Land zogen dunkle Wolken heran, und er wollte nicht bei Regen anlegen.

17

Auf einem Hügel, der zum Fowey River hin abfiel, erhob sich die kleine Stadt Fowey. Bevor Sarah das Auto holte, lief sie durch die Gassen, an manchen Ecken blinzelte der Fluss zwischen den Häusern hindurch. In der Westbucht entdeckte sie den Jachthafen, wo trotz der frühen Jahreszeit Segler, kleine Schoner und Motorboote lagen. Dahinter erstreckte sich der kommerzielle Hafen, in dem auch die Werft von Fitzmaurice war.

Sie wäre länger in Fowey geblieben, hätte die Auktion in dem wenige Kilometer entfernten Lostwithiel nicht bald begonnen. Während Sarah dorthin fuhr, beaufsichtigte John die Reparatur seines Bootes, so hatten sie es verabredet. Es war ihr recht, allein in das Antiquitätendorf aufzubrechen; sie kannte die meisten Händler dort. Beim Einrichten von *Trelawn* hatte Sarah eine Stange Geld in Lostwithiel gelassen. Obwohl es nicht verfänglich gewesen wäre, sich mit einem Fremden zu zeigen, war Sarah froh, nichts erklären zu müssen.

Entlang der Hauptstraße zogen sich die *antique shops* hin, von Schmuck und Geschirr bis zu wuchtigen Möbeln wurde hier so gut wie alles angeboten. Viktorianische Schreibtische, Sessel im *Edwardian style,* Bauernmöbel, Kristalllüster und militärische Auszeichnungen. Ein Laden hatte sich auf Raritäten aus den Sechzigerjahren des 20. Jahrhunderts spezialisiert.

Sarah parkte im Hof des Auktionshauses; die Versteigerung hatte schon begonnen. An der Kasse ließ sie sich ihr Nummernschild geben; unter dieser Nummer war ein Konto für sie eingerichtet worden. Sie wollte zwei Deckenleuchten von 1905 ersteigern, die Lampen in Tropfenform, mit schönem Glasschliff und einer Halterung aus vergoldeter Bronze. Während Sarah weiter hinten Platz nahm und darauf wartete, dass ihre Objekte aufgerufen wurden, versuchte sie das Gefühl zu fassen, das der Vormittag in ihr zurückgelassen hatte. John hatte wenig von sich erzählt, und doch strahlte er das Wesen eines Mannes aus, der sein Leben akzeptierte, auch wenn viele seiner Wünsche nicht in Erfüllung gegangen waren. Sarah versuchte sich den großen, kräftigen Mann in einem Klassenzimmer vorzustellen. Bestimmt wäre er auch ein aufmerksamer Lehrer gewesen, doch für sie passte er besser auf sein Schiff, in die Natur. War diese Sicht ungerecht? Sie wusste wenig über seine Interessen, ob er gern las, welche Musik er hörte, wofür er schwärmte. Sie kannte bloß den hellen, wortkargen Mann, der sie mit seiner Freundlichkeit beschenkte und der seine Familie trotzdem nicht vergaß, auch wenn er sich auf dieses Abenteuer eingelassen hatte.

»Zweihundertzwanzig zum Ersten«, hörte Sarah.

Auf dem Tisch neben dem Auktionator waren ihre Lampen ausgestellt. Sie kannte den Mann mit den grauen Schläfen gut, viele Male hatte er ihr schon den Zuschlag gegeben.

Darum hielt er den Hammer jetzt erhoben und sah in Sarahs Richtung.

»Zweihundertzwanzig zum Zweiten …«

Sie war im Begriff, ihre Tafel zu heben – es lag nicht am Preis, dass sie es dann nicht tat. An diesem Tag kam es ihr plötzlich lächerlich vor, antike Lampen zu kaufen. Daher winkte Sarah ab.

»Und zum Dritten.« Der Hammer fuhr nieder.

Sie und John hatten ihr nächstes Treffen offen gelassen, da nicht klar war, wie lange John in der Werft bleiben musste. Sie wollte eben auf ihrem Handy nachsehen, ob er sie bereits erwartete, als sie eine Berührung an der Schulter spürte. Hatte ein Bekannter aus Lostwithiel sie erkannt? Sarah drehte sich um.

»Na, hast du schon viel Geld ausgegeben?« John trug seine Regenjacke und eine Schirmmütze.

»Wie kommst du hierher?«, flüsterte sie.

»Der Bahnhof von Lostwithiel ist nur einen Steinwurf entfernt. Mein Boot wird erst abends geslippt, auf der Werft war für mich nichts mehr zu tun.«

»Hey, wie schön …« Unter der Bank ergriff sie seine Hand.

Der Auktionator bereitete das nächste Objekt vor. »Artikelnummer eins, vier, sieben, ein Paar Nussholzstühle, Mitte des 18. Jahrhunderts, mit Seidenbespannung.«

»Lass uns abhauen«, raunte Sarah. Ohne seine Hand loszulassen, stand sie auf. Einige Köpfe fuhren herum. Sarah lief zum Ausgang, John in ihrem Schlepptau. Auf der Treppe konnte sie nicht länger an sich halten und küsste ihn.

»Ist das klug?« Er streichelte ihr Haar.

»Bestimmt nicht.« Sie küsste ihn noch einmal.

Sie sahen sich an.

»Hunger?«, fragte er.

»Ja. Auf dich.«

Das sanfte Nieseln war einem kräftigen Aprilregen gewichen. John holte Sarah unter seine Jacke, und sie rannten zum Wagen.

»Wohin?«

»Kein *Bed and Breakfast*«, keuchte sie auf den letzten Metern. »Wir brauchen etwas Anonymes.«

»Hier gibt es einen großen Golfclub.« Sie stiegen ein.

»Stimmt. Mit einem superschicken Hotel.«

»Hört sich teuer an.«

Sie lachte. »Heute soll es teuer sein!« Hinter der beschlagenen Scheibe küssten sie einander wieder, Wasserschlieren rannen die Fenster herunter. Sarah schob John von sich. »Los jetzt. Sonst werde ich verrückt.«

Sie gab Gas und fuhr mit überhöhtem Tempo aus der verschlafenen Stadt, während er die Adresse des Golfclubs ins GPS eingab.

Über sanfte Hügel näherten sie sich dem Gelände. Der 18-Loch-Platz war verlassen, schlaff hingen die Fähnchen im Regen.

»Lass mich das machen«, sagte sie beim Parken.

John verstand und blieb im Auto. Minuten später war sie wieder da, einen Schlüssel in der Hand, mit dessen gusseisernem Anhänger man jemanden hätte erschlagen können.

Die Zimmer lagen in mehreren renovierten Scheunen, die

den Innenhof begrenzten. Im strömenden Regen traten sie ein. Alte Deckenbalken, eine Natursteinwand, das geschwungene Metallbett hatte Super-Kingsize-Format. Kiefernmöbel unterstrichen die ländliche Note.

»John«, sagte Sarah, dann nichts mehr.

War der Sex auf seinem Boot noch von den beengten Verhältnissen in der Kajüte bestimmt gewesen, boten ihnen das Bett, das Zimmer und das Bad nun die Möglichkeit, ein Fest der Lust zu feiern. Kaum seiner Sachen entledigt, zog John sie unter die Dusche. Unter dem heißen Wasserstrahl begannen sie sich zu lieben. Sarah streichelte und liebkoste ihn, er ging auf die Knie, küsste ihre Schenkel, ihre Scham, bis sie ihn hochzog und dazu brachte, stehend in sie einzudringen. Sie klammerte sich fest, wo es ging, das Wasser nahm ihr zwischendurch den Atem. Sie hörte Johns tiefes Stöhnen, er küsste ihre Brüste. Ohne sich abzutrocknen, taumelten sie anschließend ins Zimmer zurück, warfen sich aufs Bett und genossen den Rausch noch inniger und verrückter als beim ersten Mal. Die Leidenschaft, die ihr im Laufe der Zeit mit Russell verloren gegangen war, lebte nun in Sarah wieder auf. John genoss ihr Spiel und ließ sich von ihr verwöhnen, bevor er sie mit seiner Wildheit wieder zur Raserei brachte. Nicht ihr Höhepunkt beendete den Rausch, sondern pure Erschöpfung.

»Ich kann nicht mehr«, keuchte Sarah.

»Ich auch nicht.« Über ihr sank er zusammen. Sie streichelte seinen Nacken.

»Mein Herz zerspringt.« Sie rang nach Luft und lachte. »Ich glaube, ich sterbe gleich.«

»Daran stirbt man nicht.« Er rollte zur Seite und zog sie in seine Arme.

»Wir haben das ganze Bett nass gemacht.«

Er schlug die Decke zurück, ging zum Schrank und holte Ersatzdecken. Sie kuschelten sich aneinander, flüsterten und murmelten miteinander, bis sie einschliefen. Als sie erwachten, dämmerte bereits der Abend. John öffnete den Nachttisch.

»Was suchst du?«

»Die Minibar. Ich komme um vor Hunger.«

»Gehen wir essen.«

»Ja, aber bis dahin …« Er fand Erdnüsse und eine Tafel Schokolade.

»Ich ziehe mich schnell an.« Sarah sprang aus dem Bett. Selten hatte sie sich so frisch, so voller Kraft gefühlt.

Das Restaurant war weitläufig und schlecht besucht. Normalerweise hätte der leere Saal Sarah die Laune verdorben, heute war es ihr egal.

»Hättest du lieber auf dem Zimmer gegessen?«

»Lass uns hierbleiben.« Er zeigte auf eine Nische.

Die Kellnerin zündete Kerzen an. Das Drei-Gänge-Menü war vielversprechend; sie nahmen überbackenen Brie mit Rosmarin, eine Fischplatte aus Rotbarsch, Seelachs und Kabeljau und die unvermeidliche *Cornish clotted cream* zum Nachtisch. Sie saßen sich gegenüber, manchmal hielt er ihre Hand, sie redeten unverfängliche Dinge. John erkundigte sich nach den Ausgrabungen, bei denen Sarah mitgewirkt hatte, und es stellte sich heraus, dass er die keltischen Fundstätten seiner näheren Heimat gut kannte.

»Glaubst du, dass Mên-an-Tol bloß ein religiöser Kultort war oder dass die Menschen damit auch den Jahreszeitenwechsel berechnen konnten?«

»Mên-an-Tol ist etwa viertausend Jahre alt. Es ist erwiesen, dass die Megalithen nicht immer wie heute in einer Reihe gestanden haben, sondern einen Winkel bildeten. Man geht davon aus, dass einige Steine während der Jahrhunderte abtransportiert und woanders aufgestellt worden sind.«

»Wusstest du, dass die Leute daran glauben, dass ihre Rückenschmerzen geheilt werden, wenn sie durch das Loch im Ringstein kriechen?«

Sarah legte das Besteck weg. »Ich habe gelesen, dass die Steine bis heute zur Abwehr von Verwünschungen genutzt werden.«

John aß mit Appetit. »Hast du auch von der schönen Lyliath gehört, die ihrem Mann kein Kind schenken konnte und darum siebenmal rückwärts durch das Loch gekrochen ist? Bald darauf wurde sie schwanger.«

Sarah sah ihn an. Ihren Kinderwunsch und die Tatsache, dass sie anscheinend nicht mehr schwanger werden konnte, hatte sie bis jetzt nicht zur Sprache gebracht. War es Zufall, oder spürte John, dass dies ein wunder Punkt in ihrem Leben war?

Der Hauptgang kam, sie leerten eine Flasche Wein, und nach und nach gab Sarah sich der Illusion hin, dass sie wie ein gewöhnliches verliebtes Paar beisammensaßen. Die Außenwelt wurde schemenhaft, das wirkliche Leben verschwand, und in ihr wurde die Vorstellung wach, wie es wäre, mit John eine ganz normale Beziehung zu führen. Die Illusion dauerte genau so lange, bis die Kellnerin die Rechnung vor John hinlegte.

»Ich hoffe, es hat geschmeckt, Mister Henley.«

Er grinste Sarah an, doch der Traum war zerstoben.

»Könnten Sie es bitte aufs Zimmer schreiben?«, sagte sie.

»Selbstverständlich.«

»Und jetzt, Mrs. Henley?«, fragte er. »Was wollen Sie mit Mr. Henley unternehmen?«

Genervt schüttelte sie den Kopf. »Ich möchte mich irgendwo mit dir einsperren und alles um uns herum vergessen.«

»Wozu die Traurigkeit? Es ist geliehene Zeit, das wussten wir. Wir wollen sie nicht vergeuden.«

Arm in Arm gingen sie draußen zum Rand des Golfcourses. John zog Sarah weiter, bis das Hotel nur noch eine Ansammlung von Lichtpunkten war.

»Was würde passieren, wenn Maureen von uns erfährt?«, fragte sie unvermittelt.

»Hör auf damit.«

»Nein, im Ernst. Was würde passieren?«

»Ich weiß es nicht.«

»Keine Ausflüchte.«

»Maureen würde die Kinder nehmen und zu ihren Eltern ziehen.«

»Kein Pardon für dich, keine zweite Chance?«

»Warum interessiert dich das?«

»Weil es um dich geht. Du interessierst mich.« Da er nicht antwortete, fuhr sie fort: »Seit Russells Affäre hat sich für mich etwas verändert. Ich kann mich nach wie vor auf ihn verlassen, aber in dem einen Punkt bin ich misstrauisch geworden.«

»Maureen ist da anders als du«, antwortete er zögernd.

»Was meinst du damit?«

»Ich will nichts Schlechtes über meine Frau sagen. Wir passen gut zusammen, wir haben schöne Jahre miteinander verbracht, aber seit dem Tod unseres ersten Kindes …« Er ging ein paar Schritte. »Reden wir von etwas anderem.«

»Nein, John. Wir können das Thema nicht ewig vor uns herschieben. In ein paar Stunden wird es hell, und ich fahre zu meinem Mann zurück. Ich werde mit ihm sprechen. Er hat ein Recht, zu erfahren, was ich getan habe. Ich brauche geordnete Verhältnisse.« Auf seinen amüsierten Blick hin sagte sie: »Ich bin Preußin, John, Ordnung liegt mir im Blut.«

»Du willst Russell alles erzählen, jedes Detail?«

»Deinen Namen halte ich heraus.«

Allmählich begann er zu begreifen. »Wenn du mit Russell sprichst, bedeutet das – nach heute Nacht ist es vorbei?«

»Denkst du nicht, dass es das Beste wäre?«

»Es wäre das Richtige.« Mit seinen klugen Augen sah er sie an. »Aber das *Beste?*«

»Ich kann das nicht, John. Ein Gespinst aus Lügen, die immer neue Lügen nach sich ziehen, das bin ich nicht.«

»Ich weiß.« Er nahm sie in die Arme. »Ich weiß das, leider.«

»Könntest du es?«

»Du stellst mir die Gewissensfrage, nicht wahr?« Er drückte sie zärtlich. »Ich fürchte, ich könnte es. Weil ich dich liebe.«

Seine Ehrlichkeit rührte sie. »Ich weiß nicht, ob man das nach so kurzer Zeit schon Liebe nennen kann.« Sie löste sich.

»Es ist vor allem Leidenschaft, oder? Wir wollen miteinander schlafen. Das nennt man mangelnde Zurechnungsfähigkeit.«

»Ich finde es toll«, sagte er jungenhaft.

»Reicht es, um deine Kinder im Stich zu lassen?«

»Natürlich nicht«, antwortete er, eingeschüchtert durch ihre Nüchternheit.

»Auch wenn zwischen Russell und mir einiges nicht stimmt, ist er immer noch mein Mann. *Trelawn* ist mein Zuhause.«

»Du willst es also beenden?«

»Das müssen wir, bevor wir zu viel kaputt machen.«

Sie gingen zurück, und Sarah schloss schweigend die Zimmertür auf. Ohne viele Worte machten sie sich zum Schlafengehen fertig. Sie lagen nebeneinander, jeder unglücklich mit seinen Gedanken; schließlich nahm Sarah John in den Arm, und sie sagten einander Gute Nacht. Doch als sie irgendwann in völliger Dunkelheit erwachten, war es mit aller Vernunft vorbei, und sie liebten einander voll Verzweiflung. Danach konnten sie lange nicht einschlafen. Als ihr Handy Sarah weckte, glaubte sie, gerade erst die Augen zugemacht zu haben.

18

Sie hatte John gesagt, dass sie nicht mit ihm auf dem Boot nach Hause fahren würde. Er schien erleichtert, der Beklemmung zu entgehen, die mit dieser Heimfahrt einhergegangen wäre. Für Sarah wurde es eine Zickzack-Tour. Sie setzte John unweit der Werft ab, brachte das Mietauto zurück, lief zu Fuß zum Bahnhof, fuhr nach Redruth und nahm von dort ein Taxi zu ihrem eigenen Auto. Um ein Uhr erreichte sie *Trelawn* und bemerkte erleichtert, dass Russell über Mittag im Büro geblieben war. Das gab ihr einen kleinen Aufschub. Elaine hatte die Zimmer schon in Ordnung gebracht und saß in der großen Gesindeküche bei ihrer Tasse Tee.

»Ist das Paar aus Leeds gut angekommen?«, fragte Sarah.

»Die waren gestern Abend so spät dran, dass ich den Schlüssel in die *safety box* legen musste. Heute früh habe ich die Leute kennengelernt. Ruhige Menschen.«

Sarah schmunzelte. Ruhe war für Elaine das Wichtigste. Schmetternde Radios und krakeelende Kinder passten für sie nicht zum Flair von *Trelawn*.

»Wie hast du das damals gemacht, als deine eigenen Kinder klein und laut waren?« Sarah setzte sich mit einer Tasse zu ihr.

»Du weißt ja, wenn's die eigenen sind, merkt man das gar nicht.«

»Nein, das weiß ich nicht.« Einen Moment sahen sich die Frauen an.

Elaine war eine kluge Frau, eine Frau mit Durchblick. Obwohl sie so etwas wie Freundinnen geworden waren, hielt Elaine eine respektvolle Barriere zwischen ihnen aufrecht. Meistens erkundigte sie sich, was Sarah erlebt hatte, wenn sie fort gewesen war. Heute nicht.

»In Lostwithiel hat es die meiste Zeit geregnet«, begann Sarah von selbst.

»Hier keinen Tropfen.« Elaine schaute aus dem Fenster. »Dein Wagen ist gar nicht nass. Hast du in Lostwithiel etwas ersteigert?«

»Die Lampen waren den Preis nicht wert.«

»Also nur eine Spritztour.«

»Genau. Die Gegend um Fowey ist wirklich schön.«

Wieder ein Blick zwischen ihnen. Sarah hatte seit Langem den Eindruck, dass die Haushälterin viel sah und wenig redete. Sie war mit ihrem Tee fertig. Sarah spülte, trocknete beide Tassen und stellte sie in den Schrank.

»Hast du Russell noch angetroffen?«

»Nein. Er muss ziemlich früh aus dem Haus sein.« Elaine holte ihr Putzzeug. »Da war übrigens ein Anruf für dich. Ein Mann mit deutschem Akzent.«

Elaine kannte Sarahs Vater der Stimme nach, Bibi konnte es also nicht gewesen sein. »Hat er seinen Namen genannt?«

Sie stützte sich auf den Staubsauger. »Er sagte etwas Merkwürdiges: Richten Sie Sarah aus, der alte Keltenfürst kehrt aufs Schlachtfeld zurück.«

»Der alte Kelten…?« Sie sprang auf. »Silberschneider hat angerufen?«

Wenn sie sich auf der Heimfahrt etwas gewünscht hatte, dann einen Menschen, dem sie sich anvertrauen konnte. Jemand, der nicht in ihre Probleme verstrickt war und sie unvoreingenommen beraten würde.

»Hat Erich gesagt, ob er in England ist?«

»Er meinte, seine Handynummer hätte sich nicht geändert.«

Sarah lief aus dem Haupthaus, im Künstlerturm griff sie zum Telefon. Erich, ihr Lehrer, der strenge, kluge, alte Mann – sie hatten so lange nicht miteinander gesprochen, dass sie seine Nummer nicht im Handy fand, sondern in ihrem alten Telefonbüchlein. Aufgeregt wartete sie auf das erste Klingeln.

»Hallo, hier ist Sarah. Sarah Henley.«

»Warte mal. Ich koche gerade«, antwortete er so selbstverständlich, als hätten sie gestern zuletzt geplaudert. Ein Zischen im Hintergrund. »Alles unter Kontrolle«, sagte er. »Schön, dass du zurückrufst.«

»Du kochst, dann bist du also nicht in England«, sagte sie, ein wenig enttäuscht.

»Nein, aber ich komme bald zu euch.«

Er erklärte, dass einige Leute in Truro ihn anlässlich einer Ausstellung eingeladen hätten, einen Vortrag zu halten. »Da dachte ich, wenn ich schon mal in der Nähe bin, wäre es nett …«

»Ja, Erich! Komm vorbei«, rief sie voll Freude. »Die Einweihung meines Hauses hast du damals ja verpasst.«

»Nicht verpasst, geschwänzt«, antwortete er.

Sie rechnete nach, wann Silberschneider in Ruhestand gegangen und wie viel Zeit seitdem verstrichen war. Er musste über achtzig sein. Seiner Stimme hörte man das Alter nicht an – er war scharfzüngig wie eh und je.

»Diesmal will ich dein Schloss gern besichtigen«, sagte er. »Bin sogar bereit, Eintritt zu zahlen, wenn ich eine anständige Führung kriege.«

Sie lachten, vereinbarten den Tag und verabschiedeten sich.

Trelawn lag friedlich da, einige Wolken kamen vom Meer, der Rasen war frisch geschnitten worden. Sarah versuchte das Leben, das sie führte, mit Silberschneiders Augen zu sehen. Sie hatte viele Jahre in ihr Studium investiert, war eine leidenschaftliche Archäologin gewesen, schließlich jedoch hatte sie geheiratet. Ihr reicher Mann hatte dieses Anwesen erworben, das sie mit großem Aufwand renoviert hatten. Seitdem tat sie nicht viel mehr, als das Flair des alten Besitzes an Touristen zu verhökern; sie vermietete eine Traumwelt.

In der Dämmerung hörte sie Russells Auto, beschwingt kam er zur Tür herein. Seine Laune von gestern schien verflogen, selbstbewusst nahm er Sarah in den Arm und küsste sie.

»Holla«, sagte sie überrumpelt. Vor ein paar Stunden erst hatte sie John geküsst und staunte nun, wie selbstverständlich sie mit der Lage umging.

Russell wirkte erfrischt, verjüngt, als ob alles Miesepetrige, das ihre letzten Wochen bestimmt hatte, von ihm abgefallen wäre.

»Gibt es einen besonderen Grund für deine glänzende Laune?«

»Den will ich dir sagen.« Er setzte sich und zog sie auf seinen Schoß. »Ich bin froh, dass Iris hier war. Durch ihren Besuch hat sie die letzten Gespenster vertrieben. Ich weiß jetzt, dass ich vor anderthalb Jahren verrückt war, einfach nicht zurechnungsfähig. Als ich sie jetzt wiedersah, kam mir alles, was passiert ist, unwirklich, ja, lächerlich vor. Wie konnte ich mich so weit von dir forttreiben lassen? Du bist die Frau, die ich will und die ich liebe, die einzige Frau.«

Sie betrachtete sein Gesicht, das vor Optimismus strahlte. Das wäre der richtige Zeitpunkt gewesen, ihre eigene Geschichte zu erzählen. Doch wie beginnen? Sarah stand auf. »Gefällt dir unser Leben eigentlich, Russell?«

»Natürlich. Wieso fragst du?«

»Glaubst du, dass wir auf dem richtigen Weg sind?«

»Es kommt darauf an, wie wir den Weg gestalten.«

Sie ging in die Küche. »Ich habe heute mit meinem alten Professor telefoniert.«

»Silberschneider? Der lebt noch?«

»Er will mich besuchen kommen.«

»Ach ja? Das finde ich toll.«

»Weshalb?«

Russell folgte ihr. »Weil es mich schon lange wundert, dass es dir genügt, in *Trelawn* die Rosen zu stutzen und die Zierkissen aufzuschütteln.«

Sie drehte sich um. »Du hast bemerkt, dass ich …«

»Dass du darüber nachdenkst, wieder zu arbeiten«, antwortete er offen. »Das erscheint mir nur logisch. Der Laden hier läuft doch praktisch von selbst.«

»Und du hättest keine Einwände?«

»Im Gegenteil.« Da sie nichts unternahm, das Abendessen vorzubereiten, öffnete er den Kühlschrank. »Ich fände es richtig.«

»Russell, du bist … Du schaffst es immer wieder, mich zu überraschen.«

»Das ist das schönste Kompliment, das man einem alten Ehehengst machen kann.« Er holte alles Mögliche aus der Kühlung, stellte Wurst und Käse gleich in der Packung auf den Tisch.

»Warte, ich richte uns etwas an.«

»Lass doch.« Er verteidigte das Chaos. »Sieht ja keiner, dass Lord und Lady Henley wie die Barbaren futtern.«

»Erich hält in ein paar Tagen einen Vortrag in Truro. Ich würde gern hinfahren. Kommst du mit?«

»Das wird schwierig.«

»Wieso?«

»Ich habe auch Pläne – es ist etwas passiert.«

Sie spürte, dass er etwas Besonderes auf dem Herzen hatte. »Was ist los?«

»Sam hat Krebs.«

»Was?«

Sam war Russells Exkompagnon. Während sich Russell nach dem Verkauf des Unternehmens in Cornwall niedergelassen hatte, war Sam als Teilhaber in der Firma geblieben, wohnte weiterhin in London und versorgte Russell von Zeit zu Zeit mit Börsentipps.

»Ich weiß es auch erst seit Kurzem.« Er nahm zwei Scheiben Brot aus der Tüte. »Sie haben den Primärkrebs lokalisiert, jetzt geht es darum, ob er gestreut hat. Das bedeutet viele Untersuchungen; es heißt, dass Sam für einige Zeit ausfällt. Er hat mich gebeten, ihn vorübergehend zu vertreten.« Er wartete auf ihre Reaktion.

»Das heißt, du müsstest nach London?«

Er machte sich ein Käsesandwich. »Ich würde Sam den Gefallen gern tun. Wärest du damit einverstanden?«

»Ob ich … Aber ja. Wie lange?«

»Das lässt sich schwer sagen.«

Sie sank gegen die Lehne. Sarahs Wunsch, in ihrem Leben solle etwas in Bewegung geraten, ging auf sonderbare Weise in Erfüllung. »Das bist du Sam schuldig«, sagte sie. »Wann willst du fahren?«

»Morgen oder übermorgen.« Er nahm ihre Hand. »Ich springe nur vorübergehend ein, das ist hoffentlich klar. Vielleicht für zwei Wochen, vielleicht einen Monat. An den Wochenenden komme ich natürlich heim.« Er klappte die Brotscheiben zusammen und aß.

Sie wollte ihm nun endlich von Lostwithiel erzählen. So überraschend Silberschneiders Besuch auch war, Sarah hatte ein Thema auf dem Herzen, das schwerer wog. Weshalb zögerte sie? War es, weil Russell eine Aufbruchstimmung verströmte, die sie nicht zerstören wollte? War es, weil sie John bereits klargemacht hatte, dass ihre Affäre enden musste? Oder war es vielleicht, weil Russell sie mit einer schrecklichen

Versuchung konfrontierte? Der Tatsache, dass sie von nun an in *Trelawn* häufiger allein sein würde. Es stand außer Frage, dass er seinem Freund helfen sollte. Dazu brauchte er Freiraum und bot Sarah das Gleiche an. Diese Entwicklung gefiel ihr, zugleich bereitete sie ihr Unbehagen. John und sie wirkten aufeinander zurzeit wie eine Droge. Die Möglichkeit, mehr davon zu bekommen, war nicht die Art von Klärung, die Sarah herbeiführen wollte. Wäre es andererseits richtig, Russell ausgerechnet vor seiner Abreise reinen Wein einzuschenken? Sie nahm sich vor, sich seines Vertrauens auf andere Weise würdig zu erweisen.

Er holte zwei Bier aus dem Eis, und sie verlegten den Abend ins Wohnzimmer. Russell zappte durch die Programme, bis er einen Film fand, den sie schon oft zusammen gesehen hatten, der ihnen jedoch immer wieder gefiel. Während er den Arm um sie legte, dachte Sarah, ob es John wohl ähnlich erging wie ihr. Er saß sicher mit seiner Familie beisammen, sie aßen und plauderten, und der Tag auf See und die Nacht im Golfhotel schienen auf merkwürdige Weise in die Ferne gerückt zu sein.

Die Stiftung, für die Silberschneider den Vortrag hielt, hatte ihren Sitz in einem ruhigen Viertel von Truro. Als Sarah bei der viktorianischen Villa ankam, schien Erichs Rede bereits vorbei zu sein. Obwohl sie sich auf das Wiedersehen freute, hatte sie kurzfristig beschlossen, ihn erst nach der Veranstaltung zu treffen. Viele Leute tummelten sich in den Räumen im Erdgeschoss, Erich war nirgends zu entdecken. Sarah schlenderte an den Exponaten der Ausstellung entlang: Es waren mächtige Steine, Granit und Marmor, grob behauen.

Plötzlich hörte sie Applaus, der Gastredner wurde beklatscht. Dort kam er, ihr alter Lehrer. Sarah staunte, wie gut Erich aussah, sein Haar war kaum ergraut. Nur daran, dass sein kräftiger Kopf ein wenig zwischen die Schultern gesunken war, erkannte man, wie hochbejahrt er war. Er plauderte nach allen Seiten, die Aufmerksamkeit freute ihn offensichtlich. Sarah zog sich in eine Ecke zurück und wartete darauf, dass sich der Trubel um ihn legen würde. Sie gestand sich ein, dass das Wiedersehen sie nervös machte.

»Sarah?«

Sie drehte sich um. Hinter ihr stand Silberschneider.

»Erich!« Überrumpelt gab sie ihm die Hand.

»Das soll eine Begrüßung sein, nach all den Jahren?«

Sie fiel ihm lachend um den Hals.

»Meine liebe Sarah. Wie ist es dir ergangen auf unserer stolzen Normanneninsel?«

In seinen Augen entdeckte sie den Schalk, der sie von Anfang an zu ihrem Professor hingezogen hatte. Er hatte ihr beigebracht, dass der normannische Einfluss England bei Weitem stärker geprägt hätte als der angelsächsische, daher nannte er Großbritannien stets »die Normanneninsel«. Ihr fiel ein, dass der Professor vielleicht hören wollte, wie ihr sein Vortrag gefallen hatte.

»Entschuldige, Erich, zu deiner Rede habe ich es nicht geschafft.«

Er lächelte. »Die graue Theorie hat dich noch nie so recht interessiert. Du bist ein Mädchen, das gern mit bloßen Händen in der Urgeschichte wühlt. Wieso bist du überhaupt hergekommen?«

»Weil ich dich so bald wie möglich sehen wollte.«

»Das hört sich an, als ob du Kummer hättest.«

Es war wie früher. Nie hatte sie ihrem Lehrer lange verheimlichen können, wenn ihr etwas auf dem Herzen lag.

»Kummer ist der falsche Ausdruck. Ich hätte einfach gern deinen Rat.«

Jemand trat zu ihnen und fragte den Professor zu einem bestimmten Punkt seines Vortrags. Bereitwillig gab Silberschneider Auskunft.

»Hier sind wir nicht ungestört«, sagte er, als sich schon die nächste Gruppe näherte. »Suchen wir uns ein ruhiges Plätzchen.« Auf Sarahs Blick in die überfüllten Räume sagte er: »Nicht hier.«

»Du kannst als Ehrengast nicht einfach abhauen.«

»Ich bin sogar froh, dass du mir Anlass gibst, die Veranstaltung zu schwänzen.« Er hakte sie unter und strebte zur Tür.

»Sie wollen doch nicht gehen, Professor?«, fragte eine Dame.

»Nur eine kurze Konsultation mit meiner Assistentin.« Im Freien fragte er: »Existiert das *Crab and Ale House* noch?«

»Keine Ahnung – ich war lange nicht hier.«

»Ich hätte Lust auf frische Krabben.« Er gab einen zügigen Schritt vor.

»Schön, dass du da bist Erich.«

Sie ließen die Villa hinter sich.

19

Sie bestellten Tigergarnelen in Blätterteig. Sarah griff hungrig zu. Silberschneider hatte an der Bar zwei Gläser Rotwein geholt und brachte sie zu ihrem Tisch.

»Du hast deinen Appetit nicht verloren.«

»Die Folgen sind unübersehbar.« Sie fasste sich an die Hüfte.

»Ich bin alt genug, um darauf zu antworten: Ein paar Pfunde mehr stehen dir gut zu Gesicht.«

»Danke.«

Sie saßen im Freien, es war ein lauer Frühlingsabend. Sie redeten von früher und schwelgten in der Erinnerung, als sie ein unversehrtes Keltengrab aus vorchristlicher Zeit entdeckt und sich monatelang mit dem Fund beschäftigt hatten.

»Mir fehlt die Arbeit, selbst in meinem Alter«, sagte Silberschneider. »Ich könnte mich mit Schriftübersetzungen beschäftigen oder ein Buch schreiben. Aber es ist nicht das Gleiche, wie wenn man sozusagen am Tatort arbeitet.« Er nahm einen Schluck. »Vermisst du die Arbeit nicht?«

»Doch. In letzter Zeit denke ich häufig daran, wie es wäre, noch einmal von vorn zu beginnen.«

»Du könntest immer noch Karriere machen.«

»Es hat sich eben anders ergeben.«

Er zwirbelte sein Glas am Stiel. »Betten machen, den Müll rausbringen, mit langweiligen Touristen Tee trinken – verlangt dein Geist denn nicht nach mehr?«

»Mach dir um meinen Geist mal keine Sorgen. Es ist eher mein Herz, das in Schwierigkeiten ist.«

Er lehnte sich zurück. »Ich bin ganz Ohr.«

»Alles begann damit, dass Russell ein Kind angefahren hat.« Sie erzählte von Billy, von ihrer Begegnung mit John auf dem Friedhof, von dessen Liebeserklärung und der verrückten Nacht auf dem Boot. Sie erzählte von Russells Wiedersehen mit seiner alten Flamme und ihrem schlechten Gewissen, einen Tag und eine Nacht mit John Cormac verbracht zu haben, ohne Russell die Wahrheit zu gestehen.

»Ich kann mir vorstellen, was du sagen wirst«, versuchte sie seiner Antwort zuvorzukommen.

»Ach ja?«, antwortete Silberschneider trocken. »Da bin ich mir nicht so sicher. Mit zweiundvierzig Jahren hast du dich zu deinem ersten Seitensprung hinreißen lassen. Ich finde das nicht besonders außergewöhnlich. Besonders, da du ausgerechnet mit Vercingetorix ein Verhältnis hast.«

»Vercinge... Was?«, fragte sie überrascht.

»Du warst seit jeher ein Kelten-Fan. Wenn du dir einen Liebhaber nimmst, dann einen blonden Hünen mit breiten Schultern, einen Nachkommen des größten Feldherrn der Kelten, Vercingetorix.«

»Du spinnst ja.« Sie knuffte ihn. »Der Mann ist Lehrer.«

»Ich dachte, er fährt ein Boot.«

»Notgedrungen. Weil er seinen Job verloren hat.«

»Weshalb?«

»Was?«

»Wieso hat er seinen Lehrerposten verloren – hast du ihn das gefragt?«

»Lehrerschwemme, Stellenabbau, irgend so etwas.«

»Du weißt es aber nicht genau.«

»Ist das wichtig?«

»Vor mir tut sich lediglich das Bild dieses Mannes auf, so wie du ihn schilderst.«

»Wie habe ich ihn denn geschildert?«

»Reichlich romantisch natürlich, aber die Fakten sind klar.«

»Die würde ich gern hören.« Sie tunkte die letzte Garnele in die Soße.

»John ist ein echter keltischer *Cornishman*. Das macht ihn dir per se sympathisch. Er wurde Lehrer; sein Wunsch war es, Kinder zu erziehen und Verantwortung für sie zu übernehmen. In diesem Beruf ist er gescheitert.« Er kam ihrem Einwand zuvor. »Was immer die Gründe dafür sind, er hat die Verantwortung, Lehrer zu sein, abgegeben. Als ihr einander begegnet seid, hat er seine Verantwortung abermals vernachlässigt, und zwar auf die tragischste Art: Es hätte sein Kind beinahe das Leben gekostet.« Als der Kellner vorbeikam, tippte Silberschneider an sein leeres Glas.

»Er hat sich selbst die schlimmsten Vorwürfe gemacht und die Schuld sofort auf sich genommen.«

»Ist das ein Beweis für seine Verlässlichkeit? Ich glaube, es ist eher ein Hinweis auf seine Schwäche.«

»Nu mach aber 'nen Punkt!«, erwiderte sie in tiefstem

Berlinerisch. »Wenn jemand zugibt, dass er schuld ist, bezeugt das ja wohl seine Charakterstärke.«

»Ist es ein Zeichen von Stärke, zu einer verheirateten Frau nach Hause zu gehen und ihr vor den Latz zu knallen, dass man in sie verliebt ist? Würde es nicht mehr Charakter zeigen, die Sache mit sich selbst abzumachen und dich nicht damit zu belästigen?«

»Er hat mir sein Gefühl gestanden, um – um die Sache aus der Welt zu schaffen.«

»Das ist der gerissenste Trick, von dem ich je gehört habe!« Silberschneider lachte. »Das hat schon Don-Giovanni-Qualitäten. Du sagst einer Frau, ich liebe dich, aber zwischen uns darf leider nichts sein, wir sind beide verheiratet. Damit machst du jede Frau erst recht heiß.«

»Du unterschätzt mich, wenn du glaubst, dass ich mit so etwas zu kapern bin.«

»Ich habe dich noch nie unterschätzt. Aber du musst zugeben, sein Trick hat funktioniert: Noch in derselben Nacht bist du tränenblind an die See gerast und hast dich, geschaukelt von den Wogen des Meeres, mit Vercingetorix gepaart.«

»Wir haben uns ineinander verliebt. Das kommt vor!«

Silberschneider legte beruhigend seine Hand auf ihre. »Die Sichtweise liegt immer im Auge des Betrachters. Ich sehe Mister Cormac so, wie du ihn mir beschreibst. Wenn du nichts mehr hören willst, reden wir von etwas anderem.«

»Nein, ich bin dir dankbar, dass du mir so geduldig zuhörst und mich nicht mit irgendwelchen Floskeln abspeist.«

Silberschneider bekam sein zweites Glas Rotwein. »Mir fällt da noch eine Parallele auf.«

»Welche?«

»Du warst schon einmal in einer ähnlichen Situation. Wenn mich mein alter Kopf nicht täuscht, war deine unglückliche Liebe in Garmisch dieser hier nicht unähnlich.«

»Heinz?« Nie im Leben wäre Sarah darauf gekommen.

»Richtig, der Naturbursche, der dir die Schönheiten der Berge zeigte. Heinz, der keinerlei Verantwortung übernehmen wollte, selbst als du schwanger warst.«

»Die beiden kann man unmöglich vergleichen.«

»Ich finde schon.« Er trank, seine Wangen hatten Glanz bekommen. »Vielleicht ziehen dich die männlichen Abenteurer, die Freibeuter, mehr an als die sogenannten anständigen Männer.«

»Anständige Männer? Russell hat mich nach Strich und Faden betrogen.«

»Gibt dir das die Legitimation, die Liebe des Vercingetorix zu erwidern?«

»John ist ein Familienmensch. Er hat eine Frau und zwei Kinder. Deshalb ist die Sache ja so aussichtslos. Heinz dagegen war der geborene Single.« Er wollte widersprechen. »Hör auf, Erich. Du bist betrunken.«

»Stimmt, ich vertrage nichts mehr. Morgen werde ich bestimmt einen schlimmen Tag haben. Aber der Gedankenaustausch mit dir ist erfrischend.«

»Bleibt die entscheidende Frage: Was mache ich jetzt? Wie geht es weiter?«

»Wenn du einen Wunsch frei hättest: Wie *sollte* es denn weitergehen?«

»Frag mich lieber nicht.« Sie winkte nach der Rechnung.

Er hielt ihre Hand mit dem Portemonnaie fest. »Das erledige ich. Wenn du mir die Wahrheit sagst.«

»Ich fürchte, ich habe mich ernsthaft verliebt. Dieser Mann ...« Sie seufzte. »Er macht mich einfach glücklich. Ich muss es rasch beenden, bevor ich mich immer tiefer in meine Gefühle verstricke.«

»Falsche Antwort.« Er legte Geld auf den Tisch. »Es geht nicht darum, was du dir verbietest, sondern was du vom Leben forderst.«

Neugierig sah sie ihn an.

»Du bist von Natur aus Forscherin, Sarah. Das wusste ich, als ich deine allererste Abhandlung gelesen habe.«

»Die Verfälschung des Bildes der Kelten.« Sie lächelte.

»Eine Forscherin hört nicht auf, sie selbst zu sein, nur weil sie heiratet und ein Luxusleben führt. Was du durchlebst, hat weniger mit deiner Ehesituation zu tun, als mit dir selbst. Dein Instinkt sagt dir, dass du nicht bis an dein Lebensende das Dasein einer Zimmerwirtin führen willst.«

»Zimmerwirtin ...« Seine unverblümte Art brachte sie zum Lachen. »Das ist eine Frechheit.«

»Aber die Wahrheit. Ob mit Russell oder mit John oder ohne die beiden – du solltest etwas Ernsthaftes beginnen, Sarah, etwas Sinnvolles. Ich habe sogar eine Idee, was das sein könnte.«

»Und zwar?«

»Nicht so hastig, junge Frau.« Silberschneider streckte sich. »Ich werde nächsten Monat dreiundachtzig.«

»Entschuldige, Erich, du musst hundemüde sein. Soll ich dich ins Hotel bringen?«

Dynamisch stand er auf. »Ich gehe selbstverständlich zu meinen Gastgebern zurück. Inzwischen bin ich besoffen genug, ihr Geschwätz zu ertragen.«

Auf den Stufen des Lokals umarmten sie einander. »Und morgen schaue ich mir dein Schloss an.«

Sie trennten sich. Voll neuer Hoffnung lief Sarah zu ihrem Wagen.

20

In dieser Nacht rief John an. Fast zwei Wochen waren seit ihrer letzten Begegnung verstrichen. Mehrmals hatte Sarah das Telefon in der Hand gehabt und es immer wieder weggelegt. Russell hielt sich die meiste Zeit in London auf. Sie fand diese erzwungene Einsamkeit unnatürlich.

Sarah nahm Johns Anruf im Bett entgegen. »Wo bist du?«

»Im Garten.« Er sprach gedämpft.

»Und Maureen?«

»Ist bei Chloé.«

»Schläft sie noch nicht?«

»Sie hat Zahnschmerzen und weint.«

»Du nutzt die Zahnschmerzen deiner Tochter aus, um mit deinem Liebchen zu telefonieren?« Es war als Scherz gemeint, doch John blieb ernst.

»Du fehlst mir so.«

»Nicht, John. Fang nicht wieder damit an.«

»Wovon sollen wir sonst reden? Vom Frühling?«

»Auch nicht besser. In *Trelawn* sprießt und knospt alles in den tollsten Farben.«

»Ich muss dich einfach sehen.«

»Wir wissen, wohin das führt.«

»Ist Russell daheim?«

»Wieso, willst du vorbeikommen?«, fragte sie ungläubig.

»Warum nicht?«

»Bist du von allen guten Geistern verlassen? Was würdest du Maureen erzählen, wo du hinfährst?«

»Ich weiß nicht. Ach, verdammt!«

»Russell ist in London.«

»Können wir nicht wenigstens – morgen spazieren gehen?«

»Ich bekomme Besuch.«

»Von wem?«

»Mein alter Lehrer. Er hält dich übrigens für Vercingetorix.«

»Du hast ihm von mir erzählt? Weshalb?«

»Das verrate ich dir ein andermal.« Zögernd fragte sie: »Wieso hast du damals deinen Job als Lehrer verloren?«

Stille am anderen Ende. »Warum willst du das wissen?«

»Einfach so.«

»Ich erzähle es dir, aber nicht am Telefon.«

»Du willst mich bloß zu dem Spaziergang rumkriegen.«

»Wann kommt dein Professor?«

»Morgen um die Mittagszeit.«

»Wie wäre es um fünf? In den Hügeln von Black Rock.«

»Warum dort?«

»Ich muss endlich da hinfahren, wo es passiert ist. Ich muss mir die Stelle ansehen, wo Billy …«

Sie verstand genau, was er meinte. »Okay. Ich komme. Um fünf.«

Sie legten auf. Im Wissen, dass sie nur schwer einschlafen würde, löschte Sarah das Licht.

Am nächsten Morgen bereitete sie *Trelawn Manor* so liebevoll vor, als ob ein Staatsbesuch bevorstünde. Elaine wurde in die Aktion eingespannt. Sie wischten die Böden in der großen Halle und schrubbten die steinernen Löwen auf der Terrasse, die etwas Moos angesetzt hatten. Sarah legte frische Tischdecken auf, erneuerte sämtliche Kerzen in den Kandelabern und arrangierte Blumensträuße in den Vasen.

Sie wischte sich den Schweiß von der Stirn. »Jetzt kann er kommen. Und ich muss vorher noch einmal duschen.«

Ein Taxi brachte Silberschneider aus Truro; in einem leichten Sommeranzug stieg er aus, einen Strohhut auf dem Kopf.

»Du passt besser nach *Trelawn* als die meisten unserer Gäste«, begrüßte ihn Sarah.

»Willst du andeuten, dass ich genauso alt bin wie dieses Gemäuer?« Er betrachtete das Haus eine Weile, wandte sich zu den Klippen, wo die Mittagsflut anbrandete, schaute zum Rosengarten und zum alten Gewächshaus. Sein Blick schweifte weiter und weiter.

»Jetzt wird mir einiges klar. Ich kann verstehen, dass du dir dieses Paradies erschaffen wolltest. Es ist unbeschreiblich schön.«

Sein Lob bedeutete Sarah viel. »Darf ich dich der wichtigsten Frau in *Trelawn* vorstellen?«, sagte sie.

Elaine kam näher, die Begrüßung war herzlich.

Als ob sie ein Fremdenführer wäre, veranstaltete Sarah eine Hausführung für ihren Professor.

»In diesem Saal fand 1858 die Streitrede über die Küstengewässer Cornwalls statt. Hier fiel der berühmte Satz von Sir

Harrison, dass Cornwall ein Pfalzstaat sei und daher exterritorial gegenüber der englischen Krone.«

»Es hat den Kornen nicht viel genützt.« Erich schlenderte neben ihr durch die Halle. »England behandelt Cornwall seit eh und je als County des Vereinigten Königreichs. Wo hast du diesen Lüster her?«

»Der hing verstaubt mit anderen auf unserem Lüsterboden. Ich brauchte ihn nur wieder aufzuhängen. Wo immer es möglich war, habe ich die alten Bestände renoviert.«

»Was für eine Arbeit«, sagte er bewundernd. »Ist es nicht kostspielig, so ein großes Gebäude zu erhalten?«

»Lass mich nicht von unseren Heizkosten reden.«

Sie erreichten den mannshohen Kamin.

»Trotz des mächtigen Feuers, das hier gebrannt hat, müssen die Leute schlimm gefroren haben.« Er warf einen Blick in den Schornstein.

Sarah zeigte zum Wintergarten, wo sie zum Lunch gedeckt hatte. »Willst du erst etwas essen, oder verrätst du mir endlich, was du gestern in Bezug auf meine Arbeit angedeutet hast?«

»Du gibst dir solche Mühe«, sagte er voll Wärme.

Elaine hatte angeboten, als Kellnerin zu fungieren, damit Sarah nicht ständig hin und her springen musste. Sie servierte den Flammkuchen, den Sarah morgens vorbereitet hatte.

»Flammkuchen mit Speck und Zwiebeln.« Sarah tat Silberschneider auf.

»Vielen Dank.« Er wandte sich an Elaine. »Warum setzen Sie sich nicht zu uns?«

»Ich will Ihre Wiedersehensfeier nicht stören.«

»Ach was. Das ist eine gute Idee.« Sarah lief zur Anrichte und holte ein drittes Gedeck.

»Wo sind eigentlich deine Gäste?« Erich zeigte in den Park, keine Menschenseele war zu sehen.

»Die erforschen gerade jeden Winkel unserer schönen Halbinsel. Nachmittags trudeln sie dann wieder ein.«

Sie aßen zu dritt, Elaine lobte Sarahs Kochkünste. Der Professor ließ sich beim Wein nicht lange bitten, die Stimmung wurde ausgelassen, und als die Sonne hervorbrach und durch das Glasdach schien, hob Silberschneider sein Glas.

»Auf den schönsten Flecken im Königreich!«

Die Frauen stießen mit ihm an.

Erich setzte ein geheimnisvolles Gesicht auf. »Was sagt dir der *Schatz von Bossiney?*«

»Ich hab schon etwas darüber gelesen, aber im Augenblick …«

Elaine fand es an der Zeit, abzuräumen, und verabschiedete sich anschließend. Im sonnendurchfluteten Wintergarten blieben die beiden allein.

»Alles steht erst am Anfang«, sagte Erich. »An der Nordküste Cornwalls, nicht weit von Tintagel, gibt es eine Gruppe von Hobby-Archäologen, die bei Bossiney eine keltische Fundstätte vermuten, und zwar eine komplette Keltensiedlung.«

Sarah trank Wasser; das bisschen Wein war ihr zu Kopf gestiegen. »Wieso schaltet sich bei so etwas die Archäologische Gesellschaft nicht ein?«

»Es gibt da ein Problem. Die Fundstätte liegt unter den Fundamenten einer Farm, das Grundstück ist in Privatbesitz. Der Farmer weigert sich, eine Grabungsgenehmigung zu erteilen, und die Regionalverwaltung zaudert, sich einzumischen, bevor nicht sicher ist, dass da unten tatsächlich etwas schlummert.«

»Man könnte eine Flugprospektion machen oder ein Airborne Laserscanning.«

»Für beide Methoden brauchst du offenes Gelände. Das liegt aber nicht vor, das Gehöft steht genau über dem Fundort. Die einzige Möglichkeit, sicherzugehen, wäre die traditionelle, unter dem Bauernhof zu buddeln.«

»Und das untersagt der Bauer.«

Er legte die Hände ineinander. »Wäre das nicht die richtige Aufgabe für meine Lieblingsschülerin?«

»Was sollte ich da ausrichten, wenn die Leute vor Ort bereits an der Grabungsgenehmigung gescheitert sind?«

»Das sind begeisterte Dilettanten, die dem Bauern mit ihren Eingaben ziemlich auf die Nerven fallen. Zuletzt wurde eine Spendenaktion ins Leben gerufen, um den sturen Farmer mit Geld von seinem Nein abzubringen.«

»Lass mich raten: Die Spenden gehen nur spärlich ein?«

Er nickte. »Die Menschen sind offenbar wenig daran interessiert, eine weitere keltische Fundstätte in Cornwall freizulegen.«

»Deshalb ist der Wiedereinstieg für mich auch so schwer«, antwortete Sarah. »Das meiste ist bereits erforscht und katalogisiert.«

»In Bossiney läge die ganze Arbeit noch vor dir.«

»Warum sollten sie dort eine deutsche Archäologin beschäftigen?«

»Wart's nur ab.« Er lachte. »Ich sehe dich schon in schweren Schuhen und Latzhose in einen Schacht klettern und mit der Vermessung beginnen.«

Sie beendeten den Lunch. Sarah war enttäuscht. Sie hatte auf einen konkreten Vorschlag Erichs gehofft, ein Projekt, bei dem sein Einfluss ihr den Einstieg vielleicht erleichtern würde. Die Sache in Bossiney hörte sich nach einem Hirngespinst an.

Den Nachmittag verbrachten sie im Freien, Sarah staunte über Erichs botanische Kenntnisse. Er erkannte die seltene Orangenraute und bezeichnete die Palmenarten entlang des Klippenpfades mit ihren lateinischen Namen. Unter der blühenden Bougainvilleahecke nahmen sie schließlich Platz. Sosehr Sarah die Stunden genoss, ihre Gedanken schweiften immer wieder zu dem bevorstehenden Treffen mit John. Sie redete sich nicht ein, ihre Begegnung diene irgendeiner Klärung, sie sehnte sich einfach nach ihm. Während Erich erzählte, sah sie sich bereits an den Stränden von Black Rock entlanglaufen, wo John sie erwarten würde.

Es ging auf vier Uhr, Silberschneider wirkte mit einem Mal müde. Bis zu diesem Moment hatte man ihm sein Alter nicht angemerkt, nun fielen ihm fast die Augen zu.

»Soll ich dir dein Zimmer zeigen?«, fragte sie.

»Ich übernachte nicht hier.«

»Wieso? Ich habe geglaubt …«

»Ich falle anderen Leuten ungern zur Last.«

»Anderen Leuten? Wir sind Freunde. Und wenn du dich schon mal in die Gegend verirrst …«

Er stützte sich beim Aufstehen an der Lehne ab. »Mein

Hotel ist gemütlich. Morgen holt mich ein Wagen dort ab, der mich zum Flugplatz bringt.«

Es hatte keinen Sinn, weiter in ihn zu dringen. Sarah sagte, wie leid es ihr tue. Auf dem Rückweg war Erich so schwach auf den Beinen, dass er ihren Arm brauchte, um den leicht ansteigenden Weg zu bewältigen. Sie verabschiedeten sich in aller Herzlichkeit und in dem Wissen, dass es ein Abschied für immer sein könnte.

»Such im Internet nach dem *Schatz von Bossiney*. Dann bekommst du alle nötigen Informationen«, sagte er, als das Taxi hielt.

Sarah folgte dem abfahrenden Wagen bis zum Tor und winkte Erich nach.

Sie war müde und zugleich erregt. Sie machte sich frisch und suchte ein Top heraus, das ihre Figur betonte. Beim Einsteigen fiel ihr der Autoschlüssel zu Boden.

»Ganz ruhig, altes Mädchen. Bleib vernünftig, dann kann dir nichts passieren.« Ohne an ihre Beschwichtigung zu glauben, fuhr sie los.

Sie parkte nahe der Stelle, wo Russell den Wagen nach dem Unfall zum Stehen gebracht hatte. Es war nicht leicht, den Pfad zu finden, wo man zwischen Weidegras und Felsen, entlang des scharfen Abbruchs, in die Tiefe klettern konnte. Schilder warnten davor, den Klippen zu nahe zu kommen; ein weggesackter Zaunpfahl bewies, dass dies keine übertriebene Vorsicht war; er baumelte hoch über dem Strand. Neben den witterungsbedingten Gefahren gab es unvermutete Einbrüche, wo Stollen alter Zinnminen nachgegeben hatten und eingestürzt waren.

Sie erreichte den Strand. Als sie den einzigen Besucher, der außer ihr hier war, auf sich zukommen sah, war es mit ihren festen Vorsätzen vorbei. John war barfuß, trug weite Hosen und ein blaues Hemd, das Haar flog ihm ins Gesicht. Ohne Eile liefen sie aufeinander zu. Kurz bevor sie sich begegneten, streifte auch Sarah Schuhe und Strümpfe ab.

Sie umarmten sich, doch ihr Kuss war nur kurz. Diese Begegnung würde nicht wie die letzte verlaufen, kein stimmungsvolles Vorspiel auf See, keine romantische Nacht in einer anonymen Herberge. Sie trafen sich, weil sie nicht anders konnten, weil es wehtat, sich länger voneinander fernzuhalten.

Zu Beginn ihres Spaziergangs waren ihnen die Kehlen zugeschnürt, sie redeten nur das Nötigste. Hand in Hand liefen sie im Kies, gerade so weit im Wasser, dass die Brandung ihre Hosenbeine nicht nass machte. Der flache Streifen unter den Felsen wurde so schmal, dass sie über Geröll klettern mussten, um in die nächste Bucht zu gelangen. Das Wasser kroch als weißer Schaum heran, überspülte ihre Füße und zog sich wieder zurück.

John blieb stehen. Quer über den Felsen führte ein Pfad zur Küstenstraße nach oben, er war nur schwer zu erkennen.

»Hier?«, fragte Sarah. Er nickte. »Es sieht viel zu steil aus, als dass ein Junge wie Billy allein hinauflaufen könnte.« Sie beschirmte die Augen. Die Straße war nicht zu erkennen.

»Schwer zu glauben, dass er so schnell oben war, dass ich ihn aus den Augen verloren habe.«

»Bist du zum ersten Mal seit dem Unfall hier?«

»Ja. Und ich werde bald wiederkommen, mit Billy. Wir müssen rauskriegen, was hier eigentlich passiert ist.«

»Ist er wieder zu Hause?«

»Ja, wir sind alle sehr froh darüber.«

»Hat er dir erzählt, weshalb er hochgelaufen ist?«

»Er sagt, er weiß es nicht mehr. Maureen meint, ich soll nicht zu sehr in ihn dringen. Ich glaube aber, man muss den Gespenstern begegnen, um sie zu verscheuchen.«

»Gwydyon?«

John zeigte hinauf. »Siehst du den schmalen Stein, der wie ein Schafskopf aussieht? Bei entsprechendem Licht könnte man glauben, dort stünde eine Person.«

»Als ich im Krankenhaus war, sagte Billy, dass Gwydyon ihn auf den Klippen erwartet hätte.«

John ließ den Kopf sinken. »Billy weiß, dass sein Bruder tot ist. Er weiß, dass Glen nach einer schrecklichen Krankheit starb. Wir haben ihm erzählt, dass wir ihn nicht zum Begräbnis mitgenommen haben, weil er noch zu klein war. Heute ist er ein großer Junge und versteht das meiste. Er erkennt die Wirklichkeit an. Trotzdem schiebt er den Tod seines Bruders von sich und erfindet ein Phantom namens Gwydyon.«

Sie sah ihn an. Eine ungewohnte Mattigkeit überschattete Johns Augen. »Was ist mit dir?«

Mit eingesunkenen Schultern stand der große Mann neben ihr. »Ich bin traurig, das ist alles. Die Dinge sind, wie sie sind, aber ich weiß nicht, wie ich damit umgehen soll. Ich kann mir mein Gefühl nicht herausschneiden. Wenn ich morgens aufstehe, ist es da, und wenn ich nachts neben Maureen liege, ist es stark und erdrückend. Ich will mit dir zusammen sein, mit niemandem sonst. Wenn es zu schlimm wird, analysiere ich unsere Lage so nüchtern wie möglich, und finde doch keinen Ausweg.« Er lachte hart. »Auch ich kann mit meinem Phantom nicht umgehen.«

Sarah rührte seine Ehrlichkeit. »Das hört sich an, als ob du das erste Mal unglücklich verliebt wärest.«

Er nahm ihren Kopf mit beiden Händen. »Es brennt. In mir brennt es wie beim allerersten Mal. Wir lieben uns und dürfen es nicht zulassen. Ich weiß nicht, wie das weitergehen soll.«

Noch nie hatte John, der sonst so wortkarg war, derartig viel über seine Gefühle gesprochen. »Ich bin auch verzweifelt«, gestand Sarah. »Da sitze ich allein in meinem schönen Haus, und niemand ist um mich, außer Elaine. Den Gästen gehe ich aus dem Weg, weil ich keine Lust habe, die muntere Schlossherrin zu spielen. Währenddessen führt Russell in London eine Art Junggesellenleben. Er wohnt im Club, trifft sich mit seinen Kumpels und ruft abends an, ob im Haus alles in Ordnung ist.« Sie lächelte. »Noch nie wäre es so einfach gewesen, ein Verhältnis zu haben. Trotzdem geht es nicht.«

»Es geht nicht.«

Sie küssten sich. Er schaute auf die Uhr.

»Musst du zurück?«

»Abendessen mit der Familie.« Er zuckte die Schultern.

»Ist Maureen eine gute Köchin?«

»Wenn es dich nicht verletzt, muss ich dir sagen, sie ist eine fantastische Köchin.«

»Das verletzt mich nicht – das nicht.«

»Wollen wir zusammen hochgehen?« Er zeigte zum Felsenpfad.

»Geh du schon mal vor, ich muss erst meine Schuhe holen.«

»Natürlich.«

Ein letzter Kuss, mit großen Sprüngen bewältigte er die unteren Felsen und hatte die Straße rasch erreicht. Allein am Strand, hing Sarah ihren Gedanken nach. Nach einer Weile wischte sie die Tränen ab und lief dorthin zurück, wo ihre Schuhe standen.

21

Im Osten Englands wurde über Wasserrationierung diskutiert; die großen Wasserreservoirs rund um London meldeten den niedrigsten Pegelstand seit Jahren. Sarah rechnete nach, wann es bei ihnen das letzte Mal richtig geregnet hatte – als sie und John in Lostwithiel gewesen waren. Das lag nun über einen Monat zurück. Sie goss die Goldfruchtpalme und das Zyperngras mit dem Gartenschlauch. Sogar Pflanzen, die nicht so viel Feuchtigkeit brauchten, ließen die Köpfe hängen.

»Wir müssen die Bewässerung anwerfen«, sagte sie zu Elaine. »Das machen wir sonst erst im August.«

»Dieses Jahr ist alles anders.«

Sarah versorgte den Bewässerungscomputer mit einer neuen Batterie, prüfte die Schlauchleitungen und ließ es im Garten künstlich regnen. Bald war die Luft erfüllt von feinen Wassertröpfchen, in denen sich die Sonnenstrahlen brachen, kleine Regenbogen, wohin man schaute.

Sie hatte die Tage genutzt, um sich über archäologische Projekte in der Umgebung zu informieren. Meistens handelte es sich um die Instandhaltung bereits geleisteter Ausgrabungen, die Dokumentation für die Öffentlichkeit, das

Erstellen von Informationsmaterial. Ohne konkrete Bewerbung hatte sie sich bei der Archäologischen Gesellschaft nach offenen Stellen erkundigt. Sie waren spärlich, meist Jobs im Archiv, für die man Praktikanten einer erfahrenen Archäologin vorzog. Die Arbeitslosigkeit war in Cornwall ein aktuelles Thema, und auch in ihrem Beruf bekam Sarah das zu spüren. Sie erwog, sich einem Projekt ehrenamtlich zur Verfügung zu stellen – des Geldes wegen tat sie es ja nicht. Die Resonanz war mäßig.

Nach einer halben Stunde schaltete sich der künstliche Regen ab. Sarah half Elaine, die Schmutzwäsche in den Waschkeller zu tragen, danach setzte sie sich an den Schreibtisch. Nach Silberschneiders Besuch hatte sie im Internet zu dem Verein *Der Schatz von Bossiney* recherchiert, sich aber nicht weiter darum gekümmert. Heute rief sie dort an und erreichte eine ältere Frau namens Cindy, die sich über Sarahs Interesse hörbar freute und bereitwillig Auskunft gab.

»Unser Plan ist es, dem Bauern eine Abfindung anzubieten, damit er die Grabungen auf seinem Grundstück endlich erlaubt.«

»Hat er schon eine Forderung genannt?«

Nachdem Sarah die Summe erfahren hatte, wunderte sie sich über den ungebrochenen Enthusiasmus der Vereinsmitglieder.

»Es ist ein Liebhaberprojekt«, sagte Cindy. »Wir, die den Schatz von Bossiney heben wollen, lassen uns durch solche Schwierigkeiten nicht abschrecken.«

»Wie sieht es mit öffentlichen Geldern aus?«

Cindy wiederholte, was Silberschneider bereits berichtet

hatte, dass die Archäologische Gesellschaft eine Unterstützung erst in Betracht ziehen wollte, wenn ein Fund von außergewöhnlichem Umfang gewährleistet war.

»Eines verstehe ich nicht«, sagte Sarah. »Wenn die Spurensuche bisher unmöglich war, woher nehmen Sie die Zuversicht, dass in Bossiney wirklich etwas liegt?«

»Von den Zeichnungen in Boterel Quoit. Dort ist die Siedlung vermerkt.«

»Boterel? Sie meinen das Portalgrab aus dem zweiten vorchristlichen Jahrhundert, die Felsenzeichnungen?«

»Genau.« Lebhaft berichtete Cindy, dass die Zeichnungen eine Siedlung in unmittelbarer Nähe vermerkten. Die Berechnungen mehrerer Fachleute hätten als Standort den Bauernhof ergeben.

»Könnten Sie Hilfe gebrauchen?«, fragte Sarah spontan.

»Wir nehmen jede Hilfe, die wir kriegen können.«

Sie sprachen eine halbe Stunde miteinander. Hinterher war Sarah ernüchtert von den Schwierigkeiten, doch zugleich angespornt. Erich hatte sie richtig eingeschätzt: Ein Berg Arbeit wartete auf denjenigen, der die Schatzsuche in Bossiney in Angriff nehmen würde.

Am Freitagabend kam Russell nach Hause. Seit er in London für seinen Freund einsprang, wirkte er wie ausgewechselt. Er sprühte vor Lebendigkeit, packte gleich nach der Rückkehr im Garten mit an, machte seine Scherze mit Elaine und plauderte mit den Gästen. Abends beim Dinner hatte er einen Riesenappetit und bediente sich dreimal bei den Kartoffeln.

»Früher wurde ich angemeckert, wenn es deutsche Hausmannskost gab.« Sarah aß nur wenig.

»Weil ich kein fetter Hahn werden wollte.« Er grinste. »Aber bei dem, was ich zurzeit um die Ohren habe, brauche ich ein paar Reserven. Es schmeckt super.«

»Berliner Rezept.«

Alles schien wie früher zu sein, bevor sie nach *Trelawn* gezogen waren. Russell erzählte von der Firma, vom Aktienmarkt, von Aussichten und Risiken.

»Wie geht es Sam?«, fragte sie, da er selbst nicht davon anfing.

»Die Ärzte mixen ihm gerade seinen Chemo-Cocktail. Er nimmt es erstaunlich gelassen. Wenn die Therapie nicht anschlägt, müssen sie allerdings operieren.«

Sarah räumte ab, Russell entschied sich zum Nachtisch für Käse statt etwas Süßem. Während er aß, legte er eine Zigarre bereit.

»Du rauchst wieder?«

»Nur zu genussreichen Anlässen.« Er knipste die Spitze ab und holte die Streichhölzer vom Kamin.

»Warum verwendest du nicht Miss Moynihans Feuerzeug – *für Russell?*«

Sie rechnete mit einer genervten Reaktion, doch nichts konnte ihn aus seiner sonnigen Stimmung reißen. Er war wieder der Überflieger, der ihr während ihrer ersten Verliebtheit so imponiert hatte. Wenig später zog er Sarah ohne Umstände ins Schlafzimmer, und sie ließ es geschehen, fest entschlossen, ihrer Ehe noch eine Chance zu geben. Ihre Beziehung zu John hatte keine Zukunft – darin waren sie übereingekommen.

Russell verführte sie mit einer Heiterkeit wie zu Zeiten,

bevor sie die Kinderproduktion in Angriff genommen hatten. Er war ein guter Liebhaber, sie schlief gern mit ihm. Zugleich nährte es ihre Zweifel, ob sie sich ihre Ehekrise nur einbildete. Schien nicht alles in schönster Ordnung zu sein? Ihr Mann hatte Spaß an seiner Arbeit, war ein aufmerksamer Partner und ein engagierter Liebhaber. Was konnte sich eine Frau noch wünschen? So wunderbar die Liebesnacht mit John gewesen war, rückte sie immer weiter in die Ferne. John und sie waren auf den Pfad der Vernunft zurückgekehrt und lebten ihr altes Leben weiter – und das war richtig.

Nachdem Sarah sich wieder angezogen hatte, brachte sie das Projekt in Bossiney zur Sprache. Russell bestärkte sie darin, die Sache in Angriff zu nehmen. Sollte sich das Ganze als Hirngespinst erweisen, könnte sie immer noch die Finger davon lassen. Bei einem Glas Wein saßen sie auf der Couch. Geduldig, wie es sonst nicht seine Art war, ließ sich Russell vom Stand der Dinge berichten.

»Ich möchte hinfahren und mir ein Bild machen.«

»Es hört sich ziemlich nebulös an, aber wer weiß, vielleicht bist du wirklich diejenige, die diesen Schatz heben wird.«

»Sollte die Sache konkreter werden, läge mein Arbeitsplatz allerdings zwei Stunden von *Trelawn* entfernt.«

»Das kannst du dir überlegen, wenn es so weit ist. Jetzt fährst du erst einmal hin und kratzt an den Fundamenten dieser Farm.«

Dass Russell nicht den geringsten Einwand hatte, weckte Sarahs Misstrauen. War er etwa froh, wenn sie aus dem Weg war? Sie schämte sich für diesen Zweifel. Russell begriff wohl einfach, dass sie beide mehr Freiraum brauchten, um ihrer Partnerschaft neue Impulse zu geben.

»Okay«, sagte sie. »Dann fahre ich nächste Woche in den Norden.«

»Warum nicht schon Sonntag?«

»Willst du mich loswerden?«

»Unsinn, aber ich haue Sonntagnachmittag selbst wieder ab. Ich dachte nur, am Wochenende haben die Leute dort vielleicht mehr Zeit für dich. Und die Straßen sind nicht so voll.«

Sie trank aus. »Na schön, machen wir es so. Und Elaine kümmert sich so lange um unsere Burg.«

Sarah fand es albern, ihr Handwerkszeug mitzunehmen. Mehr als eine Besichtigung und ein Sondierungsgespräch würde es schließlich nicht geben. Doch nach der langen Pause fühlte sie sich nur als richtige Archäologin, wenn sie entsprechend ausgerüstet war. Sie packte Spachtel, Pinsel und Vermessungsgeräte in ihr Etui und steckte es, zusammen mit ihren Recherchen über das Portalgrab von Boterel Quoit und dem unerlässlichen Handbuch *Cornwalls Archäologie* in ihre Aktentasche.

Die Route führte über Helston nach Camborne, wo die krummen Straßen endeten und man auf der A30 schnell vorankam. Hinter Wadebridge zweigte die Straße zur Nordwestküste ab. Dort begannen die Hinweistafeln auf Tintagel, die sagenumwobene Burg von König Artus. Obwohl erwiesen war, dass jenes Schloss am Meer nicht Camelot sein konnte, weil es erst fünfhundert Jahre nach Artus' Tod erbaut worden war, zog Tintagel viele Touristen an. Der Weiler Bossiney lag ein paar Kilometer dahinter, Sarah würde um den Touristenrummel nicht herumkommen. Es wäre schon eine kleine Sensation, dachte sie, wenn man in der Nähe dieses erfundenen Kultortes eine tatsächliche Ausgrabung von Bedeutung machen würde. Sie fuhr ohne Eile, versponnen in ihre Gedanken. Von außen betrachtet waren ihre Lebensumstände absolut erfreulich. Sie konnte arbeiten, war aber nicht dazu gezwungen. Ihr Mann stand ihren Plänen verständnisvoll gegenüber. Die kurze Liaison mit John war auf Eis gelegt. Warum fühlte sie sich dann so beklommen? Wieso kam ihr alles so labil vor, als wäre nur ein kleines Ereignis nötig, um alles zum Einsturz zu bringen?

Ein Werbeschild kündigte den magischen Ort Tintagel an. In Merlins Zaubergarten, hieß es, würde man den Geheimnissen von Camelot auf die Spur kommen. Als Sarah Tintagel erreichte, war keine Magie zu spüren, stattdessen regnete es, allen Voraussagen zum Trotz. Das Dorf, das sich praktisch nur an der Hauptstraße entlangzog, lag wie ausgestorben da. Die Schilder für *Merlin's Pub, Merlin's Spielzeugladen* oder das Hotel *King Arthur* wirkten wie ein Hohn auf sich selbst. Die Abzweigung zur Burgruine konnte man im Regen leicht übersehen.

Sie fuhr nach Bossiney und öffnete die Wagentür. Es war unmöglich auszusteigen, ohne klitschnass zu werden. Bei dem Wetter würde sie weder das Portalgrab noch die Farm besichtigen können. Cindy zu treffen, ohne sich vorher selbst ein Bild gemacht zu haben, erschien ihr wenig sinnvoll. Ohne rechtes Ziel fuhr Sarah weiter.

Hinter Bossiney führte die Straße leicht bergab und tauchte in einen Wald ein. Es wurde so dunkel, als ob die Nacht hereinbräche. Wasser troff von den Bäumen, die einen geschlossenen Baldachin bildeten. Nebel stieg vom Asphalt auf. In der Kehre, die sich am tiefsten Punkt befand, wäre Sarah beinahe mit einem Laster zusammengestoßen. Beim Ausweichen entdeckte sie ein verwittertes Schild, das auf ein *Bed and Breakfast* hinwies. Sie bog in den morastigen Weg ein. Nach ein paar Metern versperrte ein Weidegatter den Weg, und Sarah stieg aus, um es zu öffnen. Ihre Schuhe versanken im Schlick, der Wind wehte Regen von den Ästen. Während sie sich mit dem Riegel abmühte, entdeckte sie den Namen des Besitzes; er war ins Holz des Gatters geschnitzt: *Trevillet Mill.*

Sarah fuhr auf das Grundstück. Dort stand die alte Mühle, die Nebengebäude waren zu Cottages umgebaut worden. Sie hielt vor dem Eingang, stieg aus und klopfte. Das erstaunte Gesicht eines jungen Mannes mit Brille tauchte im Fenster auf. Er öffnete.

»Ja, bitte?« Er mochte kaum zwanzig sein, hatte langes, dunkles Haar und war eleganter gekleidet, als man es bei diesem Wetter erwarten konnte. Er hielt einen Stift in der Hand.

»Ich suche eine Übernachtungsmöglichkeit.«

»Haben Sie reserviert?«, fragte er mit feiner Stimme.

»Ich bin zufällig vorbeigefahren.« Sie wandte sich um, nirgends stand ein anderes Auto. »Sind Sie ausgebucht?«

»Das nicht.« Er warf das Haar aus der Stirn. »Aber ich mache die Zimmer nur bei Vorbestellungen zurecht.«

»Ich warte gern.«

Sarah wünschte sich, in eine Decke gehüllt auf dem Sofa zu sitzen und etwas Warmes zu trinken.

»Ich könnte Ihnen *St. Nectan's* herrichten.« Der junge Mann wies auf das nächstgelegene Cottage.

»*St. Nectan's* hört sich ausgezeichnet an.«

»Wenn Sie sich ein paar Minuten gedulden?«

Er ließ keinen Zweifel daran, dass er sie nicht ins Haupthaus bitten würde. Nachdem er einen Schlüssel geholt hatte, zog er die Tür hinter sich zu und verschwand im Cottage. Sarah setzte sich ins Auto. Eine Viertelstunde später gab er ihr zu verstehen, sie könne nun hereinkommen. Sie nahm ihren kleinen Koffer und die Aktentasche und lief ins Häuschen. Sie war entzückt. Das Sofa war groß und bequem, gegenüber stand ein Holzofen mit Sichtfenster, der in den ehemaligen offenen Kamin eingebaut worden war.

»Wunderbar. Jetzt möchte ich nur noch wissen, wo ich etwas zu essen kriege.«

»In Tintagel haben Sie die Auswahl zwischen mehreren Restaurants.«

»Ich glaube, ich werde lieber hier einen gemütlichen Abend verbringen.«

»In dem Fall finden Sie in Bossiney einen Supermarkt.«

In Deutschland hätte Sarah nun die Frage erwartet, wie es sie in diese Gegend verschlagen habe. Die englische Zurückhaltung jedoch verbat solche Neugier. Als sie nach der Bezahlung fragte, erklärte er, sie hätten kein Kreditkartengerät. Sarah zahlte bar.

»St. Nectan?«, fragte sie. »Ist das der Heilige, der das keltische Christentum verteidigt hat, als die Angelsachsen England eroberten?«

»Das ist mir leider nicht bekannt.« Er sah sie über den Brillenrand hinweg an. »Das Cottage wurde so genannt, weil sich etwas weiter oben der Wasserfall befindet, der St. Nectans Namen trägt.«

»Hier ist das?«, rief Sarah erfreut. »Das will ich mir ansehen.«

»Bei dem Wetter bräuchten Sie andere Schuhe.«

»Keine Sorge.« Dass sie für die Besichtigungen Gummistiefel dabeihatte, behielt sie für sich. Er zeigte ihr noch die Handhabung des Ofens.

»Ich bin Bryan. Falls Sie irgendetwas brauchen, klingeln Sie bitte drüben.« Er ging.

Sie zog die Schuhe aus, lief in den ersten Stock und fand ein gemütliches Schlafzimmer mit Himmelbett und Blick auf den Garten vor. Der Nebel verwehrte den Blick in den umliegenden Wald.

Sarah setzte sich aufs Bett. Der letzte Gast hatte auf dem Nachttisch einen Wälzer zurückgelassen. Als sie ihn aufschlug, fiel ein Lesezeichen heraus, eine Postkarte mit der Ansicht von Tintagel. »Liebe Maureen« stand auf der Rückseite. Jemand hatte an eine Maureen schreiben wollen, die Karte aber nie abgeschickt.

Sarah sank gegen das Kissen. Was für eine Ehe führten die Cormacs eigentlich? Durch schwere Schicksalsschläge waren sie geprüft worden, John hatte seine Stellung verloren und war gezwungen gewesen, einen anderen Beruf zu ergreifen. Wahrscheinlich hatte er sich eingeredet, es sei nur vorübergehend, doch die Zeit war vergangen, und er schipperte immer noch Touristen die Küste entlang. Ihr älterer Sohn Glen war krank geworden und langsam, vor den Augen seiner Eltern, gestorben. Für Billy und Chloé hatten die Cormacs die Normalität aufrechterhalten müssen. Trotzdem hatte sich der Junge in die Vorstellung geflüchtet, dass sein Bruder in Gestalt von Gwydyon wiedergekehrt sei. Sarah legte die Beine aufs Bett. Und John? Er belog seine Frau. Bei ihrem ersten Rendezvous hatte er absichtlich einen Streit vom Zaun gebrochen, um sich mit Sarah zu treffen. Belog er Maureen öfter?

Du solltest vor deiner eigenen Tür kehren, dachte sie. Trotz deiner großen Ankündigungen hast du es nicht über dich gebracht, Russell die Wahrheit zu sagen. Du spielst die Rolle der Ehefrau, der Herrin von *Trelawn,* während dir die Wirklichkeit zwischen den Fingern zerrinnt. Du weißt nicht, an welcher Lebenskreuzung du falsch abgebogen bist, seitdem hangelst du dich von Lüge zu Lüge.

Mit einem Ruck setzte sie sich auf. Was sollten die trüben Gedanken? In dieser reizenden Bleibe wollte sie nicht Trübsal blasen. Sie trat ans Fenster. Ein Wetter, das zu diesem Haus und diesem Wald passte, doch ihr schien, der Regen war schwächer geworden. Vor dem Einkaufen wollte sie einen Spaziergang machen. Sie holte Gummistiefel und Regenjacke aus dem Auto, zog sich um und verließ das Haus durch den Garten.

Schwertlilien, Glockenblumen, Narzissen – entlang des Flüsschens waren viele Blumen gepflanzt worden. Nachdem Sarah eine morsche Holzbrücke überquert hatte, wandelte sich das Bild. Hier war nichts mehr kultiviert, durch den triefenden Wald ging es bergauf. Abgestorbenes Holz moderte, die Bäume waren meterhoch von Moos überzogen. Flechten bedeckten Felsen und Baumstrünke. Der Weg schien selten benutzt zu werden, er war weitgehend zugewachsen. An steilen Stellen hatte man Geländer errichtet, doch durch die Feuchtigkeit waren sie brüchig geworden. Zwischen den Baumkronen versuchte Sarah zu erspähen, ob das Licht schon schwand. Wurde es Abend? Sie wollte nach Bossiney, bevor der Lebensmittelladen schloss. Dennoch stieg sie weiter und weiter hinauf; ehe sie den Wasserfall nicht gesehen hatte, würde sie nicht umkehren.

Er rauschte schon seit einiger Zeit über ihr, sie musste dem Fall bereits nahe sein. Die dichte Wildnis machte ihn unsichtbar. Ab einem bestimmten Punkt war das Areal eingezäunt. Dem Steilhang folgend zog sich der Maschendraht in die Höhe, von Stacheldraht verstärkt. Nectans Heiligtum sollte nur der betreten, der auch dafür bezahlt hatte. Grund genug für Sarah, sich darüber hinwegzusetzen. Sie brauchte nicht lange zu klettern, bis sie eine gestürzte Fichte fand, mit deren Hilfe sie den Zaun überwand. Jetzt wurde es noch steiler. Mit Händen und Füßen arbeitete sich Sarah voran, hielt sich an Grasbüscheln fest, manchmal fasste sie in Morast, um nicht abzurutschen. Sie keuchte vor Anstrengung – ihren Forschungsausflug nach Bossiney hatte sie sich anders vorgestellt.

Der Wasserfall tauchte so unvorhergesehen auf, dass sie der Sprühregen ins Gesicht traf. Sarah hatte sich der Sehenswürdigkeit von der Seite genähert. Über ihr stürzte weißgrau das Wasser herab, sammelte sich in einem ausgeschwemmten Naturbecken und ergoss sich durch ein kreisrundes Felsenloch in die Tiefe, wo es im flachen Bett gezähmt wurde und als Bach weiterfloss.

Sie war von oben bis unten nass. Von ihrem Gesicht perlten mikroskopisch kleine Tröpfchen ab und rannen auf die Jacke. Plötzlich schien der Himmel sich aufzuhellen, und die Sonne wagte den Versuch, das Grau zu durchbrechen. Lichtstrahlen glitzerten in den Büschen jenseits der Kaskade, durchzogen von Wasserdampf. Sarah konnte den Blick nicht von dem Schauspiel wenden. In diesem Moment fühlte sie sich von der Gewissheit durchdrungen, dass etwas Schönes auf sie zukommen würde. Sie hätte nicht sagen können, was es sein sollte, doch das Bild, das aus dem Zusammenwirken von Wasser und Licht entstand, gab ihr für einen Moment ein Gefühl des Glücks und der Zuversicht.

Schon kurz darauf zog sich die Sonne wieder zurück, das Licht schwand, grau und tosend stürzte das Wasser zu Tal.

Mit einem Bein hatte Sarah sich auf dem Abhang abgestützt. Plötzlich gab ein Erdklumpen nach, sie rutschte und versuchte sich festzuhalten, um nicht das Gleichgewicht zu verlieren. Als sie sich wieder aufrichtete, hatte sich das Szenario verändert. Sie war hinter einen Busch gerutscht, der Wasserfall war von hier aus nicht mehr zu sehen. Still und erschöpft, dabei von Glück durchdrungen, machte sie sich an den Abstieg. Es war nicht ungefährlich, sie stützte sich an den Bäumen ab, erreichte den Pfad, den flacheren Wald, die morsche Brücke. Bald war sie wieder bei der Mühle angelangt.

Ohne noch einmal ins Haus zu gehen, setzte sie sich ins Auto und fuhr nach Bossiney. Der sogenannte Supermarkt war ein mieser Laden, der nur Dosenkost führte. Der Verkäufer musterte Sarah merkwürdig. Sie blickte an sich hinunter – wie das Monster aus dem Moor sah sie aus. Trotzdem fuhr sie nach Tintagel weiter, fand einen Gemüseladen, kaufte auch Brot ein und kehrte in die Mühle zurück. Sie duschte ausgiebig, machte Feuer und aß vor dem flackernden Ofen zu Abend. Mehrmals hielt sie lächelnd im Kauen inne. An diesem Abend war Sarah sich sicher, auf dem richtigen Weg zu sein.

22

Am nächsten Morgen fuhr sie zum Portalgrab in Boscastle und begutachtete die Steingravur. Ohne ihre Bücher konnte sie die keltische Inschrift nicht übersetzen. Die Felszeichnung war mit etwas Fantasie als Landkarte zu deuten. Sarah machte Fotos. Danach fuhr sie zu der Adresse, die Cindy angegeben hatte.

Überraschenderweise öffnete ihr eine Frau in ihrem Alter. Cindys Stimme hörte sich so brüchig an, dass man sie am Telefon automatisch älter schätzte. Sie gingen in die Scheune, das Arbeitszimmer der Hobbyarchäologin. Sarah hörte sich Cindys Erläuterungen an. Ziemlich rasch wurde ihr klar, warum der Schatz von Bossiney bis jetzt nicht gehoben worden war. Der Frau fehlte jegliche Überzeugungskraft. Für ein Projekt dieses Ausmaßes hätte es eine starke Persönlichkeit gebraucht, die die Ausgrabung gegen alle Widerstände durchsetzte. Cindy war genau das Gegenteil. Unscheinbar, mit altmodischer Frisur, legte sie ihre Schlussfolgerungen dar, zeigte Sarah Fotos des Geländes, die wenig aussagten, und sprach vorwiegend von den Problemen, statt das Ziel im Blick zu haben. Sarah erkundigte sich, wie Cindy bei der Spendensammlung vorging, und gewann auch hier den Eindruck, dass die zögerliche Frau nicht genügend Hartnäckigkeit an den Tag legte.

»Ich könnte die Sache mit meinem Mann besprechen. Vielleicht gelingt es ihm, Geschäftsfreunde für das Projekt zu interessieren.« Sarahs Ankündigung fehlte der Schwung, weil sie selbst nicht daran glaubte.

Sie nahm das kopierte Material mit, das Cindy ihr zur Verfügung stellte, und versprach, sich zu melden. Enttäuscht verließ sie die Scheune, einigermaßen sicher, hier nicht das Arbeitsfeld zu finden, das sie suchte. Auf der Rückfahrt kam sie noch einmal durch die Talsenke von *Trevillet Mill* und dachte an ihre spontane Wanderung zu dem beeindruckenden Wasserfall. Kurz darauf näherte sie sich einem Fußgänger, der Richtung Tintagel unterwegs war. Sie erkannte den jungen Mann, der ihr das Cottage vermietet hatte.

»Kann ich Sie mitnehmen?«

»Ich möchte in den Ort.« Er trug denselben adretten Anzug wie tags zuvor.

»Steigen Sie ein.« Sarah fuhr langsam, um ein bisschen mit ihm zu plaudern.

»Was machen Sie beruflich?«

»Ich bin Schriftsteller. Die Leute von *Trevillet* geben mir freie Kost und Logis, wenn ich in ihrer Abwesenheit auf das Haus schaue.«

Sie erkundigte sich, ob er schon etwas veröffentlicht hätte.

»Ich arbeite seit sechs Jahren an meinem ersten Roman.«

Sarah interessierte vor allem, was die Leute der Gegend über den Schatz von Bossiney dachten. »Haben Sie von einem Verein gehört, der hier Ausgrabungen machen möchte?«

»Natürlich.« Bryan legte die Hände auf seine Bügelfalten. »Viele Anwohner glauben, dass die Grabungen sinnvoll wären. Aber ohne Algernons Zustimmung läuft hier nichts.«

Sarah hatte den Namen des Bauern, unter dessen Hof die Fundstelle lag, bereits gehört. Ihr Kampfgeist regte sich. So einen sturen Kerl zur Einsicht zu bringen reizte sie. Sie würde das Material prüfen und entscheiden, ob sie sich weiter engagieren sollte. Wenig später verabschiedete sie sich von Bryan und setzte ihn vor einem Internetcafé ab – für ihn, der sonst in der einsamen Mühle saß, wahrscheinlich die einzige Verbindung zur Außenwelt.

Auf dem Heimweg flossen Sarahs Gedanken ineinander. Auch wenn der Tag beruflich enttäuschend gewesen war, kam ihr heute alles weicher und freundlicher vor. Sie schrieb es dem Tapetenwechsel zu und überlegte dann, ihrer Mutter von ihren Plänen zu erzählen. Hanne würde sich über gute Neuigkeiten freuen.

In *Trelawn* angekommen, gönnte sich Sarah ein paar Minuten auf der Terrasse. Das Wetter war launisch. In einem Moment brach sich das Sonnenlicht in den Wellen, schon im nächsten wirkten die Küste grau und die Felsen schwarz. Elaine kam mit der wöchentlichen Einkaufsliste. WC-Reiniger und ein Pulver gegen Ameisen mussten besorgt werden, auch die kornische Marmelade, die für jeden Gast auf dem Begrüßungstablett bereitstand.

»Ich hatte einen verrückten Tag.« Sarah erzählte Elaine ihre Erlebnisse und ließ auch die Wanderung zu St. Nectan's Fall und ihren spontanen Glücksmoment nicht aus.

Elaine faltete die Liste zusammen. »Du wärest nicht die

Erste, die an einem keltischen Kultort ein besonderes Erlebnis hätte.«

»Du hast von St. Nectan's gehört?«

»Ich war sogar schon dort. Als meine Verwandten aus Sunderland mich besucht haben, wollten sie Tintagel sehen. Ich bin mit ihnen hingefahren, fand es aber eher peinlich.«

»Ich auch.« Erleichtert über Elaines guten Geschmack, legte Sarah ihr die Hand auf den Arm.

»Trotzdem habe ich die Sehenswürdigkeiten mit ihnen abgeklappert. Gefallen hat es mir nur beim Wasserfall.«

»Es ist wunderschön da. Ich war ganz allein – und alles, was mich belastet, war plötzlich so weit weg.«

Unvermittelt sagte Elaine: »Du solltest die Hoffnung nicht aufgeben.«

»Hoffnung?«

»Du bist gesund und immer noch jung genug, ein Kind zu bekommen.«

So unmissverständlich hatte sich Elaine noch nie über Sarahs Privatleben ausgesprochen. Sarah stützte die Ellbogen auf die Brüstung. »Nett, dass du das sagst, aber ich mache mir eigentlich nichts mehr vor. Du hast deinen Sohn mit achtundzwanzig gekriegt, nicht wahr?«

»Und Lilly nur elf Monate später. Bei mir war die Produktion rasch erledigt.« Mit dem Rücken zur Sonne lehnte Elaine sich ans Geländer. »Bald werden die beiden aus dem Haus sein. Das wird ungewohnt, für meinen Mann noch mehr als für mich.«

»Wieso?«

»Auch wenn sie nicht mehr viel daheim sind, läuft die

Kommunikation zwischen Gilbert und mir meistens über die Kinder. Wir fürchten den Tag, wenn wir uns nur noch miteinander unterhalten können.«

»Ich dachte, du führst eine gute Ehe.«

Elaine sah sie aus ernsten Augen an.

»Zumindest wirkst du nicht wie jemand, der unglücklich verheiratet ist.«

»Zwischen Glück und Unglück gibt es viele Schattierungen. Eine davon nennt man Gewohnheit.«

Unsicher, ob sie nach dem Grund fragen sollte, schaute Sarah aufs Meer. »Ist das nicht in fast jeder Ehe so?«

»Möglich. Aber mein Gilbert ist Steinbock.«

»Du glaubst an Astrologie?« Sarah lachte.

»Ich gebe sonst nicht viel darauf. Aber dem Steinbock fällt es angeblich schwer zu verzeihen.«

»Was sollte er dir denn verzeihen?«

»Willst du wirklich, dass ich aus dem Nähkästchen plaudere?«

»Nach all den Jahren, die wir beisammen sind, wird es allmählich Zeit, finde ich.«

»Gilbert ist Installateur. Unsere Grafschaft ist dünn besiedelt, das heißt, er muss schon mal ein Stück fahren, um zu den Kunden zu kommen. Und wenn es später wird, übernachtet er in der Gegend.«

»Okay, ich ahne, was jetzt kommt.«

»Wahrscheinlich nicht. Seit ich ein junges Mädchen war, liebte ich David. Er war mein Schwarm in der Schule, ich habe von ihm geträumt. Aber David war beliebt und umworben, ich hatte nie eine Chance bei ihm. Er sah so gut aus, dass alle ihm rieten, er sollte doch Schauspieler werden. Das hat er auch getan, er ging nach London. Ich war froh, als er unser Dorf verließ, sonst wäre ich wahrscheinlich nie von ihm losgekommen.«

Sarah nahm im Liegestuhl platz.

»Bald darauf tauchte David in einer Soap im Fernsehen auf. Ich habe keine einzige Folge verpasst. Dann hörte ich lange nichts von ihm. Schließlich lernte ich Gilbert kennen, wir passten zusammen und haben geheiratet. Als unsere Kinder schon in der Schule waren, fuhr ich eines Tages nach St. Ives. Es war Hochsaison, alles war voller Touristen, die Strandcafés machten den Umsatz des Jahres. Um etwas Kaltes zu trinken, setzte ich mich ans Meer. Was glaubst du, wer mich bedient hat?«

»David.«

Elaine zog sich einen zweiten Liegestuhl heran. »Er sah immer noch toll aus.« Sie machte eine geschmeidige Handbewegung. »Aber man bleibt nicht ewig zwanzig. Sein dunkles Haar war schütter geworden, er hatte schlechte Zähne. Die Traurigkeit sprang ihm nur so aus den Augen.«

»Er hat es als Schauspieler also nicht geschafft.«

Elaine nickte. »Da er keine besondere Ausbildung hatte, musste er kellnern. So sind wir einander wieder begegnet.« Sie beschirmte die Augen. »Mit keinem anderen Mann hätte ich etwas angefangen, das weiß ich. Bei David hatte ich den Eindruck, ich müsste etwas nachholen, das noch nicht erledigt ist.«

»Wo habt ihr euch … Ich meine, wie?«

»Meistens bei ihm. Er hatte ein Zimmer in St. Ives, winzig

und ungemütlich, aber wir haben dort tolle Stunden verbracht.«

»Hattest du keine Gewissensbisse?«

»Anfangs, ja. Da habe ich es so eingerichtet, dass ich nur dann nach St. Ives fuhr, wenn Gilbert länger weg war. Ich wollte ihn nicht belügen. Aber nach und nach nutzte ich jede freie Minute, um bei David zu sein. Dabei hatte ich nie vor, Gilbert zu verlassen, das war das Merkwürdige daran. David war nett und lieb, vor allem aber mein Liebhaber. Ich konnte nicht genug von ihm kriegen.«

»Wie ist Gilbert dir draufgekommen?«

»Gar nicht. Ich selbst fühlte mich wie ein Alkoholiker, der begreift, dass er sich zugrunde richtet, wenn er nicht damit aufhört. Zwei volle Jahre habe ich meinen Mann betrogen. Ich kann das heute kaum glauben. Ich wurde immer unglücklicher dabei. Als ich das Verhältnis mit David beendete, glaubte ich, ich würde daran sterben. Ich ging zu Gilbert und beichtete ihm alles.«

Sarah sah ein Gästepaar von den Klippen zurückkommen. Sie wollte auch den Rest erfahren, bevor die beiden die Terrasse erreichten. »Wie hat Gilbert reagiert?«

»Er hat mich verlassen. Den Kindern sagten wir, er hätte einen längeren Monteursjob, darum würde er so lange nicht bei uns wohnen. Gilbert zog zu einem Freund.« Elaine strich ihr Kleid glatt. »Es war schlimm, besonders, da David mich jederzeit wieder genommen hätte. Aber ich stand zu meinem Entschluss. Nach fünf langen Monaten ist mein Mann zu mir zurückgekommen.«

Die Gäste erreichten die Treppe. »Guten Tag, Mrs. Henley«,

sagte der Urlauber aus Neuseeland, der in Cornwall eine Europarundreise beendete.

»Hallo, hatten Sie einen schönen Spaziergang?«

»Wir sind bis Rinsey gekommen.«

Elaine stand auf. Sie wollte nicht, dass man die Haushälterin untätig auf der Terrasse sitzen sah. »Ich besorge mal die Sachen«, sagte sie.

»Ich würde gern noch mehr erfahren«, antwortete Sarah.

»Mehr war nicht.« Elaine lief nach drinnen.

Nach einem Plausch zogen sich die Neuseeländer zurück, und Sarah stieg in ihren Turm hinauf. Nicht dass Elaine eine Affäre gehabt hatte, wunderte sie, sondern dass sie selbst bei dieser handfesten Person nichts Derartiges vermutet hätte. War es umgekehrt genauso? Hatte Elaine eine Ahnung, wie es um Sarahs Ehe stand? Wusste sie von Russells Seitensprung? War ihr an Sarah eine Veränderung aufgefallen, seit die Sache mit John passiert war?

Ohne besonderen Tatendrang holte sie die Unterlagen aus Bossiney hervor, setzte sich an den Tisch und begann, die Felsinschrift zu übersetzen. Sie mochte die keltischen Schriftzeichen und die besonderen Formulierungen, mit denen Menschen vor mehr als zweitausend Jahren diesem Grab seine Weihe verliehen hatten. Sie riefen ihre Götter an und baten um eine sichere Reise des verstorbenen Stammesfürsten. Er war unterwegs zu Gwydyon. Die Inschrift erwähnte nichts von einer benachbarten Siedlung. Die Zeichnung aber, dieser rudimentäre Plan, wies auf den Stammessitz des toten Fürsten hin. Sarah verglich Cindys Angaben mit dem heutigen Landschaftsplan und kam zu dem Ergebnis, dass sie recht hatte: Unter der Farm des Großbauern war möglicherweise wirklich etwas verborgen, das es verdiente, gehoben zu werden. Sarah rief Cindy an, teilte der scheuen Frau ihre Meinung mit und wollte sich die Nummer des Bauern geben lassen.

Doch Cindy war zögerlich. »Ich weiß nicht, ob Sie ihn einfach sprechen können.«

»Wieso? Er ist Farmer und nicht der Premierminister.«

»Bei uns in der Gegend ist Algernon so etwas wie der Premierminister.«

»Jetzt bin ich erst recht neugierig darauf, mit dem alten Sturkopf zu reden.«

»Wenn Sie unbedingt wollen. Aber seien Sie diplomatisch, Mrs. Henley. Sonst könnte es sein, dass Algernon seine Zustimmung endgültig verweigert.«

»Schlimmer als im Augenblick kann es kaum werden.« Sarah notierte die Nummer.

Nachdem sie aufgelegt hatte, trat sie ans offene Fenster, überlegte eine Weile und rief dann Mr. Algernon an. Es war warm draußen, der Sommerflieder wuchs so rasant, dass sie ihn bald würde zurückschneiden müssen. Der Rasen war eine Pracht.

»'n Augenblick Geduld.« Eine grobe Männerstimme riss Sarah aus ihren Gedanken. Der Mann schien das eine Telefon wegzulegen und in ein anderes zu sprechen.

»Spätestens bis morgen!«, schnauzte er jemanden an. »Weil ich sonst Lagergebühr dafür nehme. Glaubst du, ich lasse deinen Krempel umsonst bei mir auf dem Hof rumstehen? – Was gibt's?«, sagte er unvermittelt in Sarahs Leitung.

»Mister Algernon?«

»Hm.«

»Sarah Henley. Ich muss Sie sprechen.«

»Wer sind Sie?«

»Mitglied der Archäologischen Gesellschaft Truro.« Das stimmte sogar, auch wenn sie keine Ahnung hatte, wo ihr alter Mitgliedsausweis geblieben war.

»Gehören Sie zu den Altertumsschnüfflern?«

Sie war durch den schroffen Ton nicht brüskiert, im Gegenteil, eine derart rüde Art bei einem Briten hatte Seltenheitswert. Der Mann wäre in Berlin gut klargekommen.

»Ich bin die Assistentin von Professor Silberschneider«, antwortete sie aufs Geratewohl. »Er hat mich beauftragt, einen Lokalaugenschein mit Ihnen zu vereinbaren.«

»Keine Ahnung, wovon Sie reden.«

»Ihre Scheune, Mister Algernon. Ich möchte mich da mal umsehen und einen Termin mit Ihnen abstimmen.«

Geh nicht zu weit, ermahnte sie sich, gib ihm die Chance, dich einzuladen.

»Auf meinem Hof wird nicht gebuddelt, das habe ich denen schon klargemacht.«

»Sind Sie kein bisschen neugierig?«, erwiderte Sarah freundlicher. »Sie sitzen vielleicht auf dem größten Schatz an der Nordküste Cornwalls und wollen die Schatzkiste nicht öffnen?«

»Ich kenne solche Ausgrabungen«, entgegnete er herablassend. »Die Gegend ist voll davon. Das ist bloß ein Haufen alter Steine.«

»Nicht unbedingt.« Sie hatte ihn so weit, dass er ihr

wenigstens zuhörte. »Sollte sich das Grab einer bedeutenden Persönlichkeit unter Ihrem Hof befinden, können wir mit kostbaren Grabbeigaben rechnen.«

»Alte Tonscherben, ja? Bedaure, bin nicht interessiert.« Trotz seiner Worte klang Algernon nun eine Spur neugieriger.

Sarah warf den Angelhaken aus. »Sie haben doch bestimmt vom Gold der Kelten gehört?«

»Was für Gold?«

»Goldene Kunstgegenstände, Schmuck, mit Gold verzierte Waffen. Sagt Ihnen der Goldhut von Avanton etwas?« Auf sein Schweigen fuhr sie fort: »Er ist einen halben Meter hoch und aus reinem getriebenem Gold. Das Artefakt stammt aus der späten Bronzezeit, genau die Epoche also, in der wir auch die Fundstätte unter Ihrem Hof ansiedeln. Es würde mich nicht wundern, etwas Ähnliches in Bossiney zu finden.«

»Das sind Vermutungen«, kam es vom anderen Ende.

»In vorchristlicher Zeit gab es viel Gold in unseren Flüssen. Die Kelten haben sich da reichlich bedient. Sie lernten die Bearbeitung vermutlich von den Griechen, darum haben keltische Münzen anfangs noch griechische Motive. Spätere Münzen zeigen kleine Kreuze oder Kreise.«

»Und was hätte ich davon, wenn ich Sie graben lasse?« Im Hintergrund wurde es still, Algernon schien eine Tür zugemacht zu haben.

»Hat man Ihnen das nicht gesagt?« Sarah spielte ihren Trumpf aus. »Sollten auf Ihrem Grundstück Fundgegenstände von außergewöhnlichem Wert liegen, sind Sie an diesem Fund beteiligt.«

»Wie hoch wäre die Beteiligung?«

Sie war auf dem Gebiet nicht sattelfest. »Warum besprechen wir das nicht persönlich, Mister Algernon?«

»Wann wollen Sie kommen?«

Sie war so überrascht, dass sie ins Stammeln geriet.

»Lassen Sie mich nachsehen …« Hörbar blätterte sie in irgendwelchen Papieren. »Da geht es nicht … An dem Tag habe ich die Sitzung … Das wird ziemlich schwierig.«

»Wie wär's am Freitag?«

»Freitag schon?« Innerlich lachte sie.

»Lassen Sie sich nicht bitten, Mrs. Henley. Freitag passt mir, weil ich da ohnehin die Maschinen aus der Scheune fahren muss.«

»Ich könnte vielleicht einen Termin umlegen. Bleiben Sie einen Moment dran.« Sie hielt den Hörer zu und zählte bis zwanzig. Währenddessen gratulierte sie sich, wie prächtig sie die Sache eingefädelt hatte.

»Ich könnte um die Mittagszeit bei Ihnen sein«, sagte sie ins Telefon.

»Einverstanden.«

Beim Abschied klang Algernon um einiges freundlicher.

Ein breites Lächeln überzog Sarahs Gesicht. Der Goldhut von Avanton! Wenn der Farmer wüsste, dass die Insignie des keltischen Priesterkultes im westlichen Frankreich gefunden worden war …

»Mit Speck fängt man Mäuse.« Sie ging online und recherchierte, was der aktuelle Stand bezüglich eines Finderlohns bei archäologischen Ausgrabungen war.

23

Nun, da Sarah Blut geleckt hatte, kamen ihr die Tage, an denen nur ihre gewohnten Pflichten auf sie warteten, eintönig vor. Seit sie nicht mehr für zwei kochte, sah es in ihrem Kühlschrank traurig aus. Heute fuhr sie in den Supermarkt nach Helston, kaufte Gemüse, fangfrischen Fisch und erneuerte auch sonst die Vorräte. Sie nahm sich viel Zeit und packte ihren Einkaufswagen voll. An der Kasse kam sie hinter zwei Frauen zu stehen, die unterschiedlicher kaum hätten sein können. Die eine hatte Übergewicht und trug einen weiten Trainingsanzug, den ihr Hintern trotzdem fast sprengte. Die andere war so klein, dass es aussah, als ob ein Kind den Einkaufswagen schob.

»Er soll seine Frau im Streit verlassen haben«, sagte die Schwere.

»Wer behauptet das?«

»Die Nachbarn. Die sagen auch, dass in dem Haus oft gestritten wird.«

»So etwas ist nicht gut für die Kinder.«

»Hat er getrunken?« Gemächlich legte die Dicke Ware um Ware auf das Band.

»Bestimmt.« Eine Packung Eiersalat in der Hand, hielt die Kleine inne. »Die arme Frau.«

»Stimmt – was die jetzt durchmachen muss!« Die Dicke nickte dem Mann an der Kasse zu.

Es sind immer die gleichen Geschichten, dachte Sarah, trotzdem glaubt jeder, seine Geschichte sei einmalig. Sie begann, ihre Waren auf das Band zu legen.

»Schau, Mummy, dort ist die Frau, die mich überfahren hat«, sagte eine Kinderstimme.

Sie zuckte zusammen und wandte sich um. Als Übernächste in der Schlange standen die Cormacs. Maureen trug ein kleines Mädchen auf dem Arm, es hatte das gleiche helle Haar wie sein Vater. Billy war wieder gesund, nur die Schlinge, in der er den Arm trug, erinnerte an den Unfall.

»Das sagt man nicht«, ermahnte Maureen ihren Sohn und nickte Sarah zu. »Hallo, wie geht's?«

John versuchte offenbar, noch zu einer anderen Kasse auszuweichen, aber Maureen kam bereits näher.

»Wie ich sehe, bist du wieder fast gesund.« Sarah beugte sich zu Billy.

»Ja, sehen Sie mal.« Er zog den Arm aus der Schlinge und bewegte ihn kräftig. »Ich trage das nur noch, weil der Arzt es will.«

»Da bin ich aber froh.« Sie wagte kaum, John in die Augen zu sehen. »Guten Tag. Wie geht es?«

»Gut, danke.«

»Was macht Ihr Schiff?«

Um ein Haar hätte sie gefragt, ob die reparierte Turbinenwelle funktionierte. Was das Gehirn einem doch für verrückte Streiche spielte!

»Ich bin zufrieden.« John hielt der quengeligen Chloé einen Lolli hin.

»Du hast es versprochen, Mummy.« Billy drängte sich zu seiner Mutter.

»Hör auf damit.«

»Aber du hast es versprochen.«

Maureen lächelte Sarah entschuldigend an. »Ich dachte, er hätte die Sache längst vergessen, aber vor Kurzem hat er wieder davon angefangen. Im Krankenhaus sagten Sie, Billy könnte sich einmal Ihr Haus ansehen.«

»Ja, natürlich.« Sarah wusste nicht, wie ihr geschah. »Klar kannst du zu mir kommen.«

»Wann?«, fragte er wie aus der Pistole geschossen.

»Wenn deine Eltern es erlauben.«

»Morgen?«

Der Kunde zwischen Sarah und den Cormacs wurde ungeduldig, weil sie vergaß, ihre Waren weiter auf das Band zu legen.

»Morgen wird es schwierig.« Sie nahm eine Tüte Äpfel hoch. »Ich muss … Ich habe …«

»Sei nicht so lästig«, sagte John zu Billy. »Entschuldigen Sie.«

»Nein, schon in Ordnung, wir finden bestimmt einen Tag.«

Der Kassierer begann, Sarahs Lebensmittel über den Scanner zu ziehen.

»Aber ich will – ich will aber!« Billy sprang neben seinem Vater hoch.

»Schluss jetzt«, antwortete er ungewohnt scharf.

»Wir können ja telefonieren.« Sie steckte ihre Debit-Card in das Lesegerät. »Rufen Sie einfach an, wenn Sie in der Nähe sind.«

»Darf ich Sie auf unsere Aktion für Schulhefte aufmerksam machen?«, sagte der Mann an der Kasse.

»Nein, danke.«

Sarah verabschiedete sich von den Cormacs, so eilig es die Höflichkeit erlaubte. Draußen schob sie den Wagen in einem Tempo zum Auto, als ob jemand hinter ihr her wäre.

»Das ist grauenhaft«, murmelte sie beim Einsteigen. »Das muss endlich aufhören.« Achtlos warf sie ihre Einkäufe in den Kofferraum und fuhr los.

Eine Viertelstunde später rief John an, Sarah war noch unterwegs. »Es tut mir leid. Ich habe dich zu spät gesehen.«

»Halb so schlimm«, log sie.

»Können wir uns treffen?«

»Nein.«

»Wieso nicht?«

»Ausgeschlossen.«

»Weshalb nicht, Sarah?«

»Das fragst du im Ernst?«

»Ich brauche dich!«

»Lass das.« Sie versuchte sich zu beruhigen. »Deine Tochter ist reizend. Sie kommt ganz nach dir.«

»Ich habe über vieles nachgedacht. Verrückte Sachen gehen mir durch den Kopf.«

»Hör auf, John – das führt zu nichts. Wir haben einen Schlussstrich gezogen, und das war gut so. Belassen wir es dabei. Du und deine Familie, ihr gehört zusammen. Noch nie war mir das so klar wie vorhin.«

»Lass uns das nicht am Telefon …« Sie hörte ihn durchatmen. »Ein kurzes Treffen, Sarah.«

»Nein, John. Es ist zu Ende. Ich bin in den nächsten Tagen auch gar nicht hier.«

»Fährst du wieder nach Berlin?«

»Nein, es ist beruflich; ich muss in den Norden.« Sie ertrug es nicht länger, mit ihm zu sprechen, denn am liebsten hätte sie gesagt, wie einsam sie war und zugleich voll Liebe für ihn; gesagt, wie tief sie das friedliche Familienbild vorhin aufgewühlt hatte. Wie gern wollte sie etwas Harmloses mit John unternehmen, schwimmen gehen oder ins Kino, sie war die ständigen Gefühlseruptionen leid, dieses andauernde Fortissimo. In diesem Sinn meinte sie es ernst, dass ein Schlussstrich die einzig erträgliche Lösung war. »Ich muss aufhören, John.«

Bevor er etwas erwidern konnte, legte sie auf, fuhr an den Straßenrand, stellte den Motor ab, legte die Arme auf das Lenkrad und heulte los.

Da sie bei Russells Ankunft am Freitag nicht in *Trelawn* sein würde, telefonierten sie morgens lange miteinander.

»Ich glaube, ich habe die Neugier dieses Bauern geweckt«, erzählte Sarah. »Jetzt muss ich nachhaken.«

»Und wer hat dir prophezeit, dass es so kommen würde?«, lachte er. »Wer?«

»Du natürlich.«

»Übrigens schaffe ich es heute erst ziemlich spät nach *Trelawn*. Du könntest also auch im Norden übernachten.«

»Ach wo. Ich treffe den Mann ja schon mittags. Zum Dinner bin ich bestimmt daheim.«

»Weiß Elaine wegen der Leute aus Manchester Bescheid?«

Die Gäste, die auf Nummer 6 gebucht gewesen waren, hatten kurzfristig abgesagt. Am Telefon hatte die Ehefrau Sarah erklärt, dass ihr Mann einen Unfall gehabt hätte. In all der Aufregung sei sie nicht dazu gekommen, die Buchung rechtzeitig zu stornieren.

»Bei einer derart kurzfristigen Absage ist die gesamte Miete fällig«, sagte Russell.

»Seien wir großzügig. Die haben gerade schon genug Probleme.«

»So weichherzig kenne ich dich gar nicht.« Er lachte. »Dann also bis heute Abend.«

Beim zweiten Mal kam Sarah die Strecke kürzer vor. Auf halbem Weg fuhr sie ab und aß eine Kleinigkeit, da sie annahm, dass der Bauer ihr nichts anbieten würde. Von unterwegs telefonierte sie mit Cindy, die vorschlug, Sarah zu dem Termin zu begleiten. Es erforderte höchste Diplomatie, sie davon zu überzeugen, dass für einen Neuanfang mit Algernon ein neues Gesicht am besten sei.

»Ich bin sicher, dass Sie ihm alle Forschungsergebnisse bereits vorgelegt haben«, sagte Sarah. »Mit Logik und Vernunft scheint dieser Mann nicht zu überzeugen zu sein.«

»Haben Sie mit ihm über die Abfindung gesprochen?«

»In gewisser Weise.« Sarah dachte an den Goldhut von Avanton. Was die meisten Menschen an der Archäologie reizte, war die Schatzsuche. Einen Schatz im Stile Aladins zu heben spukte durch ihre Köpfe. »Ich halte Sie auf dem Laufenden.«

Cindys Ortsbeschreibung war detailliert, dennoch bog

Sarah zuerst einmal falsch ab. Die Farm wirkte riesig. Das Wohnhaus war zweigeschossig, der Stall schloss nicht daran an, sondern war ein eigenes Gebäude von der Größe einer Industriehalle. Hinter der Scheune erhob sich ein Windrad, das den Hof offenbar mit Energie versorgte. Das Anwesen glich einem Großbetrieb. Kleine landwirtschaftliche Einheiten konnten sich kaum noch halten, viele Bauern lebten von Regierungsunterstützungen, die vor allem dem Zweck dienten, dass die Bauern die Pflege der Landschaft übernahmen. Nur in großen Dimensionen war Landwirtschaft noch rentabel.

An der Einfahrt wurde Sarah vom Gebrüll der Rinder begrüßt. Sie fand Algernon, ohne lange zu suchen; er kam ihr auf dem Traktor entgegen. Ein rotes Ungetüm von Maschine, die Hinterreifen waren fast so hoch wie Sarahs Auto.

»Mrs. Henley?« Er hielt neben ihr, der Diesel tuckerte aggressiv.

»Guten Tag, Mister Algernon.«

Ohne ein weiteres Wort fuhr er zum Stall und lud Säcke ab, die er in der Baggerschaufel transportiert hatte. Ein Angestellter übernahm den Traktor. Mit wiegenden Schritten kam Algernon auf sie zu.

»Hier kann Ihr Wagen nicht stehen bleiben«, sagte er statt einer Begrüßung. »Gleich kommt der Tankwagen.« Auf ihren fragenden Blick erklärte er: »Wir transportieren die Milch im Tankwagen ab.«

Alles an Algernon war schwer. Er hatte riesige Hände, fassdicke Schenkel und ein breites Kreuz. Er trug einen Anzug aus festem Stoff, darunter ein kariertes Hemd. Sein Haar war eine schwarze Lockenpracht, er kam wohl nicht dazu, es zu schneiden. Er hätte Grieche sein können oder Korse, so dunkel war seine Hautfarbe, dazu schwarze Augen. Dieser Mann war kein träger Landwirt, wie Sarah ihn sich vorgestellt hatte – er hatte eine starke Ausstrahlung und war gewohnt, dass die Leute nach seiner Pfeife tanzten.

Statt sie ins Haus zu bitten, führte Algernon sie auf ein Wiesenstück, wo der Stamm eines gefällten Baumes zum Tisch umfunktioniert worden war. Auch die Bank war grob gezimmert. Sie setzten sich, das Gehöft im Rücken.

Algernon sah sie spöttisch an. »Mrs. Henley, es ist zehn Jahre her, dass Sie für die Archäologische Gesellschaft in Cornwall gearbeitet haben. Damals hießen Sie noch nicht Henley. Ich konnte mir erst keinen Reim darauf machen, aber wo ich Sie jetzt so vor mir sehe, fällt mir auf: Das ist ein hübsches Bild von Ihnen auf der Website der Gesellschaft.«

Er legte den Arm über die Banklehne. »Was will eine deutsche Frau in Cornwall, wenn sie nicht Ferien macht?«

»Hier leben, Mister Algernon. Mein Mann und ich wohnen an der Südküste.«

»Ja, aber was verschlägt Sie nach Bossiney?«

»Das Geheimnis, das in Ihrem Grund und Boden schlummert.«

»Sie glauben wirklich, bei mir wäre ein Schatz zu heben?« Seiner provokanten Art zum Trotz schwang Neugier in der Frage mit.

»Das Portalgrab in Boterel Quoit verweist auf einen keltischen Fürsten und seinen Stammessitz. Wenn sich der tatsächlich unter Ihrem Hof befindet, dürfen Sie bestimmt mit mehr als ein paar Fundamenten und Tonscherben rechnen.

Es wäre die unversehrte Grabstätte eines Herrschers aus der Bronzezeit.«

Er ließ sie nicht aus dem Blick. »Ich habe meine Entscheidung zu dem Thema diesem merkwürdigen Verein bereits mitgeteilt.«

»Ich würde gern dazu beitragen, dass Sie es sich noch einmal überlegen.« Seine Augen irritierten sie, Sarah schaute ins Weite. »Die Spendensammlung verläuft vielversprechend. Was Ihre Abfindung betrifft …«

Er machte eine abtuende Geste. »Die Leute vom Verein sind Idioten, wenn sie glauben, dass man mich kaufen kann. Wenn die mir allerdings früher so eine attraktive Archäologin vorbeigeschickt hätten, wäre das ganze Gezerre vielleicht nicht nötig gewesen.«

Beruflich war es für Sarah bisher kaum von Bedeutung gewesen, ob man sie für attraktiv hielt. »Umso besser«, antwortete sie ausweichend. »Würden Sie mir jetzt die Scheune zeigen?«

»Haben Sie schon zu Mittag gegessen?« Er machte keine Anstalten aufzustehen.

»Unterwegs.«

»Bei mir gibt es Pasty, nach meinem Geheimrezept.«

»Wer kocht, Ihre Frau?«

»Niemand bereitet hier die Pasty zu, außer mir selbst.« Er stand schwungvoll auf. »Folgen Sie mir.«

Er ließ die Scheune links liegen und ging zum Haupthaus. Sie traten ein. Sarah war vom Inneren des Hauses begeistert. Algernon hatte nicht nur Geld, sondern auch Geschmack. Der ländliche Stil war erhalten worden, durch geschickte

Beleuchtung hob er historische Besonderheiten hervor. Die Küche war urgemütlich, zugleich mit allem Komfort ausgestattet. Sarah machte ihm ein Kompliment zu seinem Haus.

»Kaum zu glauben, dass hier keine weibliche Hand am Werk war.«

»Früher einmal.« Mit einem Topflappen machte er sich am Ofen zu schaffen. »Seit sie weg ist, mache ich alles selbst.«

»Wie lange liegt Ihre Scheidung zurück?«

»Wer spricht von Scheidung? Herzversagen«, antwortete er ohne sichtliche Rührung.

»Das tut mir leid.«

Dampf quoll ihm entgegen, als er den Ofen öffnete. »Sie war nicht für ein Leben auf der Farm geschaffen. Ich hätte es früher merken müssen.«

»Wie lange ist das her?«

»Lange genug, dass meine Pasty heute genauso gut schmeckt wie ihre.«

Er hob eine Backform auf die Anrichte. Der Teig war knusprig braun, Fett knisterte darauf.

»Großes oder kleines Stück?«

»Ich habe wirklich schon … Sei's drum. Geben Sie mir eine ordentliche Portion.«

Mit behutsamen Bewegungen schnitt er die Pasty an. Sie setzten sich an den Nussholztisch und aßen. Algernon gab einen Klecks saure Sahne auf Sarahs Teller.

»Wirklich ausgezeichnet.« Sie sog die Luft ein, weil es so heiß war. »Rindfleisch und Rüben, aber da ist noch ein anderes Gemüse drin.«

»Süßkartoffeln.«

»Das macht es so besonders.«

»Wie lange sind Sie verheiratet?«, fragte er übergangslos.

»Lange. Wir haben früher in London gelebt.«

»Glücklich?« Er zog die Nase hoch.

»Wie bitte?« Sie sah ihn erstaunt an.

»Ob Sie in Cornwall glücklich sind?«

»Ach, in Cornwall – o ja, unbedingt.«

Er schmunzelte. »Hätte Ihr Mann denn nichts dagegen, wenn Sie so weit von zu Hause arbeiten würden?«

»So weit ist es doch noch gar nicht.«

»Sie wissen, was ich meine.«

»Ich habe mir darüber noch keine Gedanken gemacht. Bis gestern war die Chance, dass wir graben dürfen, gering.«

»Sie ist es auch heute noch.« Er kaute. »Wein?«

»Lieber Wasser. Ich muss noch nach *Trelawn* zurück.«

»Was denn?«, rief er entrüstet. »Glauben Sie, mich zwischen Tür und Angel rumzukriegen? Sie kommen her, schenken mir einen netten Blick und beginnen zu buddeln – haben Sie sich das so vorgestellt?«

»Im Gegenteil.« Der Bauer verblüffte sie in einem fort. »Ich dachte, wir führen ein Sondierungsgespräch, und danach wollen Sie die Sache in Ruhe bedenken.«

»Ich bin nicht der Typ, der viel Hin und Her macht. Wenn ich Nein sage, heißt es Nein. Wenn ich aber Ja sage …«

»Okay, was passiert, wenn Sie Ja sagen, Mister Algernon?« Sie ertappte sich dabei, wie sie ihm einen höchst weiblichen Augenaufschlag schenkte.

»Dann können Sie bald Ihre Schippe auspacken. Dazu muss ich Sie aber besser kennenlernen.«

Der flirtet mit mir, dachte sie. Wer hätte für möglich gehalten, dass man auf diese Weise zu einer Grabungsbewilligung kommt?

»Hat es Ihnen die Rede verschlagen?« Bärig sah er sie an. »Trinken wir ein Glas Wein zusammen. Das wird Sie nicht gleich umschmeißen.« Ohne ihre Zustimmung abzuwarten, stellte er zwei Gläser auf den Tisch und verschwand im Keller.

Russell hatte Sarah von sich aus angeboten, in Bossiney zu übernachten. Ihm würde es also nichts ausmachen, wenn sie länger wegblieb. Wie es aussah, entschied sich vielleicht hier und heute, ob sie mit einem interessanten Projekt beginnen konnte. Sie wollte Russell eine SMS schicken, würde damit aber noch warten, je nachdem, wie sich der Nachmittag entwickelte.

»Der ist für besondere Gelegenheiten.« Algernon präsentierte eine Flasche Roten.

»Ihre Pasty macht durstig.« Sie sah ihm beim Eingießen zu.

»Willkommen, Mrs. Henley.« Sie stießen an. »Ich zeige Ihnen nachher die Scheune.«

Sarah trank, der Wein war ausgezeichnet.

24

Zum zweiten Mal stieg sie im *Trevillet Mill* ab. Erstaunt gab Bryan ihr das gleiche Cottage.

»Normalerweise vermieten wir nicht für eine Nacht, aber Sie sind ja so etwas wie eine Stammkundin.«

»Ich könnte es noch werden«, sagte sie, während er ihr frische Handtücher herauslegte. »Ich habe übrigens Mister Algernon kennengelernt. Der ist gar nicht so übel.«

»Natürlich kommt Ihnen das so vor – weil Sie eine Frau sind.«

»Was hat das damit zu tun?«

»Algernon ist als ärgster Frauenheld der Gegend verschrien.«

Sie ließ sich nicht anmerken, dass ihr Treffen mit dem Farmer das bestätigt hatte. »Er ist Witwer.«

»Seit seine Frau unter der Erde ist, führt er sich auf wie ein brunftiger Faun.«

»Woher wissen Sie das? Sie sind doch noch gar nicht lange hier.«

»Die wichtigen Sachen in der Gegend erfährt man schnell. Außerdem kann ich einen Charakter wie Algernon gut in meinem Roman gebrauchen.« Er gab ihr den Schlüssel und kehrte an seinen Schreibtisch zurück.

Sarah hatte Algernons Einladung zum abendlichen Dinner angenommen, sein Angebot, im Gästezimmer zu übernachten, aber selbstverständlich ausgeschlagen. Sie hatte Russell mehrmals zu erreichen versucht, vorhin war er endlich ans Telefon gegangen.

»Okay, dann verbringe ich die Nacht eben als einsamer Strohwitwer.« Er spielte den Enttäuschten. »Ich halte die Daumen«, sagte er beim Abschied.

Die Frage, was sie abends anziehen sollte, amüsierte Sarah. Auf ein Dinner war sie nicht vorbereitet, hatte aber Wäsche zum Wechseln und eine zweite Bluse dabei. Der Wein vom Mittagessen tat seine Wirkung; sie war müde und beschloss, sich nachmittags eine Stunde hinzulegen. Danach würde sie Cindy anrufen und ihr die Neuigkeit erzählen.

Sarah schlief schwer und tief, beim Erwachen versuchte sie sich an einen verrückten Traum zu erinnern. Er hatte sich beim Wasserfall abgespielt, der heilige Nectan war ihr erschienen. Um einen klaren Kopf zu bekommen, brauchte Sarah Kaffee. Sie fand alles Nötige in der Küche, setzte sich mit der dampfenden Tasse vor den Ofen und rief Cindy an.

Diese hatte Mühe, die Neuigkeit zu glauben. »Wissen Sie, wie oft ich mit Algernon gesprochen, wie viele Mails ich ihm geschickt habe? Ich kann die Eingaben, die ich bei der Archäologischen Gesellschaft und beim *County Council* gemacht habe, nicht mehr zählen. Und Sie spazieren auf seinen Hof, werden zum Lunch eingeladen, und kommen mit den optimistischsten Aussichten zurück!« Die sonst so stille Frau regte sich hörbar auf.

»Es ist noch nichts entschieden, Cindy. Ich probiere heute Abend erneut mein Glück.«

»Sie fahren ein zweites Mal hin? Da möchte ich mitkommen.«

Sarah wollte Cindy nicht brüskieren, ihr aber klarmachen, dass ein Vieraugengespräch mit Algernon sinnvoller wäre. »Wir treffen uns nicht auf der Farm. Er hat mich zum Essen eingeladen.«

»Ach so. Ich verstehe«, antwortete Cindy nach einer Pause. »So stellen Sie das an.« Der schnippische Unterton war nicht zu überhören.

»Hauptsache, er lässt uns auf sein Grundstück«, antwortete Sarah sachlich. »Wie wir dort hinkommen, ist doch egal.«

»Im Krieg und in der Liebe ist alles erlaubt, ja?«

Sie hätte der scheuen Cindy so viel Sarkasmus nicht zugetraut, überging ihre Bemerkung aber und berichtete von dem Augenschein der Scheune.

»Die halbe Grundfläche ist betoniert. In der Nordecke besteht der Boden aus gestampftem Lehm. Wenn wir dort beginnen und später feststellen, dass der Grundriss der Siedlung ausgedehnter ist, müssten wir den Beton mit Presslufthämmern aufbohren.«

Sie erwähnte nicht, dass sie Algernon mit möglichen kostbaren Grabbeigaben den Mund wässerig gemacht hatte. Was immer dort unter der Erde verborgen lag, war wirklich kostbar, egal ob es aus Gold bestand.

»Halten Sie mich auf dem Laufenden«, sagte Cindy.

»Sie sind die Initiatorin des Projekts.« Sarah wollte nicht zu eigenmächtig erscheinen. Schließlich war sie erst vor Kurzem hier aufgetaucht und durfte nicht alles an sich reißen. Im Falle einer Grabung würde ohnehin die Archäologische Gesellschaft in Truro entscheiden, welche Fachleute auf den Fall angesetzt werden sollten.

Mr. Algernon lud Sarah ins Restaurant *Merlin's* ein. Sie hatte verkitschte Mystik erwartet und war angenehm überrascht. Ein modernes Lokal in angenehmen Farben, bloß auf der Speisekarte fand man Anspielungen auf die Artussage – Ragout Guinevere, Steak Lancelot.

Sie hatte sich die Augen geschminkt und ein wenig Lippenstift verwendet. Wenn sie ehrlich war, gefiel es ihr, jemanden im Namen der Wissenschaft zu bezirzen, der harmlose Flirt machte ihr Spaß.

Algernon sagte, er habe immer schon mal nach Berlin fahren wollen, bloß würde ihn der Bauernhof nie aus den Klauen lassen.

»Ich habe vierhundert Rinder.«

»Milchkühe?«

»Mit Milch ist heutzutage leider nichts mehr zu verdienen.«

»Das heißt, die Rinder werden …?«

»Geschlachtet.« Er hob die Schultern. »Ich wette, wenn Sie ein Steak aus der Kühltruhe nehmen, denken Sie nicht daran, wo es herkommt.«

»Machen Sie das selbst?«

»Das gibt es längst nicht mehr, dass die Metzger durchs Land reisen und auf den Höfen schlachten. Der Schlachthof ist nicht weit von hier. Vor dem Winter werden die Rinder abgeholt. Die Bullen früher, die müssen geschlachtet werden, bevor sie geschlechtsreif sind.«

Algernon sprach von Futterbeimischungen, welche Krankheiten Rinder bekommen konnten, und dass sein Hof während der BSE-Krise fast vor dem Ruin gestanden hatte. Der Bauer ging in seiner Welt völlig auf. Sarah begriff, wie penetrant es ihm vorkommen musste, dass ein paar Altertumsforscher darauf pochten, seinen Grund und Boden umzubuddeln.

»Wir würden bei der Suche sehr behutsam vorgehen«, sagte sie, als das Thema auf die Ausgrabungen kam. »Ein Planquadrat nach dem anderen.«

»Und wenn Sie auf etwas stoßen, und dann noch etwas, und immer so weiter – was geschieht dann?«

»Das wäre ein Fall fürs *County Council* und für das Denkmalamt.«

»Es würde allgemeines öffentliches Interesse festgestellt werden, dann könnte der Staat mit meinem Land machen, was er will. Ist es nicht so?«

»Es gibt für solche Fälle Regelungen.«

»Ist es nicht so?«, wiederholte er.

»Das wäre möglich.«

»Sehen Sie?« Er breitete die Arme aus. »Wehret den Anfängen.«

Sarah sah den Kellner mit dem Hauptgang kommen und legte die Serviette auf den Schoß. Sie war im Begriff, die Sache für verloren zu geben, als Algernon plötzlich den Kopf schief legte.

»Ich will Sie nicht auf die Folter spannen, Mrs. Henley«, sagte er. »Ich habe nachgedacht und bin zu einem Entschluss gekommen. Ich erlaube Ihnen, an der Nordecke meiner Scheune mit ersten Arbeiten zu beginnen. Ich behalte mir allerdings vor, die Sache abzubrechen, falls mein Besitz dadurch zu sehr in Mitleidenschaft gezogen wird.«

Sarah war von der Wendung so verblüfft, dass sie kaum Worte fand, ihm zu versichern, dass er seine Entscheidung nicht bereuen werde.

»Das hoffe ich. Deshalb haben Sie bestimmt Verständnis für eine Bedingung.«

Jetzt kommt das dicke Ende, dachte sie. Jetzt lädt mich der Dorf-Casanova auf einen Drink zu sich nach Hause ein. Abwartend sah sie ihn an.

»Halten Sie mir wenn möglich die Leute vom Verein vom Leib.«

»Sie meinen Cindy?«

Er nickte. »Cindy und die anderen Langweiler, die nichts Besseres mit ihrer Zeit anzufangen wissen.«

Sie lachte erleichtert. »Ich fürchte, diese Bedingung kann ich nicht erfüllen. Ohne Cindy hätte es mich nie in diese Gegend verschlagen.«

»Das habe ich mir schon gedacht.« Er nahm den ersten Bissen. «Hauptsache, ich sehe Sie bald wieder.«

Er schlug vor, noch drei Wochen zu warten, dann würde er die Hälfte der Scheune frei geräumt haben, und Sarah könnte beginnen. Begeistert stimmte sie zu und ließ sich das Stew schmecken.

Am nächsten Morgen brach Sarah ohne Frühstück Richtung Süden auf. Sie war voll Tatendrang – die Zeit banger Selbstzweifel schien vorbei zu sein. Vor allem musste sie mit Russell klären, wie man ihre Arbeit und die Versorgung von *Trelawn* unter einen Hut bringen sollte. Wie es aussah, würde er noch einige Zeit in London bleiben, und es wäre unmöglich, Elaine die ganze Verantwortung aufzubürden.

Sarah fuhr bereits die kurvenreiche Straße zum Meer hinunter, an deren Ende *Trelawn Manor* lag, als sie an einer Ausweichstelle ein Auto entdeckte. Johns Wagen trug das Logo seines Bootsunternehmens. Sie bremste hart und hielt. Er saß rittlings auf einer Weidemauer, von wo aus er die Straße im Blick hatte.

»Noch ein paar Minuten, und ich wäre aufgebrochen«, sagte er.

»Woher weißt du, dass ich hier entlangkomme?«

»Ich habe deine Haushälterin gefragt.«

»Du hast …?« Sarah mochte es nicht, überrumpelt zu werden, die Situation gefiel ihr ganz und gar nicht. »Hatten wir nicht vereinbart …?«

»Sei nicht böse.« Er schwang sich über die moosige Bekrönung und sprang zu Boden.

»Wieso kommst du uneingeladen nach *Trelawn?* Warum hast du nicht angerufen?«

»Weil ich nicht wieder so abgespeist werden wollte wie beim letzten Mal.«

»Russell ist übers Wochenende daheim.«

»Es stand kein Auto da, also bin ich reingegangen und habe die geschäftige Lady gefragt, wann du wiederkommst.

Auf Sarahs Schweigen fragte er: »War eine dumme Idee, oder?«

»John, warum machst du es uns so schwer?«

Sie standen voreinander, und eine Berührung schien das Schwierigste auf der Welt zu sein. Nun, da sie ihn wiedersah, begriff Sarah, wie sehr sie diesen Mann vermisst hatte. Die Euphorie, mit der sie sich auf das Projekt Bossiney stürzte, hatte nicht zuletzt damit zu tun, dass sie aus Johns Reichweite gelangen wollte. Die Nähe zu ihm, da gab es keinen Zweifel, führte stets zur gleichen Erkenntnis – sie hatte sich in ihn verliebt.

»Du verdammter Idiot«, sagte sie und schlang die Arme um ihn. »Warum musste ich dir begegnen?«

Sie küssten einander wie zwei Ertrinkende, packten und zerrten und rissen aneinander, als ob sie einander verletzen wollten. Es war ein schreckliches Glück, eine Art beglückende Ausweglosigkeit. Jederzeit konnte jemand vorbeifahren, der Sarah kannte, doch solche Erwägungen waren ihr abhandengekommen.

»Was machen wir, John? Was sollen wir nur tun?«

»Wir sollten erst mal woanders hinfahren.«

»Nein«, antwortete sie, und ließ doch zu, dass er sie zu ihrem Wagen führte. »Ich bitte dich, wir hatten doch alles im Griff.«

»Nichts haben wir im Griff.« Er packte sie um die Hüften. »Ein Vierteljahr ist vergangen, und nichts hat sich geändert. Es wird sich auch nichts ändern, denn ich liebe dich.« Sie schaute in seine fordernden Augen. »Komm«, flüsterte er.

»Wohin?«

»Komm einfach.« Er öffnete ihre Autotür. »Fahr mir nach. Es ist nicht weit.«

Sarah stieg ein, wendete und entfernte sich von *Trelawn*. Sie fuhr dem alten Lieferwagen hinterher. Wahrscheinlich wäre sie ihm überallhin gefolgt, doch John hielt schon nach ein paar Meilen. Sarah hatte geglaubt, das *Seagull Hotel* hätte dichtgemacht, doch es hatte ein Zimmer für sie. Das Mädchen am Empfang kümmerte sich nicht darum, wer die Gäste waren und warum sie kein Gepäck dabeihatten. Sie händigte ihnen den Schlüssel aus. John und Sarah gingen in den ersten Stock hinauf.

25

Da standen sie, wie auf einem unbewohnten Planeten. Sie berührten einander so vorsichtig, als ob etwas zerbrechen könnte. Sie flüsterten.

»Haben wir uns nicht gesagt, dass es unmöglich ist?«

»Ja. Ja.« John griff in ihr Haar.

»Dass wir es beenden müssen, bevor wir alles kaputt machen?«

»Ich weiß.«

»Warum setzt du dich dann auf eine Mauer und lauerst mir auf?« Sie zog sein T-Shirt hoch und berührte seine Brust.

»Weil ich immer an dich denken muss. Es ist mir egal, was ich versprochen habe.«

Er öffnete ihre Bluse. Ohne Hast zogen sie sich aus, redeten miteinander, im Bewusstsein, mit den besten Absichten das Falsche zu tun. Sie zog ihn aufs Bett. Diesmal benutzten sie ihre Leidenschaft nicht als Schutzschild, um den Rest der Welt auszusperren, sie liebten einander voll Neugier und waren sich bewusst, was sie taten. Rund um sie das zweitklassige Hotelzimmer, nur wenige Meilen von *Trelawn* entfernt. Sie steigerten ihre Lust langsam, verharrten währenddessen mehrmals, sie sprachen sogar dabei. Jeder sah in das glücklich erhitzte Gesicht des anderen, bis John den Satz aussprach, den Sarah nicht für möglich gehalten hätte.

»Lass uns ganz zusammenbleiben.« Er drang dabei so tief in sie ein, dass sie sich an ihn klammerte.

»Hörst du, was ich sage?«

Sie brachte ihn dazu, sich hinzulegen, und setzte sich auf ihn.

»Damit macht man keine Witze, John.«

»Es war mir noch nie so ernst. Lass uns Mann und Frau werden, in aller Öffentlichkeit.«

»Du weißt, was das bedeutet.«

Er bewegte sich sacht. »Wir sind nicht die ersten Menschen, die so etwas tun. Wenn ich mich für dich entscheide, liebe ich meine Kinder nicht weniger als bisher. Eines Tages werden sie es verstehen.«

»Das ist ein schrecklicher Gedanke.« Sie erwiderte seine Bewegungen.

»Ich kann nicht mehr, Sarah. Ich lebe in einer einzigen Lüge. Ist es falsch, sie endlich zu beenden?«

Sie nahm seinen Kopf in beide Hände. »Was du sagst, ist deshalb so schlimm, weil es mir so gut gefällt.«

Sarah gab sich ihm hin, bis der Augenblick gekommen war, an dem beide nichts mehr trennen konnte. Sie erlebten Minuten vollkommenen Glücks.

Es verflog auch nicht, als die Gedanken langsam zurückkehrten und sie unter die Decke schlüpften. Es blieb, als sie aneinandergeschmiegt zu den Wasserflecken in der Ecke hochschauten. »Hast du das ernst gemeint?«, fragte sie.

»Ja.«

»Und Maureen?«

»Maureen und ich, wir sind schon lange nicht mehr … Vieles hat sich zwischen uns verändert.«

»Seit wir uns begegnet sind?«

»Nein, früher schon. Seit Glens Tod. Ich habe meinen Sohn geliebt, aber bei Maureen ging es tiefer. Ein Teil von ihr ist mit dem Kind gestorben. Vielleicht auch ihre Liebe. Seit dieser Zeit leben wir im Bewusstsein, dass wir einander Halt geben und Vertrauen – aber Liebe, nein, Liebe ist das keine mehr.«

Sie küsste seine Schulter. »Ich habe mich gefragt, warum du nichts unternimmst, um wieder in deinem Beruf zu arbeiten. Fehlt er dir nicht?«

»Doch.«

Die wortkarge Antwort überraschte sie. »Gefällt es dir besser, auf dem Meer zu sein?«

Sie küssten sich. »Ich hatte vor Jahren eine Kollegin. Sie unterrichtete an der gleichen Schule wie ich. Diese Frau verliebte sich in mich. Auf einer Abschlussfeier machte ich den Fehler und ließ mich zu einer betrunkenen Knutscherei hinreißen. Seitdem glaubte sie, dass wir füreinander bestimmt seien. Nachdem ich ihr erklärt hatte, dass ich keine Gefühle für sie hegte, ging sie zu Maureen und behauptete, wir hätten ein Verhältnis. Maureen hat mich damals beeindruckt, weil sie bedingungslos zu mir stand und mir verziehen hat, was auch gewesen war. Die Lehrerin aber hängte die Sache in der Schule an die große Glocke und sagte, ich sei ein notorischer Lügner, dem man keine Kinder anvertrauen dürfe. Da es ausgeschlossen schien, dass wir weiter zusammenarbeiten konnten, traf die Schulleitung eine Entscheidung und kündigte mir.« Er griff nach der Wasserflasche auf dem Nachttisch.

»Nachdem ich monatelang einen anderen Job gesucht hatte, wurde mir klar, dass ich bei der herrschenden Arbeitslosigkeit und mit dieser Vorgeschichte keine Chance hatte. Also habe ich mein altes Boot hervorgeholt und als Ausflugsschiff umgerüstet.«

Auch Sarah war durstig, sie trank die Flasche leer. »Und Maureen? War sie nicht eifersüchtig nach der Sache mit der Lehrerin?«

»Eifersucht kann man es nicht nennen. Sie nimmt seitdem bloß an, dass ich mich nach anderen Frauen umsehe.«

»Wenn du als blonder Kapitän Touristinnen über die Wellen schipperst, fliegen dir die Frauenherzen bestimmt zu.«

»Ich bin freundlich zu ihnen, weiter nichts.«

Sie schmunzelte. »Hatte mein alter Professor also doch recht.«

»Womit?«

»Er hält dich für einen Don Juan im Lehrer-Outfit.« Auf seinen verständnislosen Blick sagte sie: »Ob Don Juan oder Vercingetorix – ich liebe dich.«

Sie küssten sich lange, dann schliefen sie ein.

»Ich muss nach Hause«, sagte sie nach dem Erwachen. »Russell ist inzwischen sicher da.«

Sie zogen sich an.

»Wie soll es jetzt weitergehen?« John gab Sarah ihre Bluse.

»Wir sollten vereinbaren, wann ich mit Russell spreche, und du mit Maureen. Wir müssen es gleichzeitig tun.«

»Stimmt.«

Sie floh in seine Arme. »Hast du keine Angst davor? Deine Kinder …«

»Natürlich habe ich Angst. Aber so weitermachen will ich auch nicht.« Er streichelte ihr Haar. »Ich muss darauf vertrauen, dass Maureen so besonnen reagiert, wie ich sie kenne, und sie die Kinder nicht unter der Situation leiden lässt, indem sie mir den Umgang verbietet. Ich will weiterhin für sie da sein. Hoffen wir, dass etwas Gutes dabei herauskommt.«

Nebeneinander setzten sie sich aufs Bett und schlüpften in ihre Schuhe.

»Können wir aus dem Hotel nach so kurzer Zeit schon wieder auschecken?«

»Die Kleine da unten weiß bestimmt, was hier gerade passiert ist.«

Als hätten sie hier ihren Urlaub verbracht, blickten sie sich um, ob sie nichts vergessen hatten, und verließen das Zimmer im *Seagull Hotel*.

Sarah war vor der Begegnung mit Russell beklommen zumute. Sie fuhr die letzten engen Kurven nach *Trelawn*. John und sie waren übereingekommen, noch ein paar Tage zu warten, bevor sie die Neuigkeit bekanntgeben und die Katastrophe lostreten würden. Eine Familienfeier mit seinen Schwiegereltern stand bevor, und er wollte sie durch seine Entscheidung nicht trüben. Sarah konnte noch immer kaum glauben, dass er zu diesem Schritt wirklich bereit war. Es kam ihr vor, als ob sie nicht selbst agierte, sondern geführt wurde. Auf merkwürdige Weise ging stets zum entscheidenden Zeitpunkt eine Tür auf, und sie brauchte nur hindurchzugehen.

Russells Auto stand nicht auf dem Parkplatz, was sie merkwürdig fand, da er am Wochenende kaum in sein Büro gefahren sein würde. Im Haupthaus unterhielt sie sich kurz mit einem Ehepaar und fand Elaine schließlich im Keller. Beide Waschmaschinen liefen – die Tischtücher aus dem Frühstückszimmer waren dran.

»Weißt du, wo Russell ist?«, fragte sie nach der Begrüßung.

»Er ist vormittags abgefahren.«

»Hat er nichts gesagt?«

Elaine sortierte die Handtücher nach Farben. »Nein.«

»Ist alles in Ordnung?«

»Ja, mehr oder weniger.«

»Was heißt das? Ist etwas mit dem Haus?«

Elaine richtete sich auf. »Alles bestens in Schuss.«

»Gab es Streit mit Russell?« Sarah wusste, dass er dazu neigte, Elaine manchmal eher als Befehlsempfängerin denn als Mitarbeiterin zu behandeln.

»Ach wo. Ich habe nicht besonders geschlafen, das ist alles.«

Sarah lehnte sich an den Wäschetrockner. »Ich habe herrlich geschlafen.« Sie erzählte von der Farm und ihren Begegnungen mit Mr. Algernon, von den Aussichten, die sich eröffneten.

»Freut mich sehr für dich«, sagte Elaine. »Was bedeutet das für uns hier? Dann wird sich doch einiges ändern, oder?«

Zusammen gingen sie die Treppe hinauf, und Elaine machte Tee. »Für dich bleibt erst mal alles beim Alten. Aber mit ein paar Veränderungen müssen wir doch rechnen.«

Sie hätte es Elaine so gern gesagt. Sich ihr anzuvertrauen hätte Sarah viel bedeutet. Ich bin an eine entscheidende Lebenskreuzung gekommen. Ich werde nicht nur wieder arbeiten, ich habe mich in einen Mann verliebt, und auch er liebt mich. Wir passen wunderbar zusammen. Es sind noch unzählige Schwierigkeiten zu bewältigen, es wird schlimme Wunden geben, aber am Ende steht ein Neuanfang für uns alle. So gern sie es Elaine bekannt hätte, wäre es doch ein Vertrauensbruch Russell gegenüber gewesen. Er musste der Erste sein, den sie damit konfrontierte.

Sarah hatte sich noch kaum Gedanken darüber gemacht, was mit *Trelawn* geschehen sollte; wahrscheinlich würde sie ihr Haus verlassen müssen. Wie sie Russell einschätzte, würde er das Anwesen verkaufen. Ihr zuliebe war er hierhergezogen, ohne sie hielt ihn nichts auf dem Land. Für einen Augenblick überwältigten sie die Umwälzungen. War es das Richtige, mit fast Mitte vierzig das bisherige Leben über den Haufen zu werfen? War es nicht doch nur eine Laune aus Leidenschaft? Würden John und sie nicht bald aus ihrer Verrücktheit erwachen und bereuen, was sie getan hatten? War ihre Liebe wirklich groß genug? Würde John ihr nicht eines Tages vorwerfen: Wegen dir habe ich meine Kinder im Stich gelassen? Auf dem Weg, der nun vor ihr lag, gab es keine Rückversicherung, kein Geländer. Einmal losgesprungen, konnte sie nicht mehr zurück. Zweifel dieser Art, das wusste sie, würden noch häufig auftauchen. Aber eines Tages, hoffte sie, wäre das Alte abgestreift, und etwas Neues würde ihr Leben bestimmen.

»Es ist nur eine Frage der Organisation«, sagte sie zu Elaine. »Darin sind wir beide ja Meister.«

Nach dem Tee rief sie Russell an und fragte, wo er bleibe.

»Ich habe eingekauft«, antwortete er stolz. »Du kannst dich auf ein leckeres Dinner freuen.«

»Du hast eingekauft?« Das war wirklich außergewöhnlich. Russell hasste Supermärkte, das Überangebot machte ihn nervös.

»In einer Stunde bin ich daheim. Ich freue mich auf dich.«

Sei nicht so nett zu mir, dachte sie, nicht ausgerechnet jetzt. Sie fand die Vorstellung, mit Russell tagelang heile Welt spielen zu müssen, erschreckend. Wahrscheinlich würde er heute Nacht auch mit ihr schlafen wollen, und sie würde ihn voller Gewissensbisse mit einer Ausrede abweisen müssen. Ihr graute davor.

»Ich mache noch einen Spaziergang die Klippen entlang«, sagte sie.

»Ich komme dir entgegen. Bin schon verdammt neugierig, was du zu berichten hast.«

Er meinte die Neuigkeiten aus Bossiney, aber Sarahs berufliche Aussichten waren für sie mit einem Mal weit in den Hintergrund gerückt. Wie gern hätte sie ihm die wirkliche Neuigkeit schon heute gesagt. Sosehr sie ihre gemütlichen Abende am Kaminfeuer immer geliebt hatte – heute fürchtete sie sich regelrecht davor.

Es sah nach Regen aus. Sie nahm die Öljacke, schlüpfte in ihre Gummistiefel und lief los. Der Weg führte durch den Garten und das Tor in der Buchenhecke. Die Wiese dahinter gehörte zu ihrem Grundstück; bald würden die Schafe des Nachbarn wieder darauf weiden. Sarah stieg über den Weidetritt. Das wilde Gelände war auch im Besitz von *Tre-*

lawn Manor; hier lief der *public footpath* hindurch, die Öffentlichkeit hatte Zugang. Sarah folgte dem Trampelpfad, der sich über den Klippen dem Küstenverlauf anpasste. Bei jeder Witterung war es hier schön. Wenn die Winternebel vom Atlantik heranzogen, wenn der Sturm die Zedern so unaufhörlich niederbog, dass sie mit den Jahren ganz schief in die Landschaft ragten. Bei Sonnenschein war es das reine Paradies, die endlose Sicht über den Atlantik, nichts als Wasser lag zwischen dem Betrachter und dem amerikanischen Kontinent. Die leuchtend blühenden Ginsterbüsche, die Halbinsel Lizard im Osten und Land's End auf der Westseite – es tat der Seele gut, diesen Pfad entlangzulaufen, egal, in welcher Stimmung man war. Sarah versuchte nicht, ihre aufgewühlten Gefühle zu unterdrücken. Sie weinte; wer sah es denn schon?

Ihr Handy klingelte. Sie wollte niemanden sprechen außer John. Seufzend erkannte sie die Nummer ihres Vaters und war im Begriff, ihn wegzudrücken. Andererseits hatten sie lange nicht miteinander gesprochen, er war alt und einsam, warum sollte sie sich seine Wehwehchen nicht anhören?

»Hallo, Bibi.«

Wie gewohnt beklagte er sich. Über die Hitze in Berlin, über seine Gürtelrose, das Alter, das Alleinsein.

»Warum gehst du nicht öfter aus?«, machte Sarah ihren Standardvorschlag.

»Ich bin kein Rumtreiber.«

»Das meine ich nicht. Geh in Ausstellungen, in den Park, in die Bibliothek. Dort lernst du Leute kennen.« Sie schnaufte, da es bergauf ging. »Außerdem warst du früher sehr wohl ein

Rumtreiber. Nur hattest du Mama dabei, sie war die Rückendeckung für deine Flirts.«

»Jetzt ist sie nicht mehr da.«

»Das macht das Dasein für dich als flotten Hirsch natürlich anstrengender.«

»Glaubst du, man hält mich noch für einen flotten Hirsch?«, fragte er rührend naiv.

»Du siehst jünger aus, als du bist. Was meinst du, wie viele alleinstehende Frauen in vorgerücktem Alter es in Berlin gibt? Ein Mann, der so aussieht, den nicht das Zipperlein plagt und der finanziell unabhängig ist, ist in jedem Alter gefragt.«

Sarah lächelte über sich. Andere in Lebensfragen zu beraten war herrlich einfach. Lagen die Lösungen nicht in den meisten Fällen auf der Hand? Als sie auflegten, hatte Sarah den Eindruck, ihrem Vater neuen Mut gegeben zu haben. Er hatte versprochen, auf dem Ku'damm einen Eiskaffee trinken zu gehen.

Kurz vor Rinsey drehte Sarah schließlich um. Aus dem Nieseln war Regen geworden, sie stülpte die Kapuze über. Zwei Buchten entfernt tauchte ein beweglicher roter Punkt auf, es war Russell in seiner Öljacke. Sarah atmete tief durch und erwiderte sein Winken. Sie liefen aufeinander zu.

26

Er hatte sich ins Zeug gelegt. Daheim wartete ein gedeckter Tisch mit allerlei Delikatessen auf Sarah. Da sie beim Essen die meiste Zeit über erzählte, fiel Russell nicht auf, wie wenig sie aß. Ihr war elend zumute. Eine Fassade aufrechtzuerhalten hatte sie nie verstanden. Geradeheraus, wie Sarah war, brachte sie unangenehme Dinge gern so rasch wie möglich auf den Punkt. Russell sprühte vor Zuwendung und wollte sich totlachen, weil Sarah Mr. Algernon nicht als Archäologin, sondern als Frau umgestimmt hatte. Er war aufmerksam, goss ihr Wein nach, kaum dass das Glas halb leer war, und kam erstaunlich schnell auf die Planung der kommenden Umstellungen in *Trelawn* zu sprechen. Sarah war derart überrascht über so viel Entgegenkommen, dass sie mitspielte, obwohl ihr bitter bewusst war, dass es nicht ihre eigene Zukunft war, die er da plante.

»Macht dir das nichts aus, dass wir uns noch seltener sehen werden als jetzt, dass *Trelawn* mehr oder weniger zum Hotel verkommt?«

»Es ist doch nur vorübergehend. Ich bleibe nicht ewig in London. Und wie lang kann es schon dauern, so einen alten Keltenfürsten auszubuddeln?«

»Wenn die Fundstätte umfangreich ist, mehrere Jahre.«

»Wir machen einen Schritt nach dem anderen.« Er tat sich vom italienischen Schinken auf. »Ist es nicht wie ein frischer Wind, der durch unser Leben weht?« Über den Tisch gebeugt, küsste er sie. Als er zärtlicher werden wollte, schob sie ihn zurück.

»Nicht, du kitzelst.«

»Probier von den Würsten – die sind aus Deutschland.«

»Ein frischer Wind«, wiederholte Sarah, ohne sich etwas zu nehmen.

»Erstaunlich, wie sich in letzter Zeit alles gefügt hat. Als ob es so kommen musste!«

Es lag ihr auf der Zunge. Sie stand kurz davor, ihre Abmachung zu brechen und Russell zu eröffnen, dass es nicht so, sondern völlig anders kommen würde. Sie musste etwas unternehmen, um sich vor diesem Fehler zu bewahren. Daher holte sie ihre Kamera und zeigte Russell die Fotos, die sie in Nordcornwall gemacht hatte. Währenddessen begann er sie zu streicheln.

»Nicht, bitte.«

»Wieso?« Er biss in ihren Nacken.

»Ich bin irgendwie ausgelaugt. Es ist alles ein bisschen viel.« So wenig lügen wie möglich, nahm sie sich vor.

»Ich bringe deine Lebensgeister wieder in Schwung.« Er berührte ihre Brüste.

»Nein, Russell, wirklich.« Brüsk zog sie sich zurück. »Heute will ich nicht. Ich könnte es nicht genießen.«

Er war bereit, es von der komischen Seite zu nehmen. »Du hast also ein Verhältnis.«

Entgeistert starrte sie ihn an.

»Hat dich der liederliche Bauer doch rumgekriegt?«

»Du bist mir auf die Schliche gekommen.« Ihr Lächeln war aufgesetzt. Sie nutzte den Umstand, die Kamera wegzuschaffen, um aus Russells Nähe zu kommen.

Der Abend zog sich quälend in die Länge. Obwohl es zu früh zum Schlafengehen war, beteuerte sie, wie müde sie sei. Bei Russell hatte der Wein eine belebende Wirkung, er plauderte von Londoner Begebenheiten, erwähnte Freunde, die er getroffen hatte, erzählte, dass die Therapie bei Sam gut anschlagen würde. Sarah saß ihm auf dem anderen Sofa gegenüber, die Hände ineinander verschlungen, sie bewegte die Zehen in den Hausschuhen und bemühte sich, ruhig zu atmen. Eine halbe Stunde verstrich, und wieder zehn Minuten, irgendwann griff er zur Fernbedienung und schaute Nachrichten. Sie nahm das zum Anlass, sich fürs Bett fertig zu machen. Im Bademantel kam sie ins Wohnzimmer zurück und gab ihm einen Gutenachtkuss.

Als sie schließlich allein im Turm war, stieß sie einen lautlosen Schrei aus und starrte in den Spiegel. Sie mochte die Frau nicht, die sie dort sah. Wie sehr sie sich auch alles schönzureden versuchte – es war falsch. Sie hatte gelobt, dem Mann, der dort unten auf dem Sofa saß, die Treue zu halten, allen Widrigkeiten zum Trotz. Er war ihr – bis auf seinen Fehltritt mit Miss Moynihan, den er zutiefst bereute – ein guter Mann und inspirierender Partner gewesen, es wäre eine beruhigende Vorstellung, mit Russell alt zu werden. Sie aber log ihm ins Gesicht. Sie würde ihn verlassen, weil ein anderer ihr besser gefiel, weil er einfühlsamer und sanfter war. Dafür brach sie ihren Schwur? Am liebsten wäre Sarah in dieser Nacht aus *Trelawn* geflohen. Das Haus, der Turm waren eine einzige Anklage gegen sie. Jedes Bild, jeder Spiegel erinnerten sie an eine Situation ihres gemeinsamen Lebens.

Sie wollte sich beruhigen. Ihr fiel ein, dass sie noch eine ungeöffnete Flasche Schwarzwälder Kirschschnaps im Schrank hatte, das Geschenk eines deutschen Besuchers. Eine Nacht wie diese war geschaffen dafür, sich zu betrinken.

Sie erwartete nicht, dass John sich am nächsten Tag melden würde, doch am darauffolgenden begann sie darauf zu warten. Als ein weiterer Tag verstrich, ohne dass etwas passierte, wurde sie unruhig. Ihr Gang durch das Haupthaus, die Gespräche mit den Gästen, selbst die alltäglichen Verrichtungen mit Elaine fielen ihr schwer. Mehrmals nahm sie ihr Telefon zur Hand, um John zu fragen, ob alles in Ordnung sei, zugleich wollte sie ihn nicht unter Druck setzen. Hatten sie nicht eine klare Vereinbarung? Es gab keinen Grund, irgendetwas in Zweifel zu ziehen. Und doch war ihr bewusst, dass John schlimmere Zweifel durchzustehen hatte als sie selbst – wenn er mit seiner Tochter spielte oder mit Billy Schularbeiten machte, wenn Maureen ihm das Abendessen auf den Tisch stellte. Verblasste der wunderschöne Nachmittag im *Seagull Hotel* bereits wieder, bereute er seinen Vorschlag?

Als eine weitere Nacht verstrichen war, ohne dass sie von ihm hörte, schickte sie ihm einen liebevollen Gruß. Sie erhielt keine Antwort.

Ihre Sorge war nun erdrückend, und ihre Ahnung drohte zur Gewissheit zu werden. Diesen Morgen ließ Sarah noch verstreichen, dann zog sie sich in den Turm zurück und rief ihn an. Es dauerte eine Weile, bis er abnahm.

»Hallo, John«, sagte sie bemüht harmlos. Als die Antwort nicht gleich kam, fürchtete sie, seine Familie sei in der Nähe. »Störe ich?«

»Du störst nicht, aber ich kann im Moment schlecht sprechen.« Seine Stimme klang gedämpft, wie von weit weg.

»Bist du umringt von gackernden Japanerinnen, die ihren Reiseführer sexy finden?« Sarah saß ein Kloß im Hals.

»Ich bin nicht auf dem Boot.«

»Wo bist du?« Sie versuchte, Hintergrundgeräusche auszumachen.

»Man hat mich verhaftet, Sarah.«

Sie glaubte, sich verhört zu haben. »Was?«

»Ich bin in Polizeigewahrsam.«

Unfähig zu begreifen, fiel ihr Blick aus dem Fenster. Sonnenstrahlen glitzerten auf dem Meer. »Was ist passiert?«

»Man wirft mir etwas vor, das ich nicht getan habe. Es wird sich alles aufklären«, setzte er rasch hinzu. »Im Augenblick bespricht Maureen gerade, ob wir uns besser einen eigenen Anwalt nehmen oder einen Pflichtverteidiger stellen lassen.«

»Was ist vorgefallen?«

Er schien die Hand über den Hörer zu decken. »Ich muss wirklich gleich Schluss machen.«

»Sag mir nur, worum es geht.« Sie sprach mit dem Mann, mit dem sie ein neues Leben beginnen wollte, und fühlte sich ausgesperrt und nutzlos. Sie konnte nichts für ihn tun.

»Fahrerflucht«, antwortete er. »Man wirft mir vor, ich

hätte jemanden mit dem Boot gerammt und wäre danach abgehauen.«

»Das ist absurd.«

»Ich weiß.«

»Man kann an deinem Boot bestimmt feststellen, ob du jemanden gerammt hast. Wann soll das gewesen sein?«

»Vor vier Nächten.«

»Das wäre ja – zwei Tage bevor wir uns getroffen haben. Du hast bestimmt ein Alibi?« Sie merkte, wie sinnlos es war, von ihrem gemütlichen Zimmer aus einen Fall zu besprechen, von dem sie nicht das Geringste wusste. »Wann können wir uns sehen?«

»Nicht so bald, fürchte ich. Die sperren mich ein. Ich soll dem Richter vorgeführt werden. Der entscheidet, ob ich in Haft bleibe oder …« Jemand schien John zu rufen. »Ich komme. Sorry, aber ich muss wirklich aufhören. Ich melde mich.« Ohne Abschied beendete er den Anruf.

Ich melde mich. Kein Wort über das, was war, was sein sollte, kein *Ich liebe dich*. Mach dich nicht lächerlich, rief Sarah sich zur Vernunft. John ist in ernsten Schwierigkeiten, und du willst Liebesgesäusel von ihm hören? Das Telefon in der Hand, stand sie am Fenster. Wie heimtückisch das Leben war. Von einer Sekunde zur nächsten hatte sie sich von seiner Geliebten zu einer völlig Außenstehenden gewandelt. Sie konnte, sie durfte John nicht helfen. Wäre Russell in der gleichen Situation, sie würde Himmel und Hölle in Bewegung setzen, ihn freizubekommen. Für sie beide wäre das leicht, sie hatten Geld. Für jemanden wie John konnte so etwas schlimme Folgen haben; die Anwaltskosten, der Verlust des Leumunds. Er ist unschuldig, beruhigte sich Sarah, der Falsche wurde verhaftet, das Missverständnis wird sich aufklären. John kann seine Unschuld gewiss beweisen.

Mit dem Boot gerammt – wie war so etwas möglich? Bei Tageslicht sah man, was einem in den Weg kam, und in der Nacht fuhren nur die Fischer hinaus. John war nachts bestimmt nicht auf dem Meer gewesen. Weshalb konnte ihm Maureen kein Alibi geben oder die Kinder?

»Sarah?«, hörte sie aus dem Erdgeschoss.

»Ja?«

»Die Mieter von Nummer 4 haben eine Frage«, rief Elaine.

Unwillig wandte sie den Kopf. »Kannst du ihnen nicht weiterhelfen?«

»Es geht um eine Marmeladensorte. Sie wollen wissen, wo man die hier bekommt.«

»Marmelade.« Sarah steckte das Handy ein. Auf dem Tischchen stand die Schnapsflasche. Sie hatte gestern einiges konsumiert. »Ich komme.« Sie ging ins Bad und wusch sich das Gesicht.

An diesem Nachmittag nahm sie eine Lieferung von der Baumschule entgegen, telefonierte wegen einer schadhaften Dachrinne und beschrieb neuen Gästen den Weg nach St. Austell. Sie tat es wie jemand, der die Vogelperspektive einnimmt und sich selbst von oben betrachtet. Sie setzte sich über die Unterlagen aus Bossiney, doch es war ihr unmöglich, sich darauf zu konzentrieren. Einmal schaltete sie die Nachrichten ein, um zu sehen, ob der Lokalsender etwas über den Vorfall mit dem Boot brachte. Im Grunde lächerlich, sie wusste nicht einmal, ob jemand zu Schaden gekommen war;

wahrscheinlich handelte es sich um ein Bagatelldelikt, unangenehm, zeitraubend, mehr nicht. Es ist nur ein Aufschub, sagte sich Sarah, ein unerwartetes Ärgernis, der Vorfall ändert nichts an unseren Plänen. Zugleich versteht es sich von selbst, dass John nicht ausgerechnet jetzt seine Familie verlassen kann. Und was mache ich so lange? Das Gleiche wie bisher, lautete die zermürbende Antwort. Sarah widmete sich ihren Tagesgeschäften.

Es wurde zu einem der schlimmsten Tage, an die sie sich erinnern konnte. Im Geist hatte sie den Sprung bereits gewagt, den größten in ihrem ganzen Leben. Nun hinderte die Wirklichkeit sie daran, ihn zu vollziehen. Es war, als ob man mit gepackten Koffern vor der Tür stand und erfuhr, dass die Reise geplatzt war. Besonders machte ihr zu schaffen, dass sie keinen Weg sah, an Informationen über Johns Schicksal heranzukommen. Sie konnte schlecht bei der Polizei anrufen: »Hallo, ich bin die Geliebte von Mister Cormac. Können Sie mir sagen, wann er wieder freikommt? Das wäre schrecklich nett von Ihnen.«

Als Sarah in der Halle auf Elaine traf, war sie zum zweiten Mal versucht, die vertraute Seele einzuweihen. Stattdessen ließ sie sich von Elaines Zahnbeschwerden erzählen und bemerkte, der Westflur müsse bald einmal gestrichen werden. Als es endlich dämmerte und Sarah die Stunde herbeisehnte, in der sie schlafen gehen konnte, fiel ihr auf, dass diese Wendung der Dinge auch eine gute Seite hatte. Es war die Gelegenheit, alles noch einmal zu überprüfen. Es erinnerte Sarah an Geschichten aus alten Romanen. Wenn zwei junge Menschen sich verliebt hatten, ihre Eltern aber gegen die Verbindung waren, zwang man das Paar, eine bestimmte Frist verstreichen zu lassen, ohne einander zu sehen. Die Eltern hofften, nach dieser Zeit würde die Liebe verflogen sein. Bei Teenagern mag das funktionieren, dachte Sarah, aber was passiert bei einem reiferen Kaliber wie mir? Mit einem Apfel setzte sie sich auf die Terrasse und beobachtete, wie das letzte Licht des Tages schwand.

27

Drei Tage waren vergangen, als der Anruf kam, den Sarah so sehnlich erwartete. Johns Nummer tauchte auf dem Display auf. Bevor sie abnahm, lief sie in den Turm hinauf.

»John – wie geht es dir?«

»Es könnte kaum besser gehen.«

»Gott sei Dank. Wo bist du?«

»Im Vorraum zur Freiheit«, sagte er mit froher Stimme. »Sie haben mir gerade mein Handy zurückgegeben.«

»Heißt das …?« Ihre Erleichterung war übermächtig.

»Die lassen mich gehen, Sarah.«

»Das bedeutet, das Missverständnis hat sich aufgeklärt? Die Anklage wird fallen gelassen?«

»Das leider nicht. Der Irrsinn geht weiter. Meine Familie hat ein paar Tage gebraucht, um die Kaution zusammenzukratzen. Da in meinem Fall keine Fluchtgefahr besteht, hat man entschieden, dass ich der Staatskasse nicht länger auf der Tasche liegen soll. Bis zur Verhandlung bin ich frei. Wir … Wir müssen uns unbedingt sehen«, sagte er in leicht verändertem Ton.

»Natürlich! Wo halten sie dich fest?«

»In Lewragh.«

»Ich komme sofort hin.«

»Das geht nicht«, antwortete er hastig. »Maureen holt mich gerade ab. Sie steht draußen. Eine Tür noch, und ich bin frei.«

Die Antwort traf Sarah mehr, als sie zugab.

»Du kannst dir nicht vorstellen, was es heißt, angeklagt zu sein.«

»Aber du wusstest die ganze Zeit, dass du unschuldig bist.« Sie seufzte. »Jetzt wird alles wieder gut.«

»Wann hast du Zeit? Heute Abend?«

»Wann du willst, mein Geliebter. Ich habe nur darauf gewartet, dass du dich endlich meldest.«

»Ist dein Mann in *Trelawn?*«

»Russell ist bis zum Wochenende in London.«

»Könnte ich vielleicht vorbeikommen?«

»Hier?« Sie verstand seine Beweggründe nicht gleich.

»Im Augenblick sollte man uns nicht zusammen sehen. Ich müsste zu viel erklären, und das wäre …«

»Schon klar«, unterbrach sie ihn. »Das ist im Augenblick wahrscheinlich das Beste.«

Ein Geräusch im Hintergrund.

»Hast du das gehört?«, rief er. »Das war die Verriegelung. Nur noch ein paar Formalitäten, und – hey! Schön, dass ihr da seid«, sagte er zu jemand anderem. Entfernt hörte Sarah Maureens Stimme. »Ich muss Schluss machen.«

»Alles Gute. Ich erwarte dich.« Sie flüsterte, als ob Maureen sie hören könnte.

John hatte die Verbindung noch nicht unterbrochen. »Papa!«, rief eine Kinderstimme, darauf Maureen: »Er wollte unbedingt mitkommen«.

Dann war die Leitung tot. Sarah setzte sich aufs Bett. Sosehr sie sich für John freute, sosehr sie ihn herbeisehnte – Billys Stimme ging ihr nicht aus dem Kopf. Schließlich stand sie auf, lief in die Küche und überlegte, was sie für den heutigen Abend vorbereiten sollte.

John kam, als es bereits dunkel war. Er stellte den Wagen nicht auf den Parkplatz, sondern dicht an die Mauer. Sarah war mit ihren Vorbereitungen längst fertig. Als es klopfte, rannte sie zur Tür und umarmte ihn. Er hielt sie fest, ganz fest. Als sie einander ansahen, fragte er: »Ist deine Haushälterin heimgegangen?«

»Schon seit Stunden. Oh, John, was für eine Geschichte!« Sie fasste ihn um die Hüfte und zog ihn in die Küche. »Was möchtest du? Es gibt Rotwein und Käse, und ich habe eine Quiche gemacht.«

»Gar nichts, danke. Hast du Whisky da?«

»Whisky?« Am Kühlschrank hielt sie inne. »Willst du nicht irgendetwas essen?« Auf sein Schweigen holte sie die Whiskyflasche und goss ihnen ein. Sie setzten sich.

»Genau dort bist du gesessen, als du das erste Mal hier warst. Ich hatte Buletten für dich gemacht.«

»Ja.« Er hielt sein Glas mit beiden Händen.

»Es kommt mir vor, als wäre es eine Ewigkeit her.« Sie stieß mit ihm an. »Auf dass der üble Spuk bald endet.« Sie betrachtete sein bekümmertes Gesicht. »So schlimm kann es nicht sein. Lässt sich denn nicht beweisen, dass du in der Nacht des Unfalls nicht auf dem Boot gewesen bist?«

»Die Tatzeit war um halb zwei Uhr morgens«, sagte er. »Wer soll mir um diese Zeit ein Alibi geben?«

»Maureen natürlich.«

Er schüttelte den Kopf. »Ich war in dieser Nacht nicht daheim.«

»Nicht? Wo dann?«

»Ich war auf dem Boot.«

In der Stille hörte man das Anspringen des Kühlschranks.

»Willst du mir nicht einfach erzählen, was passiert ist und was sie dir vorwerfen?«

John berichtete, dass in jener windstillen Nacht ein kleines Boot in die Bucht von Fowey gefahren war. Ein Liebespärchen wollte auf dem Wasser ein romantisches Stelldichein verbringen. Ein größeres Schiff musste mit ziemlicher Geschwindigkeit herangekommen sein, es hatte das Boot trotz der Positionslichter nicht gesehen und es gerammt. Dabei erlitt der junge Mann eine Kopfverletzung und verlor das Bewusstsein. Während seine Freundin sich um ihn kümmerte, merkte sie zu spät, dass der Kutter nicht haltmachte, sondern in die Nacht verschwand. Wer immer dieses Schiff gesteuert hatte – er hatte sich aus dem Staub gemacht.

»Warst du etwa in der Bucht von Fowey?«, fragte Sarah.

»In der Nähe.«

»Weshalb?«

»Die verdammte Turbinenwelle. Das Ding macht immer noch Mucken. Ich musste wieder in Fitzmaurices Werft.«

»Warum ausgerechnet nachts?«

Er trank aus und goss sich selbst nach. »Nachmittags hatte ich einen Streit mit Maureen. Es ging nur um eine Kleinigkeit, trotzdem haben wir uns schlimme Dinge gesagt. Ich wollte weg, wollte allein sein.« Er hob den Blick. »Kannst du dir nicht vorstellen, weshalb?«

»Sag es mir.«

»In dieser Nacht habe ich nachgedacht, stundenlang, und schließlich habe ich meine Entscheidung getroffen, dass ich ganz mit dir zusammen sein will.«

»Auf dem Meer?« Er nickte, sie berührte seine Hand. Es war ein schönes Gefühl, von ihm zu hören, dass alles noch so war, wie sie vereinbart hatten.

»Während dieser Stunden bin ich nach Fowey gefahren, habe dort in einer abgelegenen Bucht geankert und die Nacht verbracht. Am nächsten Morgen bin ich in die Werft gefahren und habe Fitzmaurice Dampf gemacht, den Schaden endlich in Ordnung zu bringen.

Sarah stand auf. »Die jungen Leute auf dem Boot müssen den Kutter doch beschreiben können.«

»In der Aufregung haben sie nicht darauf geachtet.«

»Trotzdem. Dein Schiff mit den Bänken für Touristen ist auffällig. Das kann man nicht verwechseln.«

»Anscheinend doch.«

»Wie haben sie dich überhaupt ausfindig gemacht?«

»Das ist das Groteske an der Geschichte. Während Fitzmaurice am nächsten Morgen an der Turbinenwelle gearbeitet hat, nutzte ich die Gelegenheit, einen alten Schaden am Bug zu reparieren. Danach habe ich dem Kiel gleich noch einen neuen Anstrich verpasst.«

»John, das ist furchtbar.« Sarah stand über ihm. »Du verbringst die Nacht in der Nähe des Unfalls, gibst dein Boot am nächsten Morgen in die Werkstatt und übermalst die

Stelle, die dich verraten könnte. Das sind ziemlich schwere Indizien gegen dich.«

»Du bringst es auf den Punkt. Fitzmaurice hat erst später von dem Crash gehört. Er hat zwei und zwei zusammengezählt und mich bei der Polizei angezeigt. Dazu ist er als Bootsbauer verpflichtet.«

Der Gedanke war verrückt, trotzdem sprach Sarah ihn aus. »Könnte Maureen nicht behaupten, dass sie dich begleitet hat?«

»So etwas macht Maureen nicht. Außerdem hätte Fitzmaurice sie dann sehen müssen.« Er atmete tief durch. »Sarah, ich mag nicht mehr über die vertrackte Angelegenheit sprechen. Während des Verhörs musste ich das immer und immer wieder durchkauen.«

»Verstehe.«

»Lass uns über etwas anderes reden.«

»Willst du nach drüben, auf die Couch?« Sie machte einen Schritt zur Treppe.

»Ich finde es gut hier.« Er rührte sich nicht. »In der Untersuchungszelle hatte ich viel Zeit, in mich zu gehen. Und mir ist eines deutlich geworden: Das war ein Zeichen.«

»Aha?« Sie setzte sich.

Quer über den Tisch nahm er ihre Hand. »Was ich sage, hört sich schrecklich an, aber ich hoffe, du wirst es verstehen. Ich habe ein Zeichen bekommen, dass es falsch wäre, meine Familie jetzt zu verlassen. Billy, Chloé und Maureen brauchen mich. Und ich brauche sie, das habe ich in den letzten Tagen gemerkt.«

Sarah fühlte die Berührung seiner starken Hand und

wusste, noch bevor er weitersprach, es war ein Lebewohl. »Und das bedeutet?«, fragte sie dennoch.

»In den schlimmsten Zeiten unseres Lebens hat Maureen zu mir gehalten – als Glen krank wurde, als er starb, als ich meinen Job verloren habe und wir nicht wussten, wovon wir leben sollten. Wir haben uns gegenseitig aufgerichtet, wenn es nicht weiterging. Jetzt ist wieder so ein Moment gekommen.« Er sah Sarah an. »Kommt es dir nicht auch merkwürdig vor, dass diese dumme, haltlose Beschuldigung ausgerechnet jetzt über mich hereinbricht? Ich hatte mir bereits zurechtgelegt, wie ich Maureen die Trennung erklären wollte, welche Vorgehensweise ich ihr vorschlagen würde. Heute erscheint mir das alles unglaubhaft, ganz irreal. Als ich im Gefängnis saß und Maureen loszog, um einen Anwalt zu besorgen, als sie die ganze Familie mobilisierte, das Geld für die Kaution aufzutreiben, dachte ich: Wie konnte ich es so weit kommen lassen? Wo habe ich mich hintreiben lassen? Wo haben wir beide uns seit Billys Unfall hintreiben lassen, Sarah?«

Sie antwortete nicht gleich. »Vielleicht war es wirklich ein Unfall – ein Unfall aus Liebe.«

»Ich liebe dich, daran hat sich nichts geändert«, beteuerte er. »Ich werde dich wahrscheinlich immer lieben. Nur die Vorstellung, dem Menschen, dem ich am meisten vertraue, so wehzutun, ihm unser gemeinsames Leben vor die Füße zu schmeißen …« Er schluckte. »Das geht nicht. Es tut mir leid. Das kann ich nicht tun.«

Es entging Sarah nicht, welche Mühe er hatte, ihr die Wahrheit zu sagen, und auch wenn sie selbst in einen unfasslichen

Abgrund starrte, wollte sie es ihm nicht unnötig schwer machen. Vorwürfe wären das Letzte, was an ihrer Situation etwas ändern könnte. Sie verlor John, das spürte sie mit aller Deutlichkeit. Selbst wenn sein Fall abgeschlossen, seine Unschuld erwiesen sein würde, gab es für sie beide keine Möglichkeit des Zusammenseins mehr. Es war nur eine Affäre gewesen, nur ein unseliges Verhältnis. Sie hatten kurz geträumt, dass es mehr sein könnte, auch das war nun vorbei. Vielleicht hatte John sogar recht, wenn er von einem Zeichen sprach. Zumindest war es eine Warnung.

»Ich verstehe, John. Nur, wie ich darauf reagieren soll, weiß ich nicht. Du hast deine Entscheidung getroffen, ich muss mich danach richten.«

»Das ist alles, was du sagst? Macht es dich nicht wütend? Willst du nicht darüber sprechen?«

»Wozu?« Sie fuhr sich über die Augen. »Wir wussten: Was wir vorhatten, hätte einigen Menschen sehr wehgetan. Nun führen wir unseren Plan nicht aus, und es tut nur mir weh. Ist das nicht besser so?«

»Hör auf. Glaubst du, mir fällt es leicht?«

»Nein. Aber es fällt dir leichter, als zu deinem Wort zu stehen.«

Nun machte sie ihm doch Vorwürfe.

»Erwartest du, dass ich jetzt, da ich unter Verdacht stehe, verantwortungslos geflohen zu sein, noch eine weitere Verantwortungslosigkeit begehe und meine Familie im Stich lasse?«

Verantwortungslos – das Wort hatte einen besonderen Klang. Silberschneider hatte davon gesprochen, dass John Cormac verantwortungslos und schwach sei. Behielt er recht? Lag

Johns Schwäche darin, Konflikten auszuweichen? Ging er den Weg des geringsten Widerstands? Was sie zusammen hatten wagen wollten, wäre kein Picknick gewesen, sondern ihr gemeinsames weiteres Leben. John war unschuldig in eine unangenehme Lage geraten, doch hätte er nicht anders darauf reagieren können? Sie um einen Aufschub bitten, zum Beispiel, bis seine Unschuld wiederhergestellt sein würde – und danach den Neuanfang wagen? Er aber warf sofort alles über Bord und floh in den Schutz seiner Familie. Solche Gedanken waren ungerecht, das spürte Sarah. Die meisten Menschen hätten ähnlich wie er reagiert, trotzdem fühlte sie sich an Heinz, ihre letzte unglückliche Liebe, erinnert, auch ihm hatte es an Rückgrat gefehlt.

»Ich erwarte nichts von dir, ich kann dich sogar verstehen. Aber es macht mich sehr traurig. Darum wäre es mir lieber, wenn du jetzt gehst.«

Er hob den Blick zur Küchenuhr, sie hatten kaum zwanzig Minuten miteinander gesprochen. »Ich begreife nicht, dass du …«

»Dass ich dir keine Szene mache?« Sie hob die Schultern. »Ich bin eben eine Preußin.« Sie lächelte, dabei war ihr zum Heulen zumute.

»Dann bedeutet das …« Verwundert stand er auf.

»Unser Lebewohl.«

»Ich weiß nicht, was ich sagen soll.«

»Es gibt nichts mehr zu sagen.«

Sie öffnete die Tür. Er versuchte, sie zu berühren, doch sie wich zurück. Er verstand, gab ihr nicht die Hand, küsste sie nicht. John ging an ihr vorbei in den Flur, ins Freie. Beim

Wagen blieb er noch einmal stehen, Sarah wartete, bis sie die Autotür zuschlagen hörte. Als er den Wagen startete, kehrte sie in die Küche zurück. Sie spülte die Whiskygläser und brachte die Flasche zur Bar zurück. Vom Fenster aus betrachtete sie den Oleander. Es war heiß geworden, die Pflanzen brauchten dringend Wasser.

28

Wenn *Trelawn* Sarahs volle Aufmerksamkeit forderte und Erledigungen für den großen Besitz sie in Anspruch nahmen, gelang es ihr, ihre Gefühle beiseitezuschieben. Morgens allerdings, wenn sie die Augen aufschlug, war es hart. Sie beeilte sich dann aufzustehen und sich den üblen Gedanken nicht hinzugeben. Sie floh aus dem Bett, duschte und machte sich sorgfältiger zurecht als sonst; äußere Zeichen waren ihr jetzt wichtig, die Fassade gab ihr etwas Halt. Die zweite Tasse Tee auf der Terrasse versagte sie sich – nur nicht nachdenken, Grübeleien waren gefährlich.

So brachte Sarah das Kunststück zustande, die ersten Tage nach der Trennung mit Anstand zu bewältigen. Das galt für die Zeit, bevor die Sonne sank. Abends ließ sich keine Ablenkung, kein eingespieltes Ritual mehr finden, das sie von ihrer Traurigkeit ablenken hätte können, dann war es kaum auszuhalten. Sie kochte nicht, da sie keinen Appetit hatte. Zum Lesen fehlte ihr die Konzentration, fernsehen fand sie öde, es blieb nichts, als in ihr Zimmer im Turm hinaufzusteigen und zum wiederholten Mal die Unterlagen von Bossiney durchzugehen und die Fakten mit denen anderer

Ausgrabungsstätten in der Nähe zu vergleichen. Es half, zu arbeiten.

Ausgerechnet in diesem ungewissen Projekt lag Sarahs größte Hoffnung. Hier wollte sie sich verwirklichen, hier gab es die Möglichkeit, etwas Sinnvolles zu tun. Einmal rief sie Algernon an und vergewisserte sich, dass er zu seinem Wort stand. Er freue sich, wenn sie endlich wiederkommen und auf seinem Hof zu graben beginnen würde, sagte er.

An diesem Freitag tauchte Russell schon am Nachmittag auf. Seit Sarahs letztem Treffen mit John sahen sie sich nun zum ersten Mal. Sie brauchte vor ihrem Mann keinen Geliebten mehr zu verheimlichen und fragte sich, wann der richtige Zeitpunkt sei, Russell die Affäre zu beichten. Zuerst wollte sie selbst darüber hinweg sein, beschloss sie.

Es wurde ein ruhiger Nachmittag, er plauderte über seine Londoner Erlebnisse, und Sarah war froh, nicht viel erzählen zu müssen. Nach dem Abendessen, sie hatte gerade die Teller weggebracht, zog er sie zu sich auf den Schoß.

»Was ist los, mein Mädchen?«

»Was meinst du?«

»Du scheinst gar nicht richtig da zu sein.«

»Ich bin nur ein bisschen erschöpft. Wir haben heute im Garten …«

»Bedrückt dich etwas?« Er streichelte ihren Nacken, fuhr unter ihre Bluse und strich sanft über ihren Rücken.

»Mir bereitet die Sache mit Bossiney ein bisschen Sorge. Ich habe lange nicht gearbeitet, die Organisation zwischen dort und hier, das wird es wohl sein.« Sarah wollte aufstehen.

Sanft hielt er sie fest. »Du wirst nichts davon gehört haben, aber der Mann, mit dem wir den Unfall hatten, wurde verhaftet.«

Sie saß stocksteif da.

»John Cormac. Erinnerst du dich an ihn?«

»Verhaftet, woher weißt du das?«

»Alec hat bei Gericht davon erfahren. Sie werden dem Burschen wohl den Prozess machen.« Russell verwöhnte sie mit einer kleinen Rückenmassage. Sie war froh, ihn nicht ansehen zu müssen.

»Was wird ihm vorgeworfen?« Sein Griff wurde kräftiger, sie zuckte zusammen.

»Zu fest? Entschuldige. Er soll nachts mit seinem Schiff ein anderes Boot gerammt haben und einfach weitergefahren sein. Fahrerflucht auf See ist besonders übel, finde ich.«

»Vielleicht war er es gar nicht.«

»Der Staatsanwalt ist davon überzeugt, sagt Alec. Übrigens auch der Richter. Da kommen wohl harte Zeiten auf Mister Cormac zu.« Er streichelte Sarahs Arme. »Der Typ scheint mir der klassische Pechvogel zu sein.«

»Wieso?«

»Ist das nicht auffällig? Zuerst lässt er zu, dass sein Junge fast überfahren wird, dann produziert er eine Karambolage auf See – nicht gerade vertrauenerweckend, oder?«

»Nicht besonders.«

»Wollen wir ins Schlafzimmer?« Mit frechem Grinsen knöpfte er Sarahs Bluse auf.

»Russell, ich will …« Aus verzweifelten Augen sah sie ihn an.

»Willst du es etwa gleich hier auf dem Stuhl machen?« Ein Griff, und ihr BH-Verschluss war offen.

Vor ein paar Tagen noch hatte sie Russell hinter sich lassen wollen, ihre Ehe sollte Vergangenheit sein. Sie hatte sich bemüht, Distanz zu ihm aufzubauen, war überzeugt davon gewesen, dass ihre Wege sich bald trennen würden. Nun hatten die Dinge sich geändert, und Russell war ihr plötzlich wieder so nah. Würde sie ihre Zukunft weiter mit ihm bestreiten? Hatte sie noch Zweifel daran? Gab es einen Grund, sich etwas anderes einzureden? Aufs Äußerste verwirrt, drehte Sarah sich um und küsste ihn auf den Mund. Sie fasste in sein Haar, küsste sein Gesicht, seinen Hals, sie riss die Krawatte auf und fasste unter sein Hemd. Zugleich begann sie sich auf seinem Schoß zu bewegen. Sofort spürte sie seine Erektion.

»*Das* ist der Grund für deine Bedrückung?«, keuchte er. »Du brauchst ein bisschen Liebe? Das können wir beheben.« Er streichelte ihre Brüste und bedeckte sie mit Küssen.

»Nicht hier.« Sie sprang auf, zog ihn die Stufen ins Wohnzimmer hinauf und dort auf den Teppich. Sie zogen einander im Stehen aus. Sarah öffnete seine Hose und küsste sein Glied. Er lehnte sie gegen die Wand und drang im Stehen in sie ein. Sie starrte in seine Augen. Das ist mein Mann, dachte sie, mein Mann, ich muss zu ihm zurückfinden. Sie sanken auf den Teppich und liebten einander lange und leidenschaftlich. Sarah sehnte sich danach, alles Bedrängende und Verwirrende hinter sich zu lassen. Sie waren Mann und Frau, und in diesem Bewusstsein gab sie sich ihm hin.

Danach war es still im Künstlerturm, nur der Kühlschrank

brummte. Russell verschwand in der Küche und kam mit einer Flasche Wein zurück. Sarah zog das nächstbeste Kleidungsstück heran, sein Hemd, und zog es über. Sie tranken Wein und schwiegen.

»Ich beneide dich«, sagte er.

»Wieso?«

»Du kannst ganz von vorn anfangen. Das Projekt im Norden, dort stehen dir alle Möglichkeiten noch offen.«

»Alle Möglichkeiten …« Sie legte den Kopf auf seine Brust. »Willkommen daheim, Russell«, flüsterte sie leise. Während der Wein sie durchwärmte und sie den Körper ihres Mannes umarmte, spürte sie, wie die Traurigkeit in ihr aufstieg. Nach allem, was passiert war, würde der Schritt zurück nicht einfach sein.

»Der Staatsanwalt ist sicher, dass Cormac schuldig ist«, hatte Russell gesagt. Seine Informationsquelle war zuverlässig: Alec, ihr Anwalt, hatte beste Beziehungen zur Justiz. Es würde John also schwerfallen, seine Unschuld zu beweisen. Sarah sträubte sich gegen ihre Gedanken. Was ging es sie noch an? Zwei Wochen waren verstrichen, doch Johns Schicksal beschäftige sie mehr denn je. Mochte diese Liebe, die so umwälzend gewesen war, auch zu Ende sein, sie hatte tiefe Spuren in Sarah hinterlassen. Es gab viele Momente, in denen sie an ihren verlorenen Traum erinnert wurde. Die Whiskyflasche, aus der John sich beim Abschied eingeschenkt hatte, die Stelle an der Weidenmauer, an der er Sarah aufgelauert hatte, täglich fuhr sie daran vorbei. Manchmal waren es Farben am Himmel, die sie an John erinnerten, Gerüche des

Meeres ließen die Bilder ihres Strandspaziergangs wieder aufleben. Wenn draußen ein Schiff vorbeiglitt, das seinem Kutter ähnelte, wurde ihr das Herz schwer. Es gelang ihr nicht, ihn einfach seinem Schicksal zu überlassen. Sollte er unschuldig verurteilt werden und ins Gefängnis kommen? Sollte seine Familie ihn abermals verlieren?

Eines heißen Tages hatte Sarah etwas in Lostwithiel zu erledigen und brach frühmorgens dorthin auf. Anders als die Tour zu Wasser dauerte die Autofahrt kaum eine Stunde. Der Termin im Auktionshaus dauerte nur ein paar Minuten, daraufhin setzte Sarah ihren Weg nach Fowey fort. Als sie das Hinweisschild zum Golfhotel passierte, in dem John und sie so glücklich gewesen waren, atmete sie tief durch, um ihrer Tränen Herr zu werden.

Die Werft von Fitzmaurice war leicht zu finden, ein gutes Stück davor drang der Lärm der Maschinen bereits zu Sarah. Sie zweifelte nicht daran, dass Polizei und Staatsanwaltschaft den Fall gründlich geprüft hatten, doch vielleicht waren sie im Bemühen, den Schuldigen rasch zu finden, anderen Spuren gar nicht nachgegangen. Wenn sie als Privatperson Erkundigungen einzog, musste das merkwürdig wirken, doch sie wollte es nicht unversucht lassen.

Die Werft lag halb zu Wasser, halb auf dem Land, sie hatte mehrere Slipkräne, Gerüste für Schiffe im Trockendock und einen Hangar für Innenarbeiten. Funkensprühend fraßen sich Flexmaschinen durch Stahl, übertönt von einem Elektrohobel, mit dem eine Beplankung bearbeitet wurde. Sarah ging ins Büro und fragte die beiden Frauen hinter dem Schalter nach ihrem Chef. Wenig später stand Peter Fitzmaurice vor ihr.

»Was kann ich für Sie tun?«

Er war kräftig, nicht in der Art eines Arbeiters, Fitzmaurice wirkte eher wie ein Kraftsportler. Er hatte sein Haar kurz abrasiert, im Ohr trug er einen Silberring.

»Haben Sie einen Moment Zeit?«

»Wenn's schnell geht«, antwortete er nicht besonders freundlich.

»Vielleicht in Ihrem Büro?«

Der Chef warf seinen Angestellten einen vielsagenden Blick zu. »Sie machen es spannend, Miss …«

»Mrs. Henley.«

Er ging ihr ins hintere Zimmer voraus. Auf dem Schreibtisch türmten sich Reparaturaufträge und Ersatzteilbestellungen. Er bot ihr einen Stuhl an.

»Sie waren noch nie hier. Darf ich raten: Sie suchen einen Segler, was Kleines, einen Jollenkreuzer vielleicht?«

»Falsch.« Sie lächelte. »Obwohl ich schon mit mancher Jolle Kurs aufgenommen habe.«

»Nicht in unserer Gegend.«

»Stimmt. Es war …« Sie wollte nicht gleich damit herauskommen, dass sie Deutsche war. »Sie handeln also auch mit Booten?«

»Manchmal verkaufe ich für einen Freund ein Schmuckstück.« Er riet zum zweiten Mal. »Sie haben schon ein Boot, stimmt's?«

»Ich nicht. Mein Mann.«

»Welcher Typ?«

»Ein Verdränger, zwanzig Meter, Innenborder.«

Er pfiff durch die Zähne. »Kunststoff?«

»Holz. Darauf ist Russell stolz.«

»Was hat das gute Stück für Probleme?« Er stütze sich mit den Ellbogen auf den Schreibtisch.

»Ich bin nicht wegen unseres Bootes hier, Mister Fitzmaurice.« Sie fasste sich ein Herz. »Ich bin eine Bekannte von John Cormac und mache mir Sorgen um ihn.«

»Was John betrifft, gibt es durchaus Grund zur Sorge. Ich mag den Mann, ein guter Kunde, wir kennen uns schon lange.«

»Trotzdem haben Sie ihn angezeigt.«

Die Sehnen an seinem Hals traten hervor. »Sekunde mal, Mrs. Henley, Sie schneien hier einfach rein und behaupten …«

»Ich mache Ihnen keine Vorwürfe. Ich frage mich nur, ob John als Einziger für die Tat in Frage kommt.«

»Das habe ich nicht zu beurteilen. Als Werftbetreiber muss ich melden, wenn mir etwas merkwürdig erscheint. Und diesen Unfall, Johns Boot und was er unternommen hat, um es zu reparieren, fand ich ziemlich auffällig.«

»Dennoch könnte es ein unglückliches Zusammentreffen von Zufällen sein, und jemand anders hat den Unfall zu verantworten.«

»Theoretisch, ja.«

»Haben Sie das auch der Polizei gesagt?«

»Die Jungs von unserer Wasserpolizei sind ziemlich ausgeschlafen. Die haben Johns Kutter eingehend untersucht.«

»Haben sie Partikel des anderen Bootes am Bug gefunden?«

»Nein, er hat ja die Beplankung ausgetauscht. Alles ist gründlich beseitigt worden.«

»Obwohl man nichts gefunden hat, steht John trotzdem unter Anklage?« Sarah fand mit einem Mal, dass ihre Fahrt nach Fowey vielleicht doch sinnvoll gewesen war.

»Genau. Wegen des Zufalls.«

»Welcher Zufall?«

»Dass er ausgerechnet nach der Nacht des Unfalls zu mir kam und, kaum dass sein Kutter aus dem Wasser war, selbst daran herumgebastelt hat. Das muss man schon merkwürdig finden.«

»Man kann es auch folgerichtig finden. John nutzte die Gelegenheit, Schäden zu reparieren, die normalerweise unter der Wasserlinie liegen. Ist es nicht andersrum unlogisch, wenn jemand nach so einem Unfall sein Schiff an Ort und Stelle in Reparatur gibt? Würde derjenige nicht versuchen, den Schaden zu vertuschen?«

»Möglich.« Er fuhr sich über den Schädel. »Ich habe bloß meine Meldung abgesetzt, mehr kann ich zur Aufklärung nicht beitragen.«

»Doch, das können Sie.« Kerzengerade saß Sarah da. »Kennen Sie die Familie Cormac?«

»Ob ich sie kenne? Ich bin mit Maureen zur Schule gegangen. Auf ihre Empfehlung brachte John sein Boot in meine Werft.«

»Glauben Sie wirklich, dass dieser Mann abhauen würde, nachdem er ein Boot gerammt und die Insassen in Lebensgefahr gebracht hat?«

»Eigentlich nicht. Aber man kann in die Menschen nicht reinschauen.«

»Sie haben John da reingeritten.« Als Fitzmaurice widersprechen wollte, hob sie die Hand. »Sie sollten wenigstens versuchen, ihn auch wieder rauszuhauen.«

»Wie stellen Sie sich das vor?«

»Ich nehme an, Sie kennen jede Werft, jeden Schiffsbauer, ja, sogar fast jeden Bootsbesitzer in der Nähe.«

»Ich kenne viele. Alle nicht.«

»Wenn jemand im Umkreis in letzter Zeit Arbeiten an seinem Boot vorgenommen hat, die – na, sagen wir – ungewöhnlich sind, könnten Sie das wahrscheinlich herauskriegen, oder?«

»Versuchen könnte ich es«, sagte Fitzmaurice auf seine knorrige Art. »Ich habe allerdings eine Menge um die Ohren.«

»Wir müssten es bloß schaffen, bevor der Prozess gegen John beginnt.«

»Wir?« Fitzmaurice lächelte. »Welches Interesse haben Sie eigentlich daran? Sind Sie der Schutzengel des netten Mister Cormac?«

Sie spürte, wie sie rot wurde. »Ich finde es nur schlimm, wenn jemand für etwas büßen soll, das er nicht …«

Das Büro begann sich plötzlich zu drehen. Wohin Sarah schaute, verwarf sich der Raum, oben und unten gerieten durcheinander. Sie ließ ihre Autoschlüssel fallen und hielt sich am Schreibtisch fest.

»Ist irgendwas nicht in Ordnung?« Fitzmaurices Gesicht entfernte sich, wurde von der Wand verschluckt, dann kam es wieder auf sie zu.

»Entschuldigung, mir ist …«

»Sie sollten an die frische Luft.«

Als sie aufstehen wollte, kippte der Boden unter ihren

Füßen weg, und sie drohte zu stürzen. Bevor sie es sich versah, war Fitzmaurice neben ihr. Der kräftige Mann fasste sie unter den Achseln und führte sie zur Tür. Sie hielt sich am Türstock fest. Er machte den Sekretärinnen ein Zeichen, etwas Trinkbares für die angeschlagene Dame zu besorgen, und führte Sarah ins Freie.

Draußen wurde es besser. Sie fand sich auf einem eisernen Poller wieder, auf den der Werftbesitzer sie gesetzt hatte.

»Haben Sie so etwas öfter?«

»Nein, nie.«

Das stimmte nicht ganz. Als junge Frau war sie mehrmals, scheinbar ohne Grund, hingefallen. Ihre Mutter hatte sie zum Arzt gebracht, der eine Schwächung des linken Innenohres festgestellt hatte.

Fitzmaurice war hineingegangen und kam mit einem Glas Brandy zurück. »Wird Ihnen guttun.«

»Ich muss noch fahren.«

»Das Schlückchen macht Ihnen nichts.« Er setzte das Glas kurzerhand an Sarahs Mund, sie trank und schaute zu ihm hoch. Er hatte ein ehrliches Gesicht.

»Werden Sie tun, worum ich Sie gebeten habe?«

»Ich glaube nicht, dass es was bringt, aber ein bisschen telefonieren kann ich ja. Falls ich etwas hören sollte – wo erreiche ich Sie?«

Sarah hinterließ ihre Nummer und kehrte auf wackeligen Beinen zum Auto zurück. Auf der Heimfahrt versetzten das Erlebte und ihr leichter Schwips sie in eine sonderbar heitere Stimmung.

29

»Wegen so einer Lappalie gehe ich nicht zum Arzt.« Es dämmerte, Sarah lag auf dem Sofa, ein feiner Duft drang aus der Küche herüber. »Du brauchst nicht für mich zu kochen, Elaine.«

»Ich nehme dann etwas von der Suppe mit nach Hause«, antwortete Elaine. »Gilbert mag Hühnersuppe.«

»Ich war nur ein bisschen weggetreten.« Sarah betrachtete ihre Füße in den Hausschuhen.

Zwei Tage nach dem Erlebnis bei Fitzmaurice hatte sich der Vorfall wiederholt. Sie hatte gerade mit der Harke das Wurzelwerk des Efeus ausgraben wollen, als ihr mit erhobener Spitzhacke schwindelig wurde. Das Gerät entglitt ihr, sie setzte sich auf einen Stein. Diesmal verging es nicht so schnell, sie schaffte es nicht ins Haus. Die Hände vors Gesicht geschlagen, saß sie da und versuchte gleichmäßig zu atmen. In diesem Zustand hatte Elaine sie gefunden.

»Bevor du zu arbeiten anfängst, solltest du das untersuchen lassen.« Elaine brachte das Tablett mit dem dampfenden Teller.

Sarah griff zum Löffel. Nudeln und Petersilie schwammen in der Suppe.

»Ich kenne einen guten Hals-Nasen-Ohren-Arzt in Crowntown.« Elaine setzte sich ihr gegenüber. »Soll ich ihn anrufen?«

»Du bemutterst mich ja richtig.«

»Da deine Mutter nicht in der Nähe ist, übernehme ich den Job eben. Braucht die Suppe mehr Salz?«

»Sie ist perfekt.«

»Stell dir vor, du hättest den Anfall gehabt, und keiner wäre in der Nähe gewesen.«

»*Anfall* – ich bitte dich. Mir wurde schwindelig.«

»Wie lange wird Russell noch in London bleiben?«, fragte Elaine mit merkwürdigem Ausdruck.

»Wieso fragst du?«

Sie zögerte mit der Antwort. »Weil es mir zurzeit so vorkommt, als ob ihr beide nur in *Trelawn* absteigt, um eure Wäsche zu wechseln.«

Sarah nickte nachdenklich. »Stimmt. Ich sollte versuchen, wieder mehr Gemütlichkeit ins Haus zu bringen.«

»Zu einem gemütlichen Heim gehören zwei. Genau wie zu einer guten Ehe.«

Sarah spürte, dass Elaine etwas auf dem Herzen lag. »Alles in Ordnung zwischen Gilbert und dir?«

»Geht so. Es funkt immer wieder mal, aber wir versuchen einen größeren Brand zu vermeiden. Und bei dir?«

»Russell gibt sich besondere Mühe. Auch wenn wir uns nur selten sehen, ist er aufmerksam und charmant, richtig fürsorglich. Ich genieße das. Es war nicht immer so.«

Sie schaute in Elaines warme braune Augen. Die legte den Löffel in den Teller und nahm das Tablett. Sie ging in die

Küche und packte das Tupperware ein, in dem sie die restliche Suppe mitnahm.

An der Tür sagte sie: »Dann rufe ich also morgen den Arzt an?«

»Elaine …«

»Ja?«

»Irgendwann in nächster Zeit würde ich dir gern etwas erzählen.«

»Okay«, antwortete Elaine auf ihre unerschütterliche Art.

Tags darauf ging Sarah zum Arzt. Die Sache war ihr lästig, sie tat es Elaine zuliebe. Wie erwartet, konnte der HNO-Arzt nichts feststellen, was Sarahs Schwindelanfall erklärt hätte. Danach wollte sie die stickige Praxis so rasch wie möglich verlassen.

»Wären Sie so nett, das auszufüllen?«, sagte die Sprechstundenhilfe.

»Der Doktor hat nichts gefunden«, versuchte sie der lästigen Formalität zu entgehen.

»Tut mir leid, ich brauche es für die Kartei.«

Sarah wollte keine Schwierigkeiten machen. Sie bekam das Blatt und einen Kugelschreiber. Hastig machte sie ihre Häkchen zu Allergien, zur Unverträglichkeit von Medikamenten, zu ihrer letzten Periode.

Der Stift schwebte über dem Papier. »Meine letzte Periode?«

Die Sprechstundenhilfe sah sie an. »Es ist üblich.«

»Wann war – Moment …«

Da die junge Frau sie neugierig musterte, fügte Sarah das entsprechende Datum ein, unterschrieb und verließ die Praxis.

Draußen rechnete sie nach. Fünf Tage war sie mindestens über der Zeit. War es denkbar, dass die Aufregungen der letzten Wochen ihren Hormonhaushalt in Unordnung gebracht hatten? Sonst setzte ihr Monatszyklus präzise ein, sie spürte es einen Tag davor, und sie konnte die Uhr danach stellen. Fünf Tage bedeuteten aber noch eine normale Unregelmäßigkeit. Sarah verschloss sich vor der zweiten Möglichkeit – das konnte einfach nicht sein. Es war eine Schlussfolgerung, die zu jedem sonst, nur nicht zu ihr passte, nicht nach ihrem Abbruch und der langen Kinderlosigkeit.

Zum ersten Mal wagte sie das Wort zu denken – *schwanger*. Du wünschst es dir, versuchte sie sich zu beruhigen, du wünschst es dir so sehr und so lange schon. Lass dich nicht von der Hoffnung überwältigen. Zu oft hast du ähnlich gehofft und wurdest dann doch wieder enttäuscht.

Sarah stand auf der Straße. Sollte sie ihren Frauenarzt anrufen und einen Termin vereinbaren? Einen Schwangerschaftstest machen? Von den Malen zuvor wusste sie, dass ein Test die größte Wahrscheinlichkeit auf Sicherheit hatte, wenn man ihn morgens durchführte. So lange konnte sie unmöglich warten. Reden wollte sie, sich mit jemandem aussprechen. Nicht mit Russell, das war klar, und natürlich auch nicht mit John.

Sie hatte mit beiden geschlafen, und das knapp hintereinander. Wenn ihr Zustand der sein sollte, den sie sich so grenzenlos wünschte, ergab sich ein Problem, das sie sich kaum vorzustellen wagte. War es Johns Kind oder das von Russell? Sie ging ein paar Schritte zum Wagen, blieb stehen, sie konnte jetzt keinesfalls Auto fahren. Die Praxis lag in einem ruhigen Wohngebiet, Sarah setzte sich auf eine niedrige Gartenmauer.

Ohne nachzudenken, nahm sie ihr Telefon und tippte die Berliner Nummer ein.

»Mama? Hast du ein bisschen Zeit?«

»Was gibt's?«, antwortete die vertraute Stimme.

»Vor einiger Zeit habe ich dir von einem Mann erzählt. Weißt du noch?«

»Der, mit dem du dich auf einen Drink treffen wolltest?«

Sie begriff, dass ihre Mutter so gut wie nichts wusste. «Bei einem Drink ist es nicht geblieben.«

»Das habe ich schon befürchtet.«

Sarah berichtete von Anfang an. Sie erzählte so aufgeregt, dass es sie nicht länger auf der Mauer hielt, sie lief vor dem Haus auf und ab. Sie redete und redete, und allmählich durchdrang sie die Erleichterung darüber, endlich einem Menschen ihr Herz ausschütten zu können.

»Da hast du ja einiges hinter dir«, sagte Hanne schließlich.

»Das ist noch nicht alles. Erinnerst du dich an die Schwindelzustände, die ich als Mädchen hatte, und wie wir damals zum Arzt gegangen sind? Die sind wieder aufgetaucht. Zumindest habe ich das geglaubt. Ich wollte sichergehen. Eine Freundin hat mir einen Termin beim HNO-Arzt gemacht, ohne Ergebnis. Gerade vorhin, in der Praxis, sollte ich ein Formular ausfüllen …«

»O Gott«, unterbrach ihre Mutter sie. »Ach, du lieber Gott!«

»Ahnst du es schon?«

Hanne lachte vor Aufregung. »Mir wurde damals auch schwarz vor Augen. Ich musste mich hinlegen.«

»*Damals?* Meinst du damit …?«

»Es ist jetzt dreiundvierzig Jahre her, aber ich erinnere mich, als ob es gestern gewesen wäre.«

»Glaubst du …?«

»Das kann ich dir nicht sagen. Aber es scheint eine mögliche Antwort zu sein.«

Sarah fuhr sich über die Augen und merkte, dass sie feucht waren. »Wirklich? Danke, Mama.«

»Danke nicht mir, sondern dem Gentleman, der dich in die Lage gebracht hat. Eine schöne Lage übrigens. Was soll ich von so einer liederlichen Tochter halten?«

»Dieser Gentleman und ich …« Es fiel Sarah schwer, ihrer Mutter die Konfusion einzugestehen, die ihr Leben derzeit bestimmte. »Leider ist das schon wieder Vergangenheit. Ich glaube, mit ihm hätte ich …« Sie riss sich zusammen. »Im Moment ist das alles unwichtig. Wenn es wahr sein sollte, wenn ich wirklich schwanger bin, wäre das das Schönste überhaupt!«

»Egal, wer der Vater ist?«

»Es wäre mein Kind, nur darauf käme es an.« Sie atmete tief durch und versuchte ihre Gefühle wieder in den Griff zu bekommen.

»Kann ich Ihnen helfen?«, fragte eine Stimme hinter ihr. Sie drehte sich um. Ein alter Mann hatte das Erkerfenster geöffnet.

»Mir geht es gut, danke«, rief sie, dabei bemerkte sie erst jetzt, dass sie Rotz und Wasser heulte. »Mir ist es schon lange nicht mehr so gut gegangen!«

»Merkwürdige Art, das zu zeigen.« Das Fenster schloss sich.

»Soll ich zum Arzt gehen, Mama, oder erst einen Schwangerschaftstest machen?«

»Beides.« Hanne ließ sich von der glücklichen Stimmung ihrer Tochter anstecken.

»Dann mache ich das, und zwar jetzt gleich. Ich fahre zur Apotheke.«

»Nimm gleich zwei Tests«, schlug Hanne vor. »Um sicherzugehen.«

Noch während sie sich verabschiedeten, lief Sarah zum Wagen.

Sie saß auf ihrem Bett, die aufgerissenen Packungen neben sich auf der Tagesdecke. Sie versuchte, ihre Enttäuschung nicht übermächtig werden zu lassen. Beide Tests waren negativ. Alles nur Einbildung, dachte sie. Dein Leben ist aus der Spur gesprungen, und weil du nicht weißt, wie du es wieder in die richtige Bahn kriegen sollst, denkst du dir solche Sachen aus. Du siehst dich mit einem Baby auf dem Arm und glaubst, alle Probleme würden dadurch verschwinden.

»Es gibt kein Baby«, sagte sie traurig, sammelte die Verpackungen ein, warf sie in den Papierkorb und starrte darauf. Um keinen Preis sollte Russell von ihrer unsinnigen Hoffnung erfahren. Sie nahm den Müllsack aus dem Korb, knotete ihn zu und lief hinunter. Draußen packte sie den Müll in die Tonne. Eine winzige Chance gab es noch: Sie hatte die Tests nicht frühmorgens gemacht. Was, wenn beide das falsche Ergebnis zeigten?

Der Autoschlüssel war in Sarahs Jackentasche, kurz entschlossen stieg sie ein und fuhr los. Es war Donnerstag, an diesem Tag hatte der Gynäkologe auch nachmittags Sprechstunde. Ohne Termin würde die Schwester sicher versuchen, Sarah abzuwimmeln. Sie würde warten müssen. Und wenn schon! Sie wollte Gewissheit.

Normalerweise fuhr man zwanzig Minuten nach Penzance, im Berufsverkehr dauerte es doppelt so lange. Ein Traktor zwang die Kolonne, im Schritttempo zu fahren, erst vor Marazion bog er ab. Auf der Schnellstraße stieg Sarah so heftig aufs Gas, dass es sie fast aus der Kurve geworfen hätte. Sie freute sich über einen unverhofften Parkplatz, ließ den Parkautomaten links liegen und rannte in die Praxis.

»Wir schließen gleich«, begrüßte sie die Schwester und zeigte auf das Wartezimmer, in dem noch drei Frauen saßen.

»Ein Notfall«, antwortete Sarah außer Atem. »Ich würde nicht kommen, wenn es kein Notfall wäre.«

»Ich muss den Doktor fragen. Nehmen Sie bitte Platz.« Als eine Patientin herauskam, schlüpfte die Schwester ins Untersuchungszimmer. Sarah schickte ein Stoßgebet zum Himmel und hielt die Daumen in die Handflächen gepresst. Die Schwester kam zurück, und an ihrem Gesichtsausdruck erkannte Sarah, dass sie gewonnen hatte. Während die Minuten verstrichen und eine Frau nach der anderen hineingerufen wurde, fand Sarah allmählich ihre Gelassenheit wieder.

»Mrs. Henley, bitte.« Der Arzt kam selbst heraus und bat sie als letzte Patientin herein. Sie betrat das Untersuchungszimmer wie vor einer Prüfung.

»Was kann ich für Sie tun?« Er nahm in seinem altmodischen Ledersessel Platz. Der Doktor war ein Segelfan, seine Gesichtshaut hatte etwas Gegerbtes, das graue Haar passte dazu.

So sachlich sie konnte, schilderte Sarah ihre Symptome. Sie war mehrmals mit der gleichen Hoffnung bei ihm gewesen, jedes Mal hatte er falschen Alarm festgestellt.

»Eine Woche über der Zeit ist nicht ungewöhnlich.« Er legte eine Patientenkartei zur Seite.

Ihr fiel auf, dass sie in ihrer alten Hausjacke zu ihm gefahren war. Sie schloss sie über dem T-Shirt. »Ich dachte nur, in Kombination mit den Schwindelanfällen …«

»Wann war der letzte Verkehr?«

Die Frage verwirrte sie. Das letzte Mal hatte sie Sex mit Russell gehabt. Tage davor war sie mit John zusammen gewesen. Sie nannte dem Arzt diesen Zeitpunkt. Er warf einen Blick auf den Kalender.

»Leiden Sie unter Übelkeit, empfinden Sie Brechreiz, vor allem morgens?«

»Nein.« Sie versuchte sich an das geringste Anzeichen von Übelkeit zu erinnern. »Eigentlich nicht.«

»Sie haben mir gerade so etwas wie einen Drehschwindel geschildert.«

»Genau, alles dreht sich, man fällt förmlich in einen Tunnel.«

»Wenn überhaupt Schwindelgefühle auftreten, kommen sie erst im zweiten Schwangerschaftsmonat vor. Dann ist es allerdings eher, als ob einem schwarz vor Augen wird.«

Sarah hätte gern behauptet, dass es so gewesen sei, schüttelte aber den Kopf.

Er erklärte, dass die Übelkeit durch das Schwangerschaftshormon verursacht würde, an das sich der Körper erst gewöhnen müsse. »Sehen wir es uns einmal an.«

Sie stand auf und wollte zum Behandlungsstuhl.

»Das ist nicht nötig. Bitte auf die Liege. Sie brauchen nur Ihren Bauch frei zu machen.«

Sarah legte sich hin, schob das T-Shirt hoch und beobachtete, wie er das Gel für den Ultraschall aufschraubte. Er tat es so nebenbei, dass sie den Eindruck bekam, er tue es nur ihr zu Gefallen und erwarte keinerlei Ergebnis. Er verteilte das Gel mit dem Sensor. Zugleich drehte er den Bildschirm zu Sarah, damit sie sehen konnte, was er sah. Der Doktor führte das Gerät über ihren Bauch, ging höher und tiefer. Er bat sie, sich auf die Ellbogen aufzurichten, tastete sie unterhalb des Nabels ab und setzte die Ultraschalluntersuchung fort. Die sich ständig verändernden schwarzgrauen Gebilde auf dem Monitor sagten Sarah nicht das Geringste.

»Hm«, machte der Doktor, und noch einmal: »Mhm.«

Sie betrachtete seine kräftige Halsschlagader, unter dem weißen Mantel trug er ein Poloshirt. Die Haut seines Brustansatzes war eher rötlich als braun. Er hatte viele Falten um die Augen, die annehmen ließen, dass er gern und häufig lachte.

Die Fältchen vertieften sich, er lächelte. »Sehen Sie das?«

Sarah folgte dem Fingerzeig, er führte den Sensor mehrmals über eine bestimmte Stelle.

»Nein. Was denn?«

»Da haben wir Ihr Baby«, antwortete er. »Es ist schwer zu erkennen, es drückt sich da in der Nähe der Eileiter herum. Aber wir sind ihm auf die Schliche gekommen.«

Hilflos musterte sie die Stelle auf dem Schirm. »Sind Sie sicher? Könnte es nicht – etwas anderes sein?«

»Würde ich Ihnen ein Kind in Aussicht stellen, wenn ich nicht unzweifelhafte Anzeichen dafür hätte? Ausgerechnet Ihnen, Sarah?«

Statt einer Antwort schaute sie in sein Gesicht. Wie viele Jahre hatte sie auf diese Worte gewartet, wie oft vergeblich?

Der Doktor merkte, wie bewegt sie war. »Dann machen wir mal einen Schnappschuss«, sagte er, hielt das Ultraschallbild an und speicherte es. Während sie sich das Gel vom Bauch wischte, spuckte der Drucker das Foto aus.

»Herzlichen Glückwunsch.« Er gab ihr das Bild und streichelte für einen Moment ihren Arm. »Werden Sie es Ihrem Mann gleich erzählen?«

»Meinem Mann ...« Ihr wurde flau. »Wieso?«

»Manche Frauen wollen damit warten, bis wir die zweite Untersuchung durchgeführt haben. Sie wollen ihre Partner nicht enttäuschen – oder ängstigen, je nachdem.«

»Das habe ich mir noch nicht überlegt.«

»Gut, Mrs. Henley.« Er kehrte zum Schreibtisch zurück. »Wir werden uns von nun an häufiger sehen. Sie sind im vierundvierzigsten Lebensjahr, da gibt es bei einer Schwangerschaft bestimmte Vorsichtsmaßnahmen zu beachten.« Er bot ihr einen Stuhl an.

Sarah setzte sich und hörte zu, während sie nach und nach auf einer Wolke von Glück davonschwebte.

30

Sie war so durchdrungen von Zuversicht und Selbstvertrauen, dass ihr die Schwierigkeiten, die damit verbunden waren, dagegen zwergenhaft erschienen. Dass man vor der zwölften Woche üblicherweise bei einer Schwangerschaft nicht sicher sein könnte, hatte der Arzt ihr in Erinnerung gerufen. Es schreckte sie nicht. Dieses Kind würde ihr geschenkt werden, da war sie absolut sicher.

Nachdem Sarah ihrer Mutter die frohe Nachricht mit der Bitte mitgeteilt hatte, Bibi noch nichts zu erzählen, hatte sie den verrückten Impuls, beide Männer anzurufen und einfach zu sagen: »Jungs, ihr werdet Vater!«

Für Russell, das wusste sie, wäre es die vollkommene Freude gewesen, Vater zu werden. Johns Probleme konnten sich durch die Neuigkeit nur vergrößern. Ihre heimliche Schlussfolgerung, dass er der Vater sein müsse, machte Sarah nicht glücklicher. In was für einen Schlamassel war sie da geraten! Der kleine Teufel Übermut, der sie in ihrem Glücksgefühl beherrschte, gaukelte ihr das Bild vor, wie sie John hochschwanger im Gefängnis besuchen würde. Wie ihr Kind zur Welt kommen würde, während sein Vater im Knast saß. Denn die Aussichten, dass er seine Unschuld beweisen können würde, waren nicht gerade rosig.

Sarah ging auf die Terrasse hinter dem Künstlerturm, atmete die Meeresluft in kräftigen Zügen ein und spürte, wie ihr Herz immer noch vor Aufregung hämmerte. Sie schaute ins Weite. Rechts formten die Klippen bizarre Gebilde, vor ihr führte die Wiese übergangslos zum Strand hinunter, der sich mehrere Meilen hinzog. Es war ungewohnt schwül, ein Wetterwechsel kündigte sich an. Sarah kannte die Art von Wolken, die Sturm brachten.

Es war der Augenblick gekommen, der die größte Ehrlichkeit von ihr verlangte. Für sie und Russell stand alles auf Messers Schneide. Er hatte sie betrogen, und sie hatte ihm verziehen. Sie hatte ihn anderthalb Jahre später ihrerseits hintergangen. Wenn beide es wollten, konnte eine Beziehung auch so etwas überstehen. Jetzt aber würde ein Kind geboren werden, und es war wahrscheinlich nicht von Russell. Das änderte alles. Sie musste ihm die Situation schildern, ihre Untreue eingestehen und abwarten, wie er reagieren würde. Ein gemeinsames Kind war ihr größter Wunsch gewesen – wie aber würde der stolze Russell damit umgehen, dass in *Trelawn* ein Kind aufwuchs, das das Ergebnis von Sarahs Seitensprung war? Sie wappnete sich für das Schlimmste. War es wirklich das Schlimmste, wenn Russell sie verlassen würde, fragte sie sich. Ihre Ehe ging durch eine tiefe Krise, doch in letzter Zeit hatte Russell eine unerklärliche Zuversicht an den Tag gelegt, was ihre Beziehung betraf.

»Tabula rasa.« Sarah klopfte mit beiden Fäusten auf die Brüstung und ging hinein.

Elaine war eben mit dem Haupthaus fertig und holte den Staubsauger aus der Kammer, um im Künstlerturm anzufangen.

»Es gibt Regen, fürchte ich.« Sarah stieg die Treppe in den ersten Stock hinauf.

»Könnte auch übers Meer abziehen.« Elaine holte das Kabel aus dem Staubsauger.

»Die Wolken sind zu nah.«

Die Maschine begann zu heulen. Als Sarah fast oben war, hörte das Geräusch wieder auf.

Elaine war ihr zum Treppenabsatz gefolgt. »Hast du noch einen Moment Zeit?«

»Natürlich.«

»Ich muss etwas loswerden, weil ich …« Elaine umfasste den Staubsaugerschlauch. »Weil ich sonst platze.«

»Ist etwas mit den Gästen? Hat dich jemand geärgert?« Sarah machte einen Schritt auf sie zu.

»Ich mische mich so wenig wie möglich in die Dinge ein, die hier passieren, das weißt du. Ich tue meine Arbeit, egal, was ich mitkriege.«

»Eine deiner vielen Qualitäten«, antwortete Sarah. »Was hast du denn mitgekriegt?«

»Wenn ich nicht hundertprozentig sicher wäre, würde ich meinen Mund halten.«

»Du machst es ja richtig spannend.«

»Kann ich offen sprechen, von Frau zu Frau?«

»Schieß los, von Frau zu Frau.« Sarah erreichte den unteren Absatz.

»Es war an dem Tag, als du das letzte Mal im Norden warst.

Ich hatte gerade im Turm zu tun, als Russell deinen Anruf bekam. Ich konnte das mithören. Du hast ihm gesagt, dass du über Nacht nicht heimkommen würdest.«

»Stimmt. Und?« Sarah setzte sich auf die Sofalehne.

»Ich komme mir schon wie ein Strohwitwer vor«, hat er geantwortet. Gleich darauf hat er jemand anderen angerufen. Dazu ist er auf die Terrasse gegangen. Ich habe mich noch gewundert, weil es doch genieselt hat. Danach kam er wieder rein, hatte noch einen Auftrag für mich, dann bin ich heimgefahren. Zu Hause ist mir eingefallen, dass ich auf Nummer 6 den Durchlauferhitzer angelassen habe. Ich hatte ihn für die neuen Gäste hochgestellt, aber die Leute aus Manchester kamen ja nicht. Ich kann Energieverschwendung nicht leiden, also habe ich zu meinem Mann gesagt, ich muss noch mal weg. Er war nicht begeistert. Ich fuhr nach *Trelawn* und hielt vor dem Tor, weil ich ja gleich wieder heimwollte.«

Sarah hätte nicht sagen können, welche Ahnung sie hatte, und doch war da etwas, das sie beunruhigte.

»Vor Nummer 6 stand ein Auto, aber keines von unseren Gästen. Ich wollte hineingehen, als ich plötzlich Licht in der Wohnung sah. Also trat ich vor das Fenster.« Elaine senkte den Kopf. »Ich frage mich, wieso sie die Vorhänge nicht zugezogen haben.«

»Wer?« Sarahs Gedanken waren klar und frei. Sie kannte die Antwort bereits.

»Es war die Frau, die vor anderthalb Jahren bei uns zu Gast gewesen war. Sie hatte nicht allzu viel an. Dein Mann war auch da, noch angezogen. Er ließ einen Sektkorken knallen und kippte Schampus in einen Damenschuh. Sie lachten, dann legten sie sich aufs Bett. Mehr wollte ich nicht sehen. Ich bin heimgefahren.«

Ernst und schnörkellos hatte Elaine erzählt. Sarah stand auf, ging in die Küche und setzte Wasser auf.

»Willst du auch Tee?«, fragte sie.

»Warum nicht.« Elaine zog das Kabel aus der Steckdose.

Sarah öffnete den Schrank. »Dieser Abend liegt schon einige Zeit zurück. Wieso erzählst du mir erst jetzt davon?«

»Weil es mich nichts angeht. Ich bin hier angestellt – und fertig.«

»Sind wir in all den Jahren nicht so etwas wie Freundinnen geworden?«, fragte Sarah.

»So könnte man es nennen. Du hast mich jedenfalls nie wie eine Putzfrau behandelt.«

Sarah gab Tee in die Kanne. »Du bist die Seele des Hauses.«

»Nein, ich …«

»Doch, das bist du. Merkst du nicht, wie hier alles langsam auseinanderfällt? Ich habe lange die Augen davor verschlossen. Du bist das Einzige, was *Trelawn* noch zusammenhält.« Sarah betrachtete die Gasflamme. »Also – warum erzählst du es mir erst jetzt?«

»Weil ich sie …« Elaine gab sich einen Ruck, es auszusprechen. »Weil ich sie wieder gesehen habe.«

»Wen?«

»Deinen Mann und diese Frau.«

Sarah blickte auf. »Unmöglich. Russell ist in London.«

»Nein. Er fährt mit ihr herum. Ich habe die beiden hinter Praa Sands beobachtet.«

»In Russells Wagen?«

»Den hat er vorsorglich irgendwo abgestellt. Die Frau saß am Steuer.« Elaine klopfte hart auf den Tisch. »Verstehst du, warum ich beinahe platze? Dir erzählt er, dass er bis zum Wochenende in London bleibt, dabei kommt er heimlich nach Cornwall und trifft sie.«

Dieses besondere Dinner, dachte Sarah, der Abend, als er für uns eingekauft hat, überhaupt seine ganze Aufmerksamkeit, die Ermunterung, dass ich wieder arbeiten soll – alles nur Camouflage, um seine Affäre zu vertuschen. Es war das klassische Klischee: Ehemann behandelt Ehefrau besonders nett, wenn er gerade fremdgegangen ist. Natürlich hatte es ihn nicht gestört, dass Sarah einen Job in Nordcornwall annahm; auf diese Weise wäre sie aus dem Weg gewesen. Hatte er gehofft, ewig so weitermachen zu können? Glaubte er, sie würde die Lügen nie durchschauen? Oder war dieser Zustand nur das Vorgeplänkel des Abgesangs, bevor er sich mit Miss Moynihan endgültig auf und davon machen würde?

»Ich begreife nicht, wieso Miss Moynihan so viel Zeit in Cornwall verbringt«, sagte sie, als ob es von irgendwelcher Bedeutung wäre.

»Was wirst du jetzt tun?«, fragte Elaine, während der Wasserkessel zu pfeifen begann.

»Dasselbe wie du damals«, antwortete Sarah. »Ich werde es ihm gestehen.«

»*Du* willst ihm etwas gestehen?«

Während sie den Kessel vom Herd nahm, Tee aufgoss und

sich zu Elaine setzte, überlegte Sarah, weshalb die Schicksalsschläge so rasch hintereinander kamen. Weshalb brach alles auf einmal über sie herein? Der zerstörte Traum einer neuen Liebe, ihre Schwangerschaft, Russells Untreue, sein jahrelanger Verrat. Von außen betrachtet, hatten die einzelnen Teile nichts miteinander zu tun, und doch verwoben sie sich zu einem Muster, das nur eine Deutung zuließ: Sie musste alles beenden, was war, und zwar sofort. Die Mischung aus unausgegorenen Gefühlen, Gewissensbissen, aus wirren Hoffnungen und vermeintlichen Auswegen war bedrohlich geworden. Selbst wenn Sarah noch mehr Leidensfähigkeit besessen hätte, musste sie ab jetzt auch noch an jemand anderen denken, an das Kind, das in ihr wuchs.

Als sie einen Schluck Tee genommen hatte, erzählte sie Elaine, was sie ihr so lange verheimlicht hatte. Elaine gab zu, dass sie das eine oder andere vermutet hätte, doch Sarah sei sehr diskret vorgegangen.

Die beiden Frauen saßen noch beisammen, als es schon lange dunkel geworden war. Sie tranken Tee, später Wein, sie aßen den Seelachs, den Sarah für Russell gekauft hatte. Es war Elaine egal, ob Gilbert sie erwartete, es war Sarah egal, was Russell zur gleichen Zeit mit Miss Moynihan anstellte. Als Elaine nach einem langen Abend aufbrach, fragte Sarah: »Vor anderthalb Jahren, als Miss Moynihan hier zu Gast war, hast du da auch schon etwas von dem Verhältnis mitbekommen?«

»Ich habe jeden Tag in fast allen Zimmern zu tun.« Elaines Wangen waren gerötet. »Du kannst dir vorstellen, dass man da eine Menge mitbekommt.«

»Nochmals vielen Dank, Elaine.« Sie brachte ihre Freundin zum Wagen.

Der Regen war übers Meer abgezogen. Sarah rief Russell nicht an. Sie wollte nicht, dass er, aus seinem Liebesnest aufgescheucht, heimgerast kam. Eins nach dem anderen wollte sie die Dinge möglichst in Ruhe erledigen und ahnte, dass ihr das doch nicht gelingen würde. Die Nacht zum Freitag verstrich, sie staunte, wie gut sie trotz all der Neuigkeiten geschlafen hatte. Den Vormittag verbrachte sie damit zu packen. Obwohl es für längere Zeit sein sollte und sie ihr ganzes Handwerkszeug mitnahm, staunte sie, dass der Wagen nicht überfüllt war. Wie leicht man sich von Gegenständen verabschiedete, wenn man eine große Entscheidung traf! Sie rief Bryan in Bossiney an. Der junge Dichter staunte, dass sie das Cottage gleich für ein halbes Jahr mieten wollte.

»Haben Sie nicht selbst ein Haus an der Südküste?«, fragte er.

»Stimmt. Trotzdem möchte ich mich bei Ihnen einquartieren.«

»Ich spreche mit dem Vermieter.« Bryan zögerte. »Er würde nicht wollen, dass ich Ihnen das verrate, aber in der kalten Jahreszeit wird es in *Trevillet Mill* ziemlich feucht.«

»Das haben Mühlen so an sich.« Sarah blieb bei ihrem Entschluss.

Zum Abendessen kam Russell nach Hause und brachte ein Geschenk mit, Triple Brownie Satisfaction, Sarahs Lieblingsnascherei aus einer Londoner Konditorei. Sie bedankte sich und stellte den Karton ungeöffnet beiseite.

Überrascht deutete er auf den ungedeckten Tisch. »Willst du auswärts essen? Schade, ich hatte mich auf einen gemütlichen Abend zu Hause gefreut.«

»Wir bleiben hier«, antwortete sie sanft. »Nur essen werden wir nicht viel.«

»Ach? Hast du eine neue Diät entdeckt?«

Sarah bat ihn, sich zu setzen. Als sie ihm gegenüberstand, in ihrem Rücken die Spüle, fiel es ihr auf: An diesem Tisch hatte auch das Trennungsgespräch mit John stattgefunden. Nun würde der gute alte Küchentisch eine zweite Szene dieser Art erleben. Wie hatte John sein Rückzugsgefecht eingeleitet? Mit den Worten: Das war ein Zeichen. Er hatte gebeten, Sarah möge ihn verstehen, seine Familie würde ihn brauchen, er hatte allumfassendes Verständnis gefordert. Sarah hätte gern ähnlich argumentiert, statt die Rolle der betrogenen Ehefrau zu spielen. Doch die Vorzeichen ihrer Aussprache waren eindeutig.

Sie sagte Russell auf den Kopf zu, dass er das Verhältnis mit Miss Moynihan nicht beendet hätte, sondern mit ihr gerade einen zweiten Frühling erlebte. Sie warf ihm vor, seine Freundespflicht in London vorgeschoben zu haben, um sich ungehindert mit seiner Geliebten zu treffen. Sie nannte ihm die genauen Tage, sie erwähnte Zimmer Nummer 6, und da Russell sich ohnehin einen Reim darauf machen würde, verschwieg sie auch die Mitwirkung von Elaine nicht. Sarahs Worte waren eine fundierte Zusammenfassung seines Treuebruchs. Er versuchte trotzdem, ihr zu widersprechen, leugnete das Verhältnis, stritt die Tatsachen ab und gab sich kämpferisch.

Sarah beendete seine Scheinattacken schließlich mit den Worten: »Ich verlasse dich, Russell.«

Nach ein paar Rechtfertigungsversuchen und der Beteuerung, Miss Moynihans Auftauchen in diesem Frühling habe ihn völlig aus der Bahn geworfen, sagte er: »Bitte tu das nicht. Bitte bestraf mich nicht so furchtbar.« Sein Gesichtsausdruck war zum Erbarmen. Er saß da, die Hände kraftlos auf den Tisch gelegt. »Iris und ich wären nie ein Paar geworden. Du bist meine große Liebe, mein Zuhause.«

»Hör mit dem Gewinsel auf«, entgegnete sie schärfer als beabsichtigt. »Ich verlasse dich nicht, weil du mich zum Narren gemacht hast und mein Vertrauen zum zweiten Mal – ach, wer weiß, wie oft schon – missbraucht hast. Es ist einfach unabwendbar, Russell.«

»Weshalb?«

»Weil ich dich nicht mehr liebe.«

»Das glaube ich nicht«, entgegnete er. »Du bist verletzt, weil ich mich wie ein Schwein benommen habe. Ich mache es wieder gut. Wir zwei gehören zusammen. Tief drinnen spürst du es auch. Wir haben es so wunderschön hier. Was wir alles in *Trelawn* gesteckt haben, ideell und materiell – willst du das zerstören? Denk an die guten Zeiten, die wir zusammen …«

Sie unterbrach ihn mit einer Handbewegung.

»Ich hatte eine Affäre. Mehr als das, diese Liebesbeziehung ging sehr tief. Ich habe sie genossen. Es ist bereits wieder vorbei, aber die Tatsache bleibt, dass ich dich betrogen habe.«

Statt zu fragen, wer der andere Mann sei, beugte sich Russell über den Tisch. Seine Miene hellte sich auf. »Dann sind wir ja quitt.« Die Erleichterung, dass es einen Ausweg geben könnte, das Schlimmste abzuwenden, war ihm ins Gesicht geschrieben.

»So läuft das nicht. Wir können einander unsere Betrügereien nicht gegenseitig aufrechnen, einen Strich darunter ziehen und weiterleben, als sei nichts geschehen. Ich habe gehofft, dich wieder lieben zu können. Ich hätte es versucht. Mittlerweile ist mir klar, dass unser Zusammenleben schon seit der ersten Begegnung mit Miss Moynihan aus der Bahn geraten ist. Wir haben es seitdem nicht mehr in den Griff bekommen. Darum verlasse ich dich, heute noch.«

»Wer ist der andere Mann?«

»Vielleicht sage ich es dir einmal; im Augenblick spielt es keine Rolle.«

Russell war fahl geworden, das Hemd hing ihm unordentlich über den Hosenrand. »Ich werde ins Hotel gehen, nicht du, das ist selbstverständlich. Du bleibst zu Hause. Ich bitte dich lediglich, dass du alles noch einmal überdenkst, bevor du einen voreiligen Schritt tust.«

»Das ist nicht mehr mein Zuhause.«

»*Trelawn* ist dein Herz, hast du immer gesagt.«

»Irgendwann hat dieser Satz aufgehört, wahr zu sein.« Sarah stand vor ihm, ihr fiel auf, dass sich sein Haar an der Stirn weiter gelichtet hatte. »Möchtest du jetzt etwas essen?«

»Nur, wenn du mitisst.« Flehentlich sah er sie an.

»Besser, du nimmst dir selbst etwas.« Sie wandte sich zur Treppe.

»Wo willst du hin?«

»Ich beginne meine Arbeit in Bossiney.«

Für einen Augenblick hatte sie den Impuls, ihm von der Schwangerschaft zu erzählen. Es wäre falsch, es wäre ein Trumpf in seiner Hand, wenn er glauben durfte, ein Kind von ihr zu bekommen. Sarah ging nach oben und holte ihre Koffer.

31

Sie stand vor *Trevillet Mill,* wie man vor einer neu erworbenen Immobilie steht und noch nicht weiß, ob man die rechte Wahl getroffen hat. Jeder Ort ist besser als *Trelawn,* dachte sie, der einzige Ausblick, den ich dort noch habe, ist die Scheidung. Sie öffnete die Heckklappe und trug die Koffer hinein. Trotz der aufreibenden Auseinandersetzung mit Russell, trotz der langen Fahrt und der späten Stunde fühlte sie sich durchdrungen von Energie. So ist das also, dachte sie, wenn man die Gespenster vertreibt und endlich Neuland betritt.

Bryan schlief bereits; er hatte ihr den Schlüssel bereitgelegt. Die mächtigen Steinmauern, die schweren Eichenbalken – Sarah betrachtete das alte Haus diesmal mit anderen Augen. Sie konnte die Jahrhunderte, die dieses Cottage bereits Wind und Wetter trotzte, förmlich spüren. Sie war nicht nur zu Gast, sie zog hier ein. Während sie ihre Habseligkeiten hineintrug, schmunzelte sie darüber, dass sie ein riesiges Haus besaß, das sie vermietete, und in ein kleines Haus zog, das sie mieten musste. Es war ein warmer Abend, trotzdem machte Sarah Feuer. Die Mühle lag in der Senke, alles war ein wenig klamm. Bei der Tankstelle hatte sie eine kleine

Mahlzeit besorgt, aß vor dem Ofen und ging um Mitternacht zu Bett, ohne ausgepackt zu haben.

Bei ihrem letzten Aufenthalt hatte sie keine Schnaken bemerkt, wahrscheinlich war es noch nicht warm genug gewesen. Nun, im Hochsommer, den Bach in der Nähe und den morastigen Seerosenteich, traten die Quälgeister ihre nächtliche Herrschaft an. Kaum eingeschlafen, wurde Sarah von dem unüberhörbaren Sirren geweckt. Sie schloss das Fenster, erschlug zwei von ihnen und löschte das Licht. Kurz darauf war sie erneut auf den Beinen, schlich, mit einer Zeitung bewaffnet, durchs Zimmer, stieg auf den Stuhl, reckte sich zur Vorhangstange empor und versuchte, Herr der Lage zu werden.

Der Juckreiz, die Schlaflosigkeit, das entfernte Sirren, irgendwann saß sie auf dem Bettrand und wusste, mit dem Schlafen war es vorbei. Getrennt, dachte sie. Es war eine wunderbare Sache, die Zügel wieder in die Hand zu nehmen und seinen Lebensweg neu zu gestalten, doch um zwei Uhr morgens an einem fremden Ort fühlte sich das Getrenntsein beklemmend an. All die Jahre hatten sie im Team bestritten, die wesentlichen Dinge hatten sie gemeinsam erlebt, schöne und unangenehme. Von nun an musste sie sich wieder auf sich selbst verlassen.

Sie schaute hinaus, ob ein grauer Schimmer vielleicht schon den Tag ankündigte, in ihrer Hand hielt sie den Wirtschaftsbericht der als Mordwaffe umfunktionierten Zeitung. Wie würden Russell und sie all das entflechten, was sie mit Liebe und Zuversicht geschaffen hatten? Es ging ihr nicht darum, was sie bekommen würde, sondern wie viel man kaputthauen musste, um die Einzelteile daraus zu erhalten. Wahrscheinlich mussten sie *Trelawn* verkaufen. Russell würde dort allein kaum bleiben wollen, er hätte die Chance, ganz in sein geliebtes London zurückzukehren. Und sie? Als dreiundvierzigjährige Schwangere plante sie nun, archäologisch zu arbeiten. Ausgerechnet jetzt, da sie Geborgenheit brauchte, hatte sie mit kühner Geste ihr Nest verlassen. Führte sie sich nicht auf wie ein sorgloser Teenager, der mal eben die WG wechselt? Beständigkeit, Ruhe, eine vertraute Umgebung waren doch die Voraussetzungen, um das kleine Wesen sanft in diese Welt zu begleiten. Zum zweiten Mal formte Sarah den neuen Gedanken: Du musst an dein Kind denken.

Irgendwann wurde sie in ihren Grübeleien so müde, dass ihr die Zeitung entglitt. Keine singende Schnake störte sie mehr, sie schlief bis tief in den Morgen hinein.

Organisation hieß das Schlüsselwort, und davon verstand Sarah eine Menge. Sie räumte den großen Esstisch im Kaminzimmer frei, auf dem Bryan sonst die Broschüren der Sehenswürdigkeiten auffächerte; das wurde ihr Arbeitstisch. Auf der linken Seite legte sie eine To-do-Liste an, die Arbeit betreffend, rechts erstellte sie eine Liste der Dinge, die sie für das Baby benötigte. Ihr gefielen die beiden Tabellen, stellten sie doch den äußeren Beweis dafür dar, dass wirkliche Änderungen in Gang kamen. Sarah hatte ihren Frauenarzt nicht in die Pläne eingeweiht, aus Furcht, er könnte sie von einem Projekt wie dem Schatz von Bossiney abhalten. Sie erkundigte sich nach Gynäkologen in der Gegend. Erstaunlicherweise war es Bryan, der ihr einen Tipp gab.

»Woher kennen Sie sich mit Frauenärzten aus?«

Sarah saß mit ihm im Schatten hinter der Mühle. Die Hummeln führten einen lustvollen Tanz zwischen Löwenmaul und Sommermargeriten auf, die Rosen blühten in den schönsten Farben.

»Vor Kurzem war ich eingeladen, im hiesigen literarischen Zirkel eine Lesung zu geben«, antwortete er. »Die Gruppe besteht ausschließlich aus Frauen. Ich hörte einfach ihren Gesprächen zu.«

»Eine Lesung? Ich dachte, Sie arbeiten noch an Ihrem Roman.«

»Ich trage aus fertigen Kapiteln vor. Die Damen geben mir interessante Anregungen. Danach trinken wir meistens noch etwas.«

Sarah bedankte sich für die Empfehlung. Ihre sonstige Recherche ergab, dass die nächste Entbindungsstation im Krankenhaus von Wadebridge war, mit dem Auto zwanzig Minuten entfernt.

Bevor sie Kontakt mit Mr. Algernon aufnahm, rief sie Cindy an und wollte mit ihr einige Fragen für den Beginn der Grabungen klären. Nicht zum ersten Mal wurde Sarah klar, weshalb sich der Bauer den Verein der Hobbyarchäologen vom Hals halten wollte. Nun, da man in die Hände spucken und endlich loslegen konnte, gab Cindy neue Probleme zu bedenken: Sollte man sich vor Arbeitsbeginn nicht mit der Archäologischen Gesellschaft abstimmen? Müsste nicht ein schriftlicher Vertrag mit Algernon geschlossen werden, damit er später keinen Rückzieher machen könnte?

»Wir schaffen Tatsachen«, motivierte Sarah die zögerliche Cindy. »Wir nutzen Algernons derzeitige Geberlaune. Wenn in seiner Scheune erst mal ein metertiefes Loch klafft, ist es schwierig für ihn, uns wieder rauszuschmeißen.«

Cindy wagte die Entscheidung nicht selbst zu treffen und wollte kommende Woche eine Versammlung des Vereins einberufen, bei der die Vorgehensweise demokratisch geklärt werden sollte.

Wie erwartet legte der dynamische Bauer ein anderes Tempo vor. »Immer hereinspaziert, junge Frau«, sagte er, als Sarah ihn anrief, und freute sich hörbar, dass sie bereits in der Gegend war. Sie verabredeten sich für den kommenden Tag.

Das fehlende Internet im Cottage stellte ein Problem dar. Sarah ließ einen Techniker kommen, der ihr eine Verbindung via Satellit installierte. So würde sie selbst in der verborgenen Talsenke online gehen können. Sie rief nacheinander ihre Eltern an und informierte sie über die Trennung von Russell. In nächster Zeit würden sie ihre Tochter nicht in *Trelawn* erreichen, sondern in einem kleinen Dorf namens Bossiney. Bibi fiel natürlich aus allen Wolken, Hanne hatte Sarahs Schritt bereits geahnt und warnte vor übertriebenem Aktionismus, was die Arbeit betraf.

»Hast du nie davon gehört, dass einer Schwangeren ungeahnte Kräfte zuwachsen?«, erwiderte Sarah.

»Verausgabe dich nicht zu sehr«, ermahnte ihre Mutter sie. »Bis zur zwölften Woche ist alles ungewiss.«

»Mach dir keine Sorgen. Dieses Kind werde ich kriegen«, sagte sie voll Zuversicht. »Ich könnte mir keinen schöneren

Ort für meine Schwangerschaft vorstellen als die kleine Mühle mit dem blühenden Garten und der Nähe zum Wasserfall.«

Doch es gab Momente, in denen ein dunkler Schatten auf Sarahs Aufbruchsstimmung fiel. So selbstbewusst sie auch alles in die Hand nahm, schmerzte es sie doch, dass John keine Ahnung von dem Kind hatte. Dann spielte sie mit dem Gedanken, ihn anzurufen. War es nicht ihre Pflicht, ihn zu informieren, dass er Vater wurde? Natürlich nicht. Wenn sie ehrlich war, wollte sie ihn nur deshalb sprechen, weil sie sich nach ihm sehnte. Sie verbat sich den Anruf aus dem gleichen Grund.

Jemand anderen beschloss Sarah nach gründlicher Überlegung jedoch einzuweihen, Mr. Algernon. Dass sie in anderen Umständen war, verlangte Rücksichten während der anfänglichen Grabungsphase. Die schwere Arbeit würden andere übernehmen müssen, und nur Algernon konnte die Voraussetzungen dafür schaffen.

Der Bauer begrüßte sie mit einem kräftigen Händedruck. »Wo haben Sie denn Ihre Schippe gelassen, Mrs. Henley?«

»Es hat sich etwas ergeben, das mir das Schaufeln, zumindest in den nächsten Monaten, verbietet.«

Algernon verstand die Anspielung ziemlich schnell. »Was sagt man da? Herzlichen Glückwunsch! Es gibt nichts Gesünderes als eine Schwangerschaft auf dem Land. Ich kenne da übrigens eine bildhübsche Hebamme in der Gegend.«

»Wir wollen nichts überstürzen. Ich bin schließlich erst im ersten Monat.«

Sie setzten sich auf die grob behauene Bank. Er musterte Sarah mit unverhohlener Sympathie. »Nehmen Sie es mir nicht übel, aber sind Sie nicht ein bisschen alt, um noch auszutragen?«

Da er die Frage nicht unschicklich fand, nahm sie es mit der gleichen Lockerheit. »Sie haben recht, ich bin eine ziemlich betagte Mutterkuh. Geben Sie mir als Zuchtexperte trotzdem eine Chance?«

»Das kommt auf den Bullen an. Ihr Mann wird das Seine dazu getan haben.«

Sarah verdrängte das Unbehagen, welches diese Bemerkung mit sich brachte.

»Sie wollen die Grabungen doch nicht etwa aufschieben? Ich dachte, Sie brennen darauf, das Grab des Keltenfürsten zu plündern.«

»Wissen Sie, der alte Fürst liegt jetzt fast dreitausend Jahre unter Ihrem Bauernhof, da können wir es mit seiner Ausgrabung ruhig langsam angehen lassen.«

»Für die schwere Arbeit stelle ich Ihnen ein paar Jungs zur Verfügung. Sie sitzen inzwischen bequem auf meiner Veranda und streicheln Ihr Bäuchlein.«

Sarah lachte. »So einfach funktioniert Archäologie nicht. Sie verlangt Fingerspitzengefühl.«

»Mit oder ohne Fingerspitzengefühl, Sie müssen jetzt anfangen. In ein paar Wochen fahre ich die Ernte ein, bis dahin muss ich wissen, welchen Bereich der Scheune ich nutzen kann und wo Sie Ihr Terrain abstecken.«

Sarah atmete die gute Sommerluft ein. Mit diesem praktischen Mann an der Seite erschienen die meisten Probleme überwindbar. In ihr erwachte die Entdeckerfreude. Die Schwangerschaft hinderte sie nicht daran, Feinuntersuchungen durchzuführen, die Klassifizierung von Fundgegenständen, oder Spektralanalysen vorzunehmen. Bis zu dem großen Ereignis hatte sie noch viel Zeit, Tage, Wochen und Monate, mit denen sie etwas Sinnvolles anfangen wollte.

Am selben Abend machte sich Sarah gerade fertig, um ins Bett zu gehen, als ihr eine Idee kam. Sie schaute aus dem Fenster, groß und rund stand der Mond über der Mühle. Sie zog ihre Jacke an, schlüpfte in feste Schuhe und trat aus dem Haus. Weißliches Licht lag über dem Garten und dem aufsteigenden Wald.

Sie nahm denselben Weg, den sie beim ersten Mal gegangen war. So hell war es zwischen den Bäumen, dass sie den rechten Tritt mühelos fand. Sie stützte sich auf den gestürzten Baum, der ihr ermöglichte, über den Zaun zu steigen. So erreichte sie den Wasserfall. Silbrig brach sich sein Licht im Mondschein, das Wasser stürzte in die Tiefe. Es war ein ergreifender Anblick, der sich ihr da bot, und Sarah verharrte lange unbeweglich davor.

Schließlich versuchte sie sich vorzustellen, welches Bild sie abgab. Eine Frau in den besten Jahren, Kurzhaarfrisur, Regenjacke, Gummistiefel, stand im Mondschein auf abschüssigem Terrain und starrte ehrfürchtig auf einen Wasserfall, der sie seltsam in seinen Bann zog. In diesen Wäldern herrscht eben Magie, dachte sie. Das Land der Kelten ist nicht irgendein Ort – hier wirken die alten Kräfte fort. Bald werde ich mich daran machen, diese Kräfte in der Erde von Bossiney aufzuspüren.

Der Mond verhüllte sich, und Sarah bemerkte ihre Erschöpfung. Ein steiler Abstieg lag vor ihr, doch das konnte ihre Zuversicht nicht schmälern. Schritt für Schritt tastete sie sich abwärts. Als sie den Zaun erreichte, zeigte sich der Mond wieder. Ohne Hast kehrte sie zur Mühle zurück.

32

Zwei Wochen war sie nun schon in Bossiney, doch erst einmal hatte sie mit Russell telefoniert. Dass er sie nicht bedrängte oder ihr nachfuhr, ließ sie annehmen, dass er die Sache noch nicht für verloren hielt und Sarah Zeit geben wollte nachzudenken. Wahrscheinlich hoffte er, nach einer gewissen Frist würde sie einsehen, wie gut sie es in *Trelawn* gehabt hatte. Sie selbst zog ihren Schritt nicht in Zweifel. Oder doch? War sie vergangene Nacht nicht in quälender Ungewissheit erwacht und hatte ihr geliebtes Haus vor sich gesehen? Zwischen Schlafen und Wachen war ihr *Trelawn* wie in einem Dornröschenzustand erschienen, überall Spinnweben, das Dach sank ein, Efeu und Unkraut überwucherten die Mauern. Im Inneren hatte sich eine Staubschicht über alles gelegt, das Feuer im Kamin war erloschen. Auch Russell war in dieser Fantasie vorgekommen, er lebte mit Miss Moynihan auf Nummer 6. Beim Aufstehen lächelte Sarah über ihr Nachtgespinst und erkannte es zugleich als Sorge vor dem Kommenden.

Sie hatte ihre neue Ärztin aufgesucht, eine mütterliche Frau, neben der Sarah sich um einiges jünger vorkam.

»Da es Ihr erstes Kind ist, gebe ich Ihnen eine Binsenweisheit mit auf den Weg: Sie sind nicht krank, Sie sind schwanger. Es gibt kaum einen normaleren Zustand für eine Frau.«

»Selbst in meinem Alter?«

»Sie werden eine prächtige Mutter abgeben, Mrs. Henley.« Die Ärztin schob ihre Brille auf die Stirn. »Machen Sie sich keine Sorgen, freuen Sie sich auf das, was kommt, und essen Sie, worauf Sie Lust haben. Ihr Körper weiß schon, was er braucht.«

Sie besprachen das Thema Arbeit, und auch hier riet die Ärztin zur Gelassenheit. »Arbeiten Sie, solange es Ihnen Freude macht«, meinte sie lächelnd.

Sarah konnte ihrem Zustand bis jetzt nur schöne, heitere Gefühle abgewinnen. Die erwartete Übelkeit blieb aus, schwindelig war ihr nur noch einmal geworden. Ihr war bewusst, früher oder später musste sie sich mit dem formalen Schritt der Scheidung beschäftigen, Russell und sie würden sich zusammensetzen und alles besprechen müssen. Doch im Augenblick befasste sie sich mit dem, was in ihrer unmittelbaren Umgebung geschah, was von Vorfreude und Neugier begleitet wurde.

In Algernons Scheune war ein Quadrat von acht mal acht Metern frei geräumt worden. Eines Morgens hatte der Bauer ihr Steve und Ben vorgestellt, zwei Arbeiter, die mit Schaufeln bereitstanden, um Sarahs Anweisungen auszuführen. Steve war fröhlich und trotz seiner Jugend schon grauhaarig. Ben hatte ein verschleiertes Auge, weshalb man nie genau sagen konnte, ob er einen gerade ansah. Sarah beschrieb ihnen die Planatechnik, jene Grabungsmethode, bei der die Erde flächendeckend in dünnen Schichten abgetragen wird. Das erforderte viel Zeit, aber man ging sicher, dass nichts beschädigt wurde, was sich darunter verbergen mochte. Gleich neben dem Areal hatte Algernon einen Arbeitstisch für Sarah aufgestellt, außerdem eine Lampe und einen Wasserkocher, falls sie Tee machen wollte. So saß sie um die Mittagszeit meistens mit Ben und Steve beisammen, sie aßen und tranken Tee, gelegentlich besuchte der Bauer sie, manchmal lud er Sarah ins Wohnhaus ein. Nach einiger Zeit hatte sich so etwas wie ein täglicher Rhythmus eingespielt. Sarah arbeitete, es fühlte sich gut an und völlig normal.

Sie war nicht besonders erfreut darüber, als ein Anruf sie aus diesem Gleichmaß riss. Am Apparat war Mr. Fitzmaurice. Sie brauchte einen Moment, um sich in Erinnerung zu rufen, dass er der Chef der Werft in Fowey war.

»Es steckt wahrscheinlich nichts dahinter«, begann er. »Aber ein Kollege hat mir eine Story erzählt, die irgendwie merkwürdig klingt.«

Sarah legte nach einem langen Arbeitstag im Cottage die Beine hoch. »Lassen Sie hören.«

»Da gibt es einen Mann in Newton Ferrers, das liegt nicht weit von hier entfernt, ist aber schon in der Grafschaft Devon. Sein Name ist Jim Host, er lebt bei seinen Eltern auf einem Grundstück direkt am Wasser. Jim hat sich vor einiger Zeit bei meinem Kollegen einen stärkeren Motor für seinen Kutter gekauft, obwohl mein Freund ihn gewarnt hat, der Außenborder habe zu viele PS. Tatsächlich ist Jim mit dem Boot kurz danach auf einen Felsen aufgelaufen.«

»Und was ist so ungewöhnlich an der Geschichte?«

»Dass Jim das Boot nicht reparieren lässt, obwohl sein Vater die Kosten übernehmen würde.«

»Hat Ihr Freund Jims Boot schon besichtigt?«

»Wegen so einer Sache kann er nicht meilenweit fahren«, antwortete Fitzmaurice. »Jim sollte den Kutter in die Werkstatt bringen, das hat er aber nicht gemacht. Er behauptet, er kann das selbst reparieren.«

Während sie telefonierte, ging Sarah online und stellte fest, dass die Strecke von Bossiney nach Newton Ferrers nicht nur weit, sondern auch kompliziert war, da man Plymouth umfahren musste, um an den abgelegenen Meeresarm zu kommen.

»Könnten Sie sich das vielleicht selbst anschauen, Mister Fitzmaurice?«

Er lachte. »Schon die Telefonate haben mich eine Menge Zeit gekostet. Mehr kann ich wirklich nicht für Sie tun.«

»Und wenn Sie Ihren Verdacht der Wasserschutzpolizei melden würden …«

»Das ist nicht mal annähernd ein Verdacht«, ging er dazwischen. »Die Wahrscheinlichkeit, dass die Sache mit dem Unfall zu tun hat, der John zur Last gelegt wird, ist gering.«

»Newton Ferrers.« Sie notierte. »Und der Name ist Jim Host?«

Sarah hatte mit John nichts mehr zu tun. Genau betrachtet konnte sie sich als Amateurdetektiv nur lächerlich machen. Außerdem hatte sie wenig Lust, den weiten Weg auf eigene Faust zu unternehmen. Das Einfachste wäre, John oder seinen Anwalt anzurufen und ihnen den Tipp weiterzugeben. Doch auch diese Idee verwarf sie; würde ihr Vorgehen nicht anmaßend wirken?

Eine Nacht verstrich, am Morgen fuhr Sarah wie gewohnt zur Arbeit. Sie versuchte, die unwahrscheinliche Möglichkeit, John helfen zu können, beiseitezuschieben. Dabei musste sie ständig an ihn denken, an die gemeinsamen Erlebnisse, die ihr teuer waren. Sarah sah ihn vor sich, wie er sein Schiff gegen die Strömung steuerte, wie er mit nackten Füßen neben ihr am Strand spazierte. Sie sah ihn an der Kasse des Supermarkts, peinlich berührt, weil seine Familie Sarah über den Weg gelaufen war. Die vielen Wochen, seit sie einander nicht begegnet waren, schienen wie weggewischt. Auch wenn Sarah zu neuen Ufern gefunden hatte, John war eine Wunde, die sich nicht schließen wollte. Deshalb sagte sie Ben und Steve, dass sie heute früher Schluss machen würde. Um die Mittagszeit fuhr sie los.

Über die Küstenstraße erreichte sie den vierspurigen Highway, von dort ging es schneller voran. Bei Saltash führte die Tamar Bridge von Cornwall nach Devon. Sarah umfuhr die Innenstadt von Plymouth, durch das Hinterland ging es allmählich wieder ans Meer. Dieser Teil der Küste Englands war von vielen Einschnitten zerklüftet, Fjorde, die sich bis ins Landesinnere zogen, weswegen man selbst für kurze Strecken lange Umwege in Kauf nehmen musste. Hinter Brixton bog sie von der Hauptstraße ab und folgte einer besonders kurvenreichen Strecke. Alle halbe Meile tauchte eine Ausweichstelle auf, sonst hätten größere Fahrzeuge nicht aneinander vorbeifahren können. Eine Brücke führte in den Wald, der sich bald wieder lichtete. Die Ausläufer von Newton Ferrers kamen in Sicht. Die verhangene Sonne spiegelte sich im Meer, es war schwül. Entlang des Piers gab es ein paar Geschäfte, den üblichen Pub, einen Segelclub. Dahinter begann das Wohngebiet. Sarah hatte die Adresse der Familie Host ins GPS eingegeben und hielt wenig später vor deren Einfahrt. Sie hatte gelesen, dass sich mancher reiche Londoner in Newton Ferrers einen Ferienwohnsitz gekauft hatte; das Haus der Hosts gehörte bestimmt nicht dazu. Es war klein und billig erbaut, die Meeresluft nagte an den Fensterläden. Schon von der Straße konnte Sarah das Boot sehen. Es war aus dem Wasser geholt und aufgebockt worden. Während sie darauf zuging, führte sie sich vor Augen, wie leicht ihre Aktion in einer peinlichen Situation enden konnte. Doch was John betraf, wurde sie nicht von Vernunft geleitet.

Der Kutter war Johns Boot nicht unähnlich. Er hatte eine robuste, kräftige Linie und einen fächerförmigen Steven. Man hatte ihn als Angelboot ausgerüstet; am Achterdeck waren zwei Drehstühle festgeschraubt, samt Angelhalterung und einem elektronischen *fish finder*. Am Bug, knapp über der Wasserlinie, war etwas repariert worden.

»Kann ich Ihnen behilflich sein?«

Auf der Veranda des Hauses tauchte ein älterer Mann auf. Er trug Latzhosen und hielt eine Bratpfanne in der Hand.

»Entschuldigen Sie, dass ich so einfach Ihr Grundstück betrete.« Ein ungeschriebenes Gesetz der Briten lautete, dass man die Privatsphäre der Menschen zu achten hatte.

»Wie kann ich helfen?« Er kam die Stufen herunter.

»Hallo, ich bin Sarah.« Sie erkannte, dass er dabei war, die Pfanne von alten Fischresten zu säubern. »Von draußen ist mir Ihr schönes Boot aufgefallen.«

»Es gehört meinem Sohn.«

»Eine solide Angelausrüstung. Ist es hochseetauglich?«

»Das würde Jim gefallen. Nein, wir haben den Küstenbereich damit noch nie verlassen. Erlauben Sie?« Er ging zum Schuppen, wo sich die Mülltonnen befanden, und entsorgte den Inhalt der Pfanne. »Wenn ich Fisch in den Hausmüll tue, stinkt er mir die Bude voll. Warum interessieren Sie sich für das Boot?«

»Mein Mann und ich suchen ein gebrauchtes Boot dieser Art.«

»Ich glaube nicht, dass Jim verkaufen möchte.«

»Kutter dieser Bauweise sind schwer zu finden. Wir würden uns das etwas kosten lassen.«

Er lächelte gutmütig. »Es hat keinen Sinn, dass wir darüber reden, schon allein deshalb, weil das Boot einen Schaden hat.«

»Am Bug, nicht wahr? Das ist mir aufgefallen. Was ist passiert?«

»Jim ist auf ein Riff aufgelaufen.«

»Müsste der Bruch dann nicht unterhalb der Wasserlinie liegen?«

»Er hatte Glück. Die Beschädigung ist nur oberflächlich.«

Nebeneinander standen sie vor dem Boot; es trug den Namen *Phyllis*.

»Eine Untiefe kann das nicht gewesen sein«, sagte Sarah. »Der Fels muss weit aus dem Wasser geragt haben.« Scheinbar nebenbei berührte sie die Stelle. Der Bereich war provisorisch mit Fiberglas überarbeitet worden.

Mr. Host machte ein bekümmertes Gesicht. »Jim war

zum Fischen draußen, als Nebel aufkam. Es hat einen ziemlichen Rumms gemacht, sagt er.«

»Ist das erst vor Kurzem passiert? Ich meine, weil es noch nicht fachmännisch repariert wurde.«

»Ich liege ihm seit Wochen in den Ohren, er soll es in Ordnung bringen. Das sieht doch hässlich aus.«

»Und weshalb will er das nicht?«

Der Mann musterte sie mit plötzlichem Misstrauen.

Sarah schenkte ihm ein freundliches Lächeln. »Das liebe Geld, nicht wahr?«

»Ich würde es ihm vorstrecken. Aber seit Jim den neuen Job hat, kommt er kaum noch dazu, rauszufahren.«

»Wirklich schade.« Sarah betrachtete die geflickte Stelle. Seitlich löste sich das Fiberglas.

»Sie sind nicht aus der Gegend«, sagte Mr. Host.

»Ich komme aus Looe«, antwortete sie aufs Geratewohl.

»Wie gesagt, wir verkaufen nicht.«

»Verstehe. Darf ich trotzdem ein Foto davon machen? Ich würde es meinem Mann gern zeigen.« Sie holte ihr Smartphone heraus.

»Knipsen Sie, so viel Sie wollen. Mich entschuldigen Sie bitte.«

»Verzeihen Sie nochmals die Störung.«

Sarah folgte dem Mann mit den Augen, bis er im Haus verschwand. Als die Tür zufiel, trat sie vor den Bug und zerrte an der losen Stelle. Da sich der Kunststoff nicht lösen ließ, kramte sie ihre Nagelfeile aus der Tasche und versuchte es damit. Es gelang ihr, ein kleines Stück abzubekommen, darunter hatte der Bug eine tiefe Schramme. Sie entdeckte einen Partikel im Holz, der nicht von der *Phyllis* stammte. Mit einem Schraubenzieher wäre er leicht herauszupulen gewesen, sie musste sich mit der Feile abmühen. Schließlich hielt sie etwas Hellgrünes in der Handfläche. Eines wusste sie jetzt schon ziemlich sicher: Jim Hosts Boot war nicht auf einen Fels aufgelaufen. Sarah machte noch ein paar Nahaufnahmen und verließ das Grundstück. Im Inneren des Hauses lief Radiomusik.

Von unterwegs rief sie Fitzmaurice an. »Kennen Sie die Farbe des Unfallbootes?«

»Welches Boot?«

»Das, mit dem John angeblich kollidiert ist. Welche Farbe hatte es?«

»Grün, glaube ich.«

»Hellgrün?«

»Das weiß ich nicht.«

»Bei welcher Dienststelle der Wasserschutzpolizei haben Sie die Sache angezeigt?«

»Das Department in Fowey. Die haben es nach Portreath weitergeleitet.«

»Vielen Dank, Mister Fitzmaurice.«

»Haben Sie etwas rausgekriegt?«

»Das hoffe ich von ganzem Herzen.«

Das Einfachste wäre gewesen, die Bilder, Partikel und Informationen in einen Umschlag zu stecken und an die Polizei zu schicken. Doch auch wenn Sarah ursprünglich nicht persönlich in Erscheinung hatte treten wollen, entschloss sie sich, auf das zuständige Revier zu fahren, um sicherzugehen, dass ihre Informationen auch wirklich berücksichtigt würden.

Dort erklärte sie, dass sie eine Freundin der Cormacs sei, aber nicht in den Fall involviert werden wolle. Der Leiter der Dienststelle hörte sich ihre Schlussfolgerungen an und nahm das Material in Empfang.

»Sollten Ihre Hinweise zur Aufklärung beitragen, kann es sein, dass man Sie als Prozesszeugin aufrufen wird.«

Sie gab der Polizei ihre derzeitige Adresse und bat nochmals darum, ihre Mitwirkung möglichst vertraulich zu behandeln. Mit gemischten Gefühlen machte sie sich auf den Weg nach Bossiney und kam dort nach Einbruch der Dunkelheit an.

33

Am Tag nachdem sie auf den Spuren von Sherlock Holmes gewandelt war, hoffte Sarah, ihr Telefon würde klingeln, und jemand würde ihr mitteilen, dank ihres Hinweises sei Johns Unschuld erwiesen worden. Als eine Woche vergangen war und sich scheinbar nichts in der Angelegenheit getan hatte, nahm sie an, die Spur sei im Sand verlaufen. Jim Host könnte genauso wenig der Gesuchte sein wie John. Von da an dachte Sarah immer seltener an die Angelegenheit, da ihre eigenen Probleme sie auf Trab hielten. Wegen einer plötzlichen Kolik musste sie zur Ärztin, die sie jedoch beruhigte; ungewöhnliche vegetative Umstellungen seien während einer Schwangerschaft normal.

Sarah telefonierte häufig mit ihrer Mutter. Hanne war die perfekte Ratgeberin in Fragen des Kinderkriegens ebenso wie in denen einer Scheidung.

»Merkwürdig ist eine Scheidung immer«, sagte sie am Telefon. »Es gab für mich keine ungewöhnlichere Zeit als damals, als ich Bibi nach vierzig Jahren verlassen habe.«

Sarah berichtete von den Fortschritten bei der Ausgrabung. Sie hatten Reste eines Fundaments gefunden, das sich leider nicht als vorchristlich datieren ließ, sondern wahrscheinlich aus dem 16. Jahrhundert stammte, möglicherweise die Ruine eines älteren Hofes, auf dem der jetzige errichtet worden war. Von dem keltischen Stammesfürsten fehlte noch jede Spur.

»Solltest du dich nicht mit den beiden lebenden Männern beschäftigen, die für dich von Bedeutung sind, statt nach einem toten Kelten zu suchen?«, fragte Hanne. »Wann fährst du wieder nach *Trelawn?*«

»Ich weiß es noch nicht.«

»Du musst Russell darauf vorbereiten. Denk daran: Keine Emotionen – Fakten sind gefragt. Ihm ist es bestimmt auch lieber so.«

Der Sommer war nun unwiderruflich vorbei. Sarah hatte in Bossiney Freunde gefunden. Bryan, der angehende Dichter, war ihr vertraut geworden. Jeden Tag kam er zu ihr ins Cottage und erkundigte sich nach ihrem Befinden. Sarah machte Tee, und sie plauderten. Er erzählte von seinem komplizierten Gefühlsleben und gestand, dass er sich nicht entscheiden könne, ob seine Liebe mehr Agnes, dem Mädchen mit den grünen Augen, gehörte, die dem Vikar bei der Kirchenarbeit half, oder ob er sich mehr zum Vikar selbst hingezogen fühlte.

»Worüber beklagst du dich?«, ermunterte ihn Sarah. »Du hast doch die doppelte Auswahl an potenziellen Liebespartnern.«

Er machte Besorgungen für sie, und manchmal, wenn sie müde von Algernons Hof zurückkam, hatte er sogar die Hausarbeit erledigt. Mit Beginn des Herbstes zeigten sich kaum noch Touristen, Sarah und ihr Nachbar waren in der Mühle allein.

Was ihr zu schaffen machte, waren die Leute vom Verein der Hobbyarchäologen. Vereinsmeierei hatte Sarah von jeher abgeschreckt, nun musste sie sich damit herumschlagen. Es gab regelmäßige Sitzungen, die an Umständlichkeit und Langeweile kaum zu übertreffen waren. Der Verein bestand darauf, dass Sarah ein Gehalt bekam. Es half nichts, dass sie darauf pochte, ehrenamtlich zu arbeiten, sie durfte die Ausgrabungen nur betreuen, wenn sie dafür bezahlt wurde. Formal unterstand das Projekt inzwischen der Archäologischen Gesellschaft, die zwar Bedenken äußerte, dass die Freilegung der Fundstätte von ungelernten Arbeitern durchgeführt wurde, aber zu wenig Mittel zur Verfügung stellte, um ausgebildete Archäologen nach Bossiney zu schicken.

Sarah und Russell telefonierten inzwischen öfter miteinander. Das Geschäft mit den Vermietungen lief reibungslos weiter, Russell hatte Elaines Gehalt erhöht, seine Art, sie zum Bleiben zu bewegen. Sarah nahm ihm weiterhin die Beantwortung der Internetanfragen ab und regelte die Buchungen. Während der Telefonate erwähnten sie ihre schwelende private Situation so selten wie möglich. Ob er sein Verhältnis mit Miss Moynihan fortsetzte, wusste Sarah nicht. An John dachte sie inzwischen fast ohne Wehmut. Er hatte seinen Platz in ihrem Herzen, aber die Wunde, von ihm getrennt zu sein, tat nicht mehr so weh.

In dieser Zeit vertiefte sich Sarahs Freundschaft zu Algernon. Er war ein Mann, wie sie ihn sich ehrlicher und vernünftiger nicht wünschen konnte. In seiner Gegenwart fühlte sie sich wohl. Mittlerweile verbrachte sie viel Zeit auf seinem Hof, nicht nur während der Grabungen. Für Sarah bedeutete es eine große Veränderung, allein zu leben. Algernon lud sie manchmal zum Essen ein und erlaubte ihr sogar mitunter, für ihn zu kochen.

Sarah genoss die ruhigen, scheinbar ereignislosen Wochen, ihre körperlichen Beschwerlichkeiten waren geringer als befürchtet. Als sie die ersten äußerlichen Veränderungen an sich feststellte, nahm sie das zum Anlass, das klärende Gespräch mit Russell endlich hinter sich zu bringen. Noch ein paar Wochen, und ihr Zustand würde sich nicht mehr verbergen lassen. Ein Schlussstrich mit Russell war aber nur möglich, wenn er ihr auch wirklich glaubte, dass alles zu Ende war. Wenn er jetzt von dem Kind erfuhr, würde ihn das vielleicht an ihr festhalten lassen und ihr einen Neubeginn erschweren. Sollte sie ihre Schwangerschaft besser noch verschweigen?

An einem Nachmittag Ende September saßen sie einander gegenüber. Es wurde nun schon merklich früher dunkel, Dämmerung umfing *Trelawn*. Sarah fühlte sich erschöpft. Lange Fahrten mutete sie sich sonst nicht mehr zu. Russell hatte seinen Dreitagebart abrasiert, trug eine Anzughose und ein frisch gebügeltes Hemd. Er strengte sich an, den bestmöglichen Eindruck bei ihr zu erwecken, versuchte, ein toller Mann zu sein, der richtige Mann, dem sie noch eine Chance geben sollte.

Am Telefon hatte sie gefragt: »Kann ich nach *Trelawn* kommen, oder ist Miss Moynihan da?«

»Bist du verrückt? Selbstverständlich ist sie nicht da.«

»Auch nicht auf Nummer 6?«

»Ich bitte dich!«

Nun, da sie im Künstlerturm saßen, sah Sarah sich um, ob sie einen Hinweis auf eine andere Frau entdeckte. Nichts war umgestellt worden, nirgends ein verräterisches Accessoire; gewiss hatte Russell peinlich darauf geachtet. Kerzen brannten auf dem Couchtisch und auf dem Fensterbrett. Er wollte ihnen Rotwein einschenken, den er zuvor in den Dekanter umgefüllt hatte. Mit einer Ausrede lehnte Sarah den Alkohol ab.

»Ich habe mir etwas überlegt«, begann er. »Was hältst du davon, wenn ich eine Zeit lang aus *Trelawn* ausziehe? Ich suche mir in Penzance etwas zum Wohnen, du ziehst wieder in deinen Turm, und wann immer du es erlaubst, besuche ich dich. Elaine kümmert sich um das Haus, alles läuft weiter wie bisher. Ich habe schon mit ihr gesprochen.«

»Was meint sie dazu?«

»Sie will erst mit dir reden, aber ich habe den Eindruck, sie hängt an ihrem Job.«

»Elaine ist die Einzige, die noch hierhergehört«, antwortete Sarah voll plötzlicher Traurigkeit.

»Siehst du das jetzt so?« Er setzte sich in den viktorianischen Sessel. »Warum überlegst du dir meinen Vorschlag nicht? Lass unser Haus, die Klippen, lass den Geist dieses Ortes wieder auf dich wirken. Dann wirst du wahrscheinlich draufkommen, dass es keinen besseren Ort für dich gibt.«

»Ich habe ihn schon gefunden, Russell.«

»Du meinst dein mickeriges Kaff im Norden? Wie lange willst du dieses Theater eigentlich spielen?«

Sein Ausrutscher zeigte ihr, unter welcher Anspannung er stand, wie schwer es ihm fiel, ruhig zu bleiben. Sie ließ ein paar Sekunden verstreichen, dann teilte sie ihm mit, dass sie nicht nach *Trelawn* zurückkehren würde. Sie forderte ihn auf, alles Nötige für die Scheidung in die Wege zu leiten. Mit seinem Einverständnis wollte sie die Schuldfrage nicht aufwerfen. Nach heutigem Scheidungsrecht sei es ohnehin mehr oder weniger egal, wen die Schuld treffe. Sie wolle die Sache mit Miss Moynihan nicht erwähnen, Elaine nicht als Zeugin bitten, sie wolle ihre eigene Affäre nicht zur Sprache bringen. Russell könne *Trelawn* entweder verkaufen und den Gewinn zwischen ihnen aufteilen oder, falls er das Anwesen behalten wolle, ihr den Anteil, den sie beim Kaufvertrag festgelegt hatten, auszahlen. Sie erwarte nicht, dass er ihr das Geld auf einen Schlag geben würde, und sei mit Ratenzahlungen einverstanden.

»Was in den letzten Monaten passiert ist, war lediglich der Schwanengesang unserer Ehe«, schloss Sarah.

Russell umklammerte sein Rotweinglas. Seine Schultern waren eingesunken, er sah älter aus als, er war.

»Wir haben uns schon zu lange auseinanderbewegt. Nur deshalb konnte es eine Miss Moynihan geben, und nur deshalb war ich für die Gefühle eines anderen Mannes empfänglich.«

»Hast du ihn wiedergesehen? Werdet ihr zusammen sein?«

»Nein«, antwortete sie ohne Zögern. »Dieser Mann war nur ein Impuls, damit alles an die Oberfläche kam, was wir jahrelang unter den Teppich gekehrt haben.«

»Ich denke nicht daran, *Trelawn* zu verkaufen«, sagte Russell impulsiv.

»Ich glaube, ehrlich gestanden, dass du es tun wirst. Du warst hier nie zu Hause. Du brauchst nun mal dein gutes altes London.« Sie lächelte. »Durch dich hat sich mir hier ein wunderbarer Traum erfüllt, dafür werde ich dir ewig dankbar sein. Aber ich kann nicht länger in dieser falschen Idylle leben.«

»Es ist ein Albtraum geworden«, sagte er mit gesenktem Kopf.

»Du spürst es auch? Lass ihn uns beenden. Es liegt dir doch gar nicht mehr besonders viel an mir.«

»Sei nicht so gönnerhaft! Tu nicht, als wüsstest du, wie es weitergeht.«

»Doch, ich habe mittlerweile eine Vorstellung, wie es weitergehen könnte.« Unbewusst legte sie die Hände auf ihren Bauch. »Eines weiß ich: Den Schritt in mein neues Leben, werde ich ohne dich tun.«

»Warum?« Hoffnungslos sah er sie an. »Warum, Sarah?«

»Weil ich dich nicht mehr liebe.«

Er stand auf. »Dann geh. Sofort.«

Sie erhob sich ebenfalls. »Wie du willst.«

Seine Stimme war nun kälter. »Bist du einverstanden, dass Alec Firth die Sache übernimmt?«

»Natürlich. Er ist ein exzellenter Anwalt.«

»Hast du keine Sorge, dass ich Vorteile daraus ziehen könnte?«

Sie trat einen Schritt auf ihn zu. »Was ich immer an dir geschätzt habe, ist deine Fairness.«

Er legte die Hand auf ihren Oberarm. »Der Kaufvertrag garantiert dir vierzig Prozent. *Trelawn* dürfte heute schätzungsweise vier Millionen wert sein.«

»So viel?« Sie schmunzelte.

»Vierzig Prozent davon sind eine Million, sechshunderttausend Pfund.«

»Bitte in kleinen Scheinen.« Sarah ergriff seine Hände. Sie war unendlich erleichtert, weil sie die Offenheit besessen hatte, klare Verhältnisse zu schaffen. Als sie auf die Uhr schaute, staunte sie, wie spät es geworden war.

»Ich mag die Luft um diese Jahreszeit«, sagte sie leise.

»Wollen wir rausgehen? Wir könnten zu den Versunkenen Schwestern laufen.«

»Unser Nachtspaziergang mit Taschenlampe, so wie früher?«

Er näherte sich der Garderobe, wo seine Jacke hing. Sie wusste, was es ihm bedeuten würde, wenn sie Ja sagte.

»Ich bin dafür noch nicht bereit«, antwortete sie. »Irgendwann werden wir genug Abstand haben, und alles wird einfacher, dann können wir zusammen zu den Versunkenen Schwestern laufen. Sie werden immer meine Lieblingsklippen sein.«

Als sie ins Freie traten, atmete Sarah tief durch.

»Es riecht nach Sturm.«

»Vorige Woche ist einer durchgezogen. Er hat den Granatapfelbaum entwurzelt.«

»Meinen Baum? O nein.« Von hier aus konnte man die Terrasse des Haupthauses nicht sehen. Sarah machte einen Schritt in die Richtung.

»Er ist nicht mehr da. Ich habe ihn zersägen und fortschaffen lassen.«

»Mein Baum.« Sie sahen einander an.

»Lass es dir gut gehen, Russell.«

»Du auch. Wie heißt es normalerweise in solchen Situationen? Mein Anwalt ruft deinen Anwalt an.«

»Ich habe gar keinen Anwalt«, murmelte sie und ging über den Kies zu ihrem Auto.

Zum ersten Mal, seit sie in Cornwall lebte, übernachtete Sarah bei Elaine. Die Vorstellung, sich in ihr eigenes Bett im Künstlerturm zu legen, war ihr unerträglich gewesen. Elaine hatte das größere Kinderzimmer bereit gemacht; ihre Tochter schlief bei einer Freundin. Die Pecks hatten ein nettes Cottage am Rand von Crownton, mit einem weitläufigen Garten. Gilbert, Elaines Mann, ließ die Frauen bald allein und verabschiedete sich in seine Hobbygarage.

Was gab es zu bereden, wenn der Abend unübersehbar ein Abschied war? Wie oft hatte Sarah mit Elaine einen kommenden Tag, eine Woche geplant? Als eingespieltes Duo waren sie die Notwendigkeiten durchgegangen, die der Erhalt eines großen Besitzes erforderlich machte. Nie war ein Ende abzusehen gewesen, neue Gäste hatten die abreisenden ersetzt, so wie sich die Jahreszeiten an der Küste Cornwalls abwechselten. Stets waren Sarah und Elaine durch die Pflichten in *Trelawn* verbunden gewesen. Nun drehte sich ihr Gespräch darum, wie die *Scheidungsmasse Trelawn* zu exekutieren sein würde. Es schien fast so, als sei Elaine darüber trauriger als Sarah; sie hatte dort ihre Lebensstellung gefunden.

Ein Jahr noch, vielleicht etwas mehr, und die Flagge eines Immobilienmaklers würde über *Trelawn* wehen – wenn auch nicht so offensichtlich wie bei einem gewöhnlichen Haus; einen Besitz wie *Trelawn* verhökerte man nicht an Laufkundschaft. Es würde Besichtigungen geben, Banken würden Investitionspläne erstellen, vielleicht verwandelte man *Trelawn* in ein Luxushotel. Irgendwann würde Elaine ihren letzten Boden geschrubbt, den letzten Müll hinausgebracht, das letzte Bett gemacht haben.

Bei Sarah war der Schmerz über den Verlust noch nicht angekommen. Sie zwang sich, nach vorn zu schauen, nur so war der Sprung zu bewältigen, zu dem sie angesetzt hatte. Sie musste *Trelawn* als Teil ihrer Vergangenheit betrachten, ein Haus, dessen Erhaltung Unsummen verschlang. Kein vernünftiger Mensch leistete sich so etwas heutzutage. *Trelawn* war unpraktisch, unzeitgemäß, ein Klotz am Bein. Und doch klang eine todtraurige Melodie in Sarah, die ihr erzählte, dass sie gescheitert war. *Trelawn,* ihr Herz, musste sie sich aus dem Leib reißen und den Ort verlassen, der für ein paar Jahre ihre Heimat geworden war.

Die beiden Frauen saßen an Elaines sauber geschrubbtem Esstisch, im Holzofen brannte ein Feuer, draußen kroch der Herbstregen übers Land. Sie versuchten ihre Beklommenheit mit Sherry und *scones* zu vertreiben, wurden beschwipst, lachten und verscheuchten so das Gespenst des Abschieds.

Sarah hörte ihr Handy nicht, sie spürte es nur in der Tasche vibrieren. Eigentlich wollte sie niemanden sprechen, doch wartete ein Problem in Bossiney auf seine Lösung, eine

Vereinsangelegenheit, der Sarah gern ferngeblieben wäre. Sie nahm an, dass Cindy ihren Rat brauchte.

»Entschuldige«, sagte sie zu Elaine.

Die prostete ihr mit dem Sherryglas zu.

»Ja, bitte?«

»Mrs. Henley?«

Sie hörte die Stimme nicht zum ersten Mal.

»Maureen hier«, sagte die andere. Als Sarah nicht gleich reagierte, fügte sie hinzu: »Johns Frau.«

»Guten Abend.« Sarah hatte nicht die geringste Ahnung, wie sie reagieren sollte.

»Störe ich?«

»Nein, ich bin im Moment ... Nein.« Sie bedeutete Elaine, dass sie gern in ein anderes Zimmer wollte. Elaine machte eine beruhigende Geste, nahm ihren Teller und ging hinaus.

»Ich wollte fragen, ob wir uns vielleicht treffen könnten«, sagte Maureen.

»Ist es wichtig?«

»Wichtig – ich weiß nicht. Es geht um meinen Mann.«

34

Das Auto nahm die Kurven zügig, verschwand hinter dem Windschutz, der das Lokal umgab, und hielt auf dem Parkplatz. Die rothaarige Frau stieg aus. Sarah hatte das *Tea House* bewusst gewählt, ein Ausflugsziel an der Küste, zu beiden Seiten meilenweit kein Ort und nur wenige Häuser. Es war zehn Uhr morgens, das *Tea House* hatte eben aufgemacht, und Sarah war der erste Gast. Auch wenn die Sonne gerade erst den Morgennebel durchdrang, hatte sie draußen Platz genommen. Niemand sollte in der Nähe sein, wenn Maureen und sie miteinander sprachen. Etwas musste geschehen sein, etwas, das Sarah und John in Maureens Augen in Verbindung gebracht hatte.

Als die schlanke Frau die Terrasse betrat, stand Sarah auf.

»Guten Morgen.«

Sie gaben einander nicht die Hand. Johns Frau trug Jeans, Pulli und Schuhe ohne Absätze. In diesem Moment kam sie Sarah beängstigend jung vor.

»Weshalb wollen Sie mich sprechen?«

»Kommt es Ihnen ungelegen?«

»Nein. Sie haben sogar Glück, ich bin zurzeit eigentlich

selten an der Südküste.« Auf Maureens fragenden Blick, setzte sie hinzu: »Ich arbeite in der Nähe von Tintagel.«

»Tintagel?« Maureen machte eine Pause, bevor sie die nächste Frage stellte. »Und wie hat es Sie dann nach Newton Ferrers verschlagen?«

Das ist es also, begriff Sarah. Die Cormacs haben herausbekommen, dass ich mich eingemischt habe. Warum ruft John mich dann nicht an, weshalb Maureen?

»Ich war tatsächlich in Newton Ferrers«, antwortete sie vorsichtig.

»Sie haben sich dort ein Boot angeschaut, nicht wahr? Ein bestimmtes Boot.« Sarah nickte. »Wissen Sie, dass Sie meinem Mann damit das Leben gerettet haben?«

Ein merkwürdiger Hauch durchwehte Sarah, hoffnungsvoll und beklommen zugleich. »Das müssen Sie mir erklären.«

»Wir waren so gut wie sicher, dass er aus der Sache nicht unbeschadet herauskommt. Die Polizei hatte den falschen Mann festgenommen, aber wir konnten es nicht beweisen. Fahrlässige Körperverletzung und unterlassene Hilfeleistung lautete die Anklage. Bei Johns Unbescholtenheit wäre die Strafe nicht hoch ausgefallen, doch sein Ruf wäre ruiniert gewesen. Wer sich auf dem Meer verantwortungslos benimmt, hat in unserer Gegend ausgespielt.« Das Letzte sagte Maureen gedämpft, da die Kellnerin an den Tisch trat. Maureen bestellte Tee und ein Käsesandwich.

»Bevor die Kinder aus dem Haus sind, komme ich meistens nicht zum Essen«, erklärte sie.

»Wie geht es Billy?«

»Er hat den Unfall schon fast vergessen. Er spricht kaum noch darüber.« Maureen nahm die Sonnenbrille ab. »Eines Morgens bekamen wir von unserem Anwalt die Nachricht, dass ein zweiter Verdächtiger aufgetaucht ist und Untersuchungen gegen ihn laufen. Das Ergebnis war, dass an seinem Kutter Splitter des Unfallbootes gefunden worden sind. Danach ging alles ganz schnell.«

Sarah nahm das Minzeblatt vom Rand ihres Glases und legte es daneben.

»Das Verfahren gegen John wurde eingestellt.« Maureen erwartete, dass Sarah etwas erwidern würde. »Durch einen Zufall habe ich erfahren, welchem Meisterdetektiv wir dieses Wunder zu verdanken haben.«

»Ich hatte die Polizei gebeten, mich herauszuhalten.«

»Die Polizei war auch sehr diskret.« Ein verschmitztes Lächeln huschte über Maureens Gesicht. »Ich kenne den guten Fitzmaurice noch aus der Schule. Er hat mir gesteckt, wer Johns Schutzengel war.«

»Fitzmaurice?« Sarah schüttelte den Kopf. »Daran habe ich nicht gedacht. Und jetzt weiß John es natürlich auch.«

»Nicht so schnell, Mrs. Henley.« Maureen beugte sich ein wenig vor. »Nachdem ich die Wahrheit erfahren hatte, stellte ich mir die Frage, was Sie angetrieben hat, diese Anstrengung zu unternehmen. Woher wussten Sie, bei welcher Werft John sein Schiff in Reparatur gibt? Wie kommen Sie dazu, Fitzmaurice aufzusuchen, ihn zu bitten, Erkundigungen einzuholen, warum spielen Sie Privatdetektiv und finden tatsächlich den Schuldigen? Wenn Mrs. Henley all das getan hat, fragte ich mich zuletzt, weshalb verschwindet sie hinterher einfach, verwischt ihre Spuren und teilt John nicht mit, dass er mit einer positiven Wendung rechnen darf?«

»Ich konnte nicht wissen, ob meine Recherchen erfolgreich waren.« Sarah wagte Maureen nicht anzusehen.

»Während John wie ein Betrunkener durch sein unerwartetes Glück getaumelt ist, habe ich mir so meine Gedanken gemacht. Verschiedene Möglichkeiten gingen mir durch den Sinn. Doch alle führen zu einem Ergebnis: Sie haben eine Affäre mit John.«

Das dumpfe Gefühl in Sarahs Magen breitete sich blitzschnell aus. Sie bewahrte Fassung. »Weiß John, dass wir uns treffen?«

»Nein.« Maureen bekam ihren Tee. »Es stimmt, nicht wahr?« Sie rührte um. »Sie haben ein Verhältnis.«

»Also gut. Reden wir darüber.« Sarah richtete sich auf. »Ja, John und ich haben uns ineinander verliebt.« Sie betrachtete das Gesicht der hübschen Frau. »Wir erkannten aber, dass diese Liebe unmöglich ist, und haben es wieder beendet.«

»Wieso sollte es unmöglich sein?«, fragte Maureen erstaunlich kühl.

»Weil John mit Ihnen verheiratet ist. Weil er seine Kinder aus tiefstem Herzen liebt und weil er Sie liebt, Maureen.« Sarah saß da, ein leichter Wind verirrte sich in ihr Haar.

»John will mich lieben, das weiß ich«, antwortete Maureen. »Er versucht es aus ganzem Herzen und aus tiefster Seele, aber er kann es nicht mehr. Dazu ist in unserer Beziehung zu viel passiert.« Eine kurze Wehmut in ihren Augen, schon war sie wieder verschwunden.

Sarah spürte, dass Maureen reden wollte, und unterbrach sie nicht.

»John und ich waren ein ganz normales junges Paar. Wir wollten beide Lehrer werden, doch kurz nach meinem Abschluss wurde ich schwanger und habe den Beruf an den Nagel gehängt. Wir kauften ein Häuschen, Glen kam zur Welt, bald darauf Billy. Wir waren … Doch, man kann sagen, dass wir glücklich waren. Trotzdem fühlte ich, dass ich nicht Johns große Liebe war, wir passten nur einfach gut zueinander. Eines Tages, es war im April, ist unser kleiner Glen unten beim Bach zusammengebrochen. Er und John hatten einen Damm errichtet und das Wasser aufgestaut. Dabei verlor mein Sohn zum ersten Mal das Bewusstsein. Unser Arzt konnte nichts finden, auch andere Ärzte vertrösteten uns damit, dass das in der Wachstumsphase normal sei. Erst ein Spezialist aus Plymouth entdeckte die Wahrheit über Glens Krankheit. Er machte uns Hoffnungen, Morbus Hodgkin sei eine Krebsart mit hohen Heilungschancen. Danach begann Glens Martyrium. Er war so unglaublich tapfer. In den vielen Monaten hat sein Lebensmut mir die Kraft gegeben, weiterzukämpfen. Er hat die schlimmsten Therapien mitgemacht und unglaublich wenig geklagt. Er war das wundervollste Wesen, dem ich je begegnet bin. Ich habe Glen über alles geliebt.« Maureen setzte die Sonnenbrille auf. »Schließlich sagte man uns, sie müssten ihm einen Wirbel herausoperieren, weil der Krebs gestreut hatte. Er konnte nur unter der Voraussetzung weiterleben, dass er wahrscheinlich querschnittsgelähmt sein würde. Können Sie sich vorstellen, wie uns zumute war, als wir diese Entscheidung treffen mussten?«

Sarah vermochte die Tränen nicht zurückzuhalten. Sie nickte stumm.

»Man kann sagen, dass Glen Glück hatte. Die harte Bestrahlung ließ sein Immunsystem noch vor der Operation zusammenbrechen. Nach wenigen Tagen ist er in meinen Armen gestorben.«

Sarah wandte den Blick ab. Das Meer war so wunderschön, wenn die Wolken aufrissen und die Sonne die Stahlfarbe des Atlantiks zum Leuchten brachte.

»Ich bin mit ihm gestorben«, sagte Maureen kaum hörbar. »Ein Teil von mir. John hat es lange nicht begriffen – unser Schmerz war zu groß. Er überdeckte die Tatsache, dass meine Liebe zu John irgendwann verloren gegangen ist. Wir machten trotzdem weiter, wir kämpften uns durch seine berufliche Krise, ich habe sogar noch ein Kind bekommen. Und doch kann ich John seither nicht genug lieben, nicht so, wie er es verdient. Mit seiner großartigen Loyalität versucht er allein, die Liebe zwischen uns aufrechtzuerhalten. Aber es macht ihn nicht glücklich. Und deshalb muss ich wissen, was Sie für John empfinden, Sarah. Ich muss es wissen! Ich will ihn wieder lachen sehen.«

Sie warteten schweigend, bis die Kellnerin das Sandwich serviert hatte und gegangen war.

Sarah begann stockend. »Kurze Zeit habe ich geglaubt, dass John der Mann ist, mit dem ich den Rest meines Lebens verbringen könnte.«

»Und Ihre Ehe?«

»Mein Mann und ich leben in Scheidung.«

»Das wusste ich nicht.«

»Niemand weiß das. Wir haben es gerade erst beschlossen.«

»Wie traurig.«

»Natürlich, und zugleich auch notwendig. Wir sind beide aus unserem Leben herausgefallen. Aber vielleicht hat uns dieses Leben nie wirklich gehört.«

Plötzlich lächelte Maureen.

»Was ist daran komisch?«

»Ehrlich gestanden war ich mir nicht wirklich sicher, was John und Sie betraf. Ich habe es nur vermutet.«

Sarah sah sie verblüfft an. »Sie haben also gerade nur geblufft?«

»Ich bin froh, dass Sie so offen waren«, sagte Maureen voll Wärme. »Denn nun kann ich Ihnen etwas Wichtiges sagen: Wenn John Sie wirklich liebt, und wenn Sie ihn immer noch lieben, dann gebe ich ihn frei. Unsere Ehe hat keine Zukunft mehr.«

Wäre ein Blitzstrahl über sie hinweggezuckt oder hätte ein Donner die Stille zerrissen, Sarahs Schock hätte kaum größer sein können. Was brachte eine Frau dazu, so etwas zu sagen? Maureen zeigte nicht die geringste Angst, Schicksal zu spielen und ihre ganze Existenz in die Waagschale zu werfen. Weshalb tat sie das? Nur für John, oder um selbst wieder frei zu sein?

»Wie können Sie so etwas sagen, Maureen?«

»Ich will nicht länger mitansehen, wie er sich quält und zugleich die Fassung bewahrt, nur um etwas aufrechtzuerhalten, das es so schon lange nicht mehr gibt. Er spielt seinen Kindern eine heile Welt vor und mir genauso. Er leidet lieber, als dass er sich den Konflikten stellt und den Gordischen

Knoten zerschlägt.« Sie biss ins Sandwich. »Ich weiß es nicht mit Sicherheit, aber ich glaube, er denkt ständig an Sie.«

»Wir haben seit Monaten keinen Kontakt mehr.« Für einen Moment war Sarah glücklich, dann gewann die Vernunft wieder die Oberhand. »Er könnte Billy und Chloé nie verlassen.«

»Nicht sofort, nicht mit einem harten Schnitt. Aber im Leben passieren viele unvorhersehbare Dinge.« Sie kaute. »Ich hätte auch nicht im Traum gedacht, dass ich jemals mit einer anderen Frau so ein Gespräch führen würde.«

»Das ist alles so verrückt.« Reflexartig legte Sarah die Hände auf ihren Bauch und wandte den Blick ab.

Maureen kaute langsamer, sie betrachtete die Frau gegenüber, schließlich ließ sie das Sandwich sinken.

»Sarah …«

»Ja?«

»Kann es sein …«

Ihre Blicke begegneten sich.

»Ist das möglich?« Maureen führte die Hand an den Mund. »O Gott. Seit wann?«

»Ich bin im dritten Monat.«

Für einen Moment verdunkelte sich Maureens Blick. »Ist John der Vater?«

»Ich weiß es nicht. Es könnte auch Russells Kind sein.« Auf Maureens betroffenes Schweigen sagte sie: »Beide wissen nichts davon.«

Maureen schüttelte den Kopf. »Sie arbeiten in Tintagel, Sie sind allein und wissen nicht, von wem Sie ein Kind erwarten?«

»Ich bin nicht allein«, antwortete Sarah mit Galgenhumor. »Da sind Bryan, mein Nachbar, und Mister Algernon, ein guter Bekannter, auf dessen Grund ich arbeite, und meine Mitarbeiter Steve und Ben; sie alle schauen auf mich.«

»Wie haben Sie sich vorgestellt, dass es weitergeht?«

Ein plötzliches Schluchzen entrang sich Sarah. »Ich stelle mir nichts vor. Ich lebe. Von Tag zu Tag. Meine Arbeit gefällt mir, ich wohne in einem hübschen Haus, meine Ärztin sagt, ich soll mir keine Sorgen machen.«

Maureen sah sie aufmerksam an und meinte schließlich: »Jetzt bin ich doppelt froh, dass wir geredet haben.«

»Tun Sie nichts Unüberlegtes, Maureen.«

Sie lachte. »Wissen Sie, was ich dachte, als mir zum ersten Mal der Verdacht kam, dass John etwas mit Ihnen hat? Ich dachte, diese Deutsche wirkt offen und geradeheraus. Sie würde so etwas nicht tun.«

Nun lachten beide. »Dabei bin ich wirklich geradeheraus«, sagte Sarah zerknirscht. »Ich habe noch eine Bitte, Maureen.«

»Ja?«

»Sagen Sie John nichts davon, dass ich Detektivin gespielt habe.«

Maureen musterte sie mit einem Anflug von Hochachtung. Sie aß auf, und Sarah trank ihre Limonade. Neue Wolken kamen vom Meer, wahrscheinlich würde es Regen geben. Sarah war froh, die dicke Jacke angezogen zu haben.

35

Es war eine Scheibenfibel. Sie hatte die Größe eines Mantelknopfes und war aus Bronze. Sarah stieß darauf, als sie den fünften Grabungsschnitt im äußeren Planquadrat anlegte. Ben und Steve hatten die Schnittkante mit dem Spaten abgestochen und die Fläche mit der Schaufel glatt geschoben, worauf Sarah mit ihrer Kelle die Oberfläche von letzten Erdresten säuberte. Hatte sie zu Beginn der Grabungen bei solchen Arbeiten noch gekniet, musste sie sich mittlerweile seitlich auf das Umlaufbrett legen, um ihren Bauch nicht einzuquetschen. Algernon hatte schon so manchen Scherz über die »schlafende Archäologin« gemacht.

Ben war auf den Fund gestoßen und hatte es zunächst für einen Stein gehalten. Sarah hatte ihnen eingeschärft, dass was sich wie ein Stein anfühlte, auch ein Tongefäß oder ein anderer Fundgegenstand sein konnte. Ben rief Sarah herbei, sie nahm ihr Köfferchen und machte sich auf dem Brett lang. Mit einer feinen Spachtel und dem Pinsel legte sie den Gegenstand frei. Wenig später wusste sie, was es war. Sie rief Algernon an, er kam mit dem Traktor, so schnell er konnte.

»Da hast du deinen Beweis.« Sarah hatte die Scheibenfibel auf ein weißes Tuch gebettet. Ihre Farbe changierte zwischen Rostbraun und Graublau, dem typischen Merkmal für einen Bronzefund. Die Scheibe war kunstvoll geschmiedet, was eine ausgereifte Handwerkskunst voraussetzte.

»Was ist das?« Der Bauer beugte sich darüber.

»Eine Gewandnadel. Scheiben wie diese dienten dazu, Kleider und Umhänge zusammenzuhalten.«

»Es ist nichts weiter als ein *Knopf?*«

»Weit mehr als das.« Sie nahm es in die Hand. »Wer so eine Gewandfibel trug, verdeutlichte seinem Gegenüber seinen Rang und vor allem seine Gesinnung.« Sie lächelte voll Zuversicht. »Wer diese Fibel trug, war kein gewöhnlicher Mann. Das Schmuckstück war nach seinen Wünschen hergestellt worden. Diese Person organisierte das Gemeinwesen in der Umgebung, stellte Regeln auf, sorgte für Frieden.«

Algernon kratzte sich an der Stirn. »Willst du sagen, du hast deinen Keltenfürsten gefunden?«

»Vielleicht seine Wäschetruhe oder die Überreste seiner Frau, vielleicht erste Hinweise auf sein Grab. Vieles ist von nun an denkbar, nur eines nicht mehr.«

»Was?«

»Die Annahme, dass wir unter deiner Scheune nichts finden werden.« Sie ließ sich auf ihren Stuhl sinken. Im Halbkreis standen die Männer um sie herum. Steve hatte die Schaufel noch in der Hand.

»Spann uns nicht auf die Folter«, sagte Algernon.

»Jetzt geht die eigentliche Arbeit erst los.« Stolz schaute sie zu ihnen hoch.

Vier Tage später machten sie den nächsten, größeren Fund. Es war etwas, womit Sarah keinesfalls gerechnet hatte. Normalerweise hatten die Kelten einfache Mauern errichtet, indem sie erdgefüllte Holzkästen übereinandergestapelt hatten. In den tieferen Schichten unter der Scheune spürte Sarah jedoch eine Konstruktion auf, die zwar im Mittelmeerraum üblich, nördlich der Alpen aber ungewöhnlich war. Auf einem Sockel aus Kalksteinen erhoben sich die Reste einer Mauer aus luftgetrockneten Lehmziegeln. Sie hatten die Jahrtausende unversehrt überstanden. Auch eine Lehmputzschicht kam zum Vorschein sowie Zapfenverbindungen, mit denen wohl das Dachgebälk verankert worden war. Sarah durfte damit rechnen, ein Haus, eine Grabstätte, möglicherweise eine ganze Siedlung der Vergangenheit zu entreißen.

Sie war so erfüllt von ihrem Fund, dass sie sofort jemanden anrufen wollte, der seine Bedeutung begreifen würde. Sie sprach Silberschneider eine Nachricht auf Band und hoffte auf seinen Rückruf. Der Hinweis ihres alten Lehrers war es schließlich gewesen, der sie in diesen neuen Lebensabschnitt geführt hatte. Sie redete lange mit ihrer Mutter und rief sogar Elaine an, um ihr zu sagen, wie glücklich sie war. Die berichtete ihr, dass Russell sich in keinem besonders guten Zustand befand.

»Letzten Sonnabend ist er mit mir die Monatsabrechnung durchgegangen«, sagte Elaine. »Danach saß er auf der Terrasse und hat Wein getrunken. Er sieht schlecht aus. Als ich abfuhr, sah ich ihn immer noch da sitzen.«

Sarah hatte den Impuls, Russell anzurufen, doch was hätte

sie sagen sollen? Dass sie glücklich war, dass ihr Neubeginn von einem Triumph gekrönt wurde, während Russell in seinem alten Heim kein Zuhause mehr fand? Sie fragte sich, was aus Miss Moynihan geworden war; nicht aus Eifersucht, diese Zeiten waren vorbei.

Die einzige Befürchtung, die Sarahs Hochgefühl trübte, war, dass nunmehr die Bürokraten auf den Plan treten würden. Das Gelände auf Algernons Grund barg eine bedeutende frühkeltische Fundstätte, deren Offenlegung man keinem Amateurverein anvertrauen würde. Die Archäologische Gesellschaft würde versuchen, ihre Hand darauf zu legen. Sarahs Hoffnung lag in der Person des Bauern. Mehr als einmal hatte er ihr versichert: Sollte unter seiner Scheune wirklich etwas begraben sein, gäbe es für ihn nur eine Person, die es ans Licht holen durfte: Sarah.

Sie hatte die Begegnung mit Maureen Cormac nicht vergessen, im Gegenteil. Doch statt sich falschen Hoffnungen hinzugeben, hielt Sarah sich lieber an das Machbare, das Unmittelbare. Sie lebte für das, was sie selbst gestalten konnte. An John zu denken machte sie traurig, weil er existierte, ohne Teil ihres Lebens zu sein. Maureens Worte, ihre Bemerkung, dass John häufig an Sarah denke, verloren nach und nach ihre Wirkung. Was sie umgab, war die Realität, und die war ihr lieber als ein haltloser Traum.

Es gab jedoch auch Abende, an denen sie nicht anders konnte, als sich der Träumerei hinzugeben. Der Ofen brannte, ihr Cottage war eingehüllt vom Herbstnebel, rundum nichts als Natur. Hoch über sich wusste sie den Wasserfall. Das waren Stunden, in denen sie sich ein romantisches Ereignis herbeisehnte, das John in ihre Arme führen sollte. Dann stellte sie sich vor, dass sein Kutter Wind und Wetter trotzte und die kornische Halbinsel umschiffen würde. Er käme an Land's End vorbei, würde sich die Küste hocharbeiten, bis er in einer Bucht unterhalb des angeblichen Schlosses Camelot ankerte. Auch wenn Bossiney ein gutes Stück im Landesinneren lag, stellte sich Sarah vor, wie sie zufällig die Klippen entlangspazieren würde, am besten in einer kleidsamen Umstandsjacke, sie würde ihn entdecken und zusehen, wie der große, blonde Mann die Felsen hochklettern würde, so wie er es bei ihrem einzigen Meeresspaziergang getan hatte. John würde sie nur ansehen und sagen: »Ein Kind?«

»Dein Kind«, würde sie antworten. Von da an wären alle Worte überflüssig.

Eingehüllt in die blau karierte Decke, saß Sarah vor dem Feuer und musste über ihre kitschige Fantasterei lachen. Sie knabberte *Zopphies,* eine Süßigkeit, die es nur im Supermarkt von Tintagel gab, trank Tee und schaute, was die BBC in den Nachrichten brachte. Schließlich stand sie auf, schürte den Ofen noch einmal und ging zu Bett. Angesichts der Herbststürme war es unmöglich, dass ein kleines Schiff wie Johns die Küstenroute passieren könnte, und doch fiel Sarah mit diesem angenehmen Traum in Schlaf.

Das Wetter war so scheußlich, wie es um diese Jahreszeit nur sein konnte. Sarah und Algernon erwogen, die Grabungen bis zum Frühling einzustellen. Die Keltensiedlung, so viel konnte man sagen, ragte unterirdisch über die Scheune, also in unüberdachtes Gelände, hinaus. Der Bauer hatte dieses Areal eingezäunt; niemand sollte hier Zutritt haben außer Sarah und ihrem Team. Er hatte es leichten Herzens getan, obwohl seine Befürchtung, die Grabung könnte sich unabsehbar ausbreiten, wahr geworden war. Sarah hatte ihn davon überzeugt, dass er gewissermaßen der Mentor eines Projekts war, das Bossiney und ihn berühmt machen würde.

»Kommt noch so weit, und der Keltenfürst vertreibt mich von meinem eigenen Grund und Boden«, lästerte Algernon.

»Die Kelten sind eben unberechenbar, das waren sie schon immer.«

»Du hast das gewusst, oder?«

Sie saßen an Sarahs Arbeitstisch im Inneren der Scheune. Draußen ging ein sturzbachartiger Regen nieder. Ben und Steve hockten in der Ecke, tranken Kaffee und aßen ihren Lunch.

»Wie denn?« Sie hatte einen Apfel geteilt und aß ihn in kleinen Stücken.

Der Bauer zeigte auf den Hügel. »Siehst du die Eiche dort oben?« Schemenhaft zeichnete sich der alte Baum im Nebel ab. »Dort wollte ich mir immer schon ein Haus bauen. Ich dachte, ich warte, bis ich eine neue Frau gefunden habe.« Kumpelhaft legte er den Arm um Sarah. »Auf gewisse Weise habe ich das ja.«

Sie knuffte ihren Freund. »Wärest du nicht so wählerisch, hättest du längst eine. Dann bräuchtest du deine Pasty nicht mehr selbst zu backen.«

»Vielleicht kriege ich dich ja doch noch rum.«

Sie lachten, Sarah strich die Jacke über ihrem Bauch glatt. »Würdest du denn ein gefallenes Mädchen nehmen?« Ihr fiel etwas ein. »Ich mache heute früher Schluss, ich habe noch einen Arzttermin.«

»Geht es euch gut?« Algernon betrachtete Sarahs Bäuchlein.

Sie nickte. »Sehr gut. Ein befreundeter Bauer hat mir mal vorausgesagt: Es gibt nichts Gesünderes als eine Schwangerschaft auf dem Land. Er hat recht behalten.«

Sie hörten eine Autotür zufallen. Von der Scheune aus konnte man den Parkplatz nicht sehen.

»Nanu? So früh kommt die Post sonst nicht.«

Schritte im Regen; jemand lief um das Gebäude und tauchte dort auf, wo Algernon die Wand hatte durchbrechen lassen.

In einer blauen Öljacke, mit durchnässtem Haar stand John in dem neuen Eingang. Er sah Sarah hinter dem langen Tisch sitzen, Pläne, Zeichnungen und Fotos vor sich, neben ihr ein imposanter Mann, der seinen Arm um ihre Schulter gelegt hatte.

»Hallo, Sarah«, sagte John zögerlich.

»John.« Sie war starr vor Überraschung. »Wo kommst du her?«

»Von zu Hause.«

Er stand im Regen, Sarah bewegte sich nicht. Algernon nahm sachte seinen Arm von ihrer Schulter, scheinbar nur, um nach der Tasse zu greifen.

»Guten Tag, ich bin John Cormac.« Er trat ins Innere der Scheune.

»Trevor Algernon.« Der Bauer stand auf.

»Kann ich Sarah kurz sprechen?«

Sie lächelte, da John Algernon quasi um Erlaubnis bat. Sarah stand auf und drehte sich zu Algernon. An seinem Blick sah sie, dass sie nichts zu sagen brauchte, er wusste, wer der Besucher war.

»Wie ich schon sagte, ich mache heute früher Schluss.« Sie legte ihren Schal um.

»Ja, du hast das erwähnt«, antwortete Algernon.

Sie nahm die Karte eines Planquadrats vom Tisch, ging zu Steve und besprach mit ihm, was er und Ben nachmittags noch schaffen sollten.

»Du bist mit dem Auto da?«, fragte sie John und stülpte die Kapuze über.

Er zeigte auf seinen Firmenwagen. Von der Fahrt auf dem Feldweg war er mit Schlamm bespritzt.

»Fährst du mir nach?«

Keine Berührung, kein flüchtiger Kuss. Hatte sein Blick ihren Bauch gestreift? Die Jacke war so weit, dass man unmöglich etwas sehen konnte. Sie stiegen ein. Unterwegs überlegte sie, ins *King Arthur* zu fahren. Der Pub war gemütlich und um diese Zeit meistens leer.

Sarah fuhr langsam durch den Regen. John war gekommen. Er hatte den Landweg genommen, nicht die romantische Meeresroute, doch das änderte nichts daran. Sie staunte, wieso sie keine Schmetterlinge im Bauch hatte – weshalb war sie nicht überwältigt vor Freude? Weil sie es endlich geschafft hatte, Grenzen zu ziehen. Sie besagten: Hier bin ich, das ist mein, und dafür stehe ich. John hatte sie damals mehr verletzt, als ihm wahrscheinlich bewusst gewesen war. Er hatte sich ängstlich und wankelmütig gezeigt. Auch wenn

Sarah mittlerweile wusste, weshalb, auch wenn Maureen ihr einiges verdeutlicht hatte, spürte sie jetzt Angst, Zweifel, was John von ihr wollte. Hatte Maureen ihm etwas von dem Kind verraten?

Sie erkannte, dass ihre Gefühle sich verändert hatten. Es hatte eine Zeit gegeben, in der sie bereit gewesen wäre, alles für John zu tun, auch alles hinzuwerfen. Heute bedeutete das Angebot, das er durch sein Erscheinen machte, nicht dasselbe. Sie hatte sich in der Gewissheit eingelebt, ihr Kind allein aufzuziehen. Die Liebe zu diesem Mann war nicht kleiner geworden, doch man konnte sie nicht ein- und ausschalten wie ein Licht. Heute brauchte es mehr, damit sie seine ausgestreckte Hand ergreifen würde.

Sarah wechselte kurzerhand die Richtung. Sie wollte nicht ins *King Arthur,* ein gepflegtes Tischgespräch war nicht das, was John und ihr bevorstand. Sie fuhr nach *Trevillet Mill* und führte ihn zu ihrem neuen Zuhause.

Unschlüssig stand er in der Tür. »Ich bin völlig durchnässt.«

»Zieh die Stiefel aus.«

»Hübsch ist das hier.«

»Ich habe Glück gehabt.«

»Dass du überhaupt mit mir sprichst.« Barfuß trat er ins Wohnzimmer.

»Warum soll ich nicht mit dir reden?« Sie gab ihm ein Handtuch für die Haare.

»Du wirst es wahrscheinlich nicht gehört haben, aber das Verfahren gegen mich wurde eingestellt.« Er verschwand unter dem Handtuch.

»Herzlichen Glückwunsch! Das sind tolle Neuigkeiten.«

John erzählte, dass völlig überraschend der wirkliche Täter gefunden worden sei. Man könne es schon als kleines Wunder bezeichnen. Geduldig hörte Sarah ihm zu. Maureen hatte also wirklich dichtgehalten. Danach entstand eine Pause.

»Und jetzt, da du wieder ein freier Mann bist, erinnerst du dich an deine verflossene Geliebte?«

Er senkte den Kopf. »Du hast recht. Ich fürchte, ich verdiene das.«

Warum machte sie ihm den Beginn so schwer, weshalb der beleidigte Ton? Sie freute sich doch, dass er gekommen war. Nur der Grund seines Besuchs erfüllte sie mit Unruhe. Es wäre einfach gewesen, Teewasser aufzusetzen, ihn zu fragen, ob er etwas essen wolle, es wäre entgegenkommend und verbindlich gewesen, aber es hätte ihnen nicht weitergeholfen. Deshalb stand Sarah nur da, das nasse Tuch in der Hand. Der Raum war klamm – sie drehte die Heizung immer erst abends auf.

John gab ihr das Tuch zurück. »Du hast deinen Mann verlassen?«

»Woher weißt du das?«

»Man erzählt es sich in unserer Gegend. Die Besitzer von *Trelawn* sind ja nicht irgendein Ehepaar.«

»Ein respektables, zurückgezogenes Ehepaar«, antwortete sie zögernd. »Eigentlich wollten wir das sein.«

»Wie geht es dir dabei?« Er wusste nicht, wohin mit seinen Händen, und steckte sie in die Taschen.

Sarah zeigte um sich. »Ich habe alles, was ich brauche. Meine Arbeit, neue Freunde, ein hübsches Haus. Und du?«

»Ich liebe dich«, sagte John. »Ich war ein Feigling.« Er schaute auf seine Füße. »Du hast mich einmal mit jemandem verglichen: Vercingetorix. Er hat viele Schlachten gewonnen, aber am Ende hat er sich Cäsar persönlich ausgeliefert, um seinen Soldaten das Leben zu retten.« Ein Lächeln huschte über Johns Gesicht. »So bin ich nicht – heldenhaft. Ich habe Angst vor großen Entscheidungen. Ich lasse die Dinge lieber laufen, bis sie sich von selbst lösen. So habe ich dich verloren.«

»Es ist noch nicht alles verloren«, antwortete Sarah leise. Ihr Blick ging zum Kamin. Sie hatte vergessen, das Feuer vorzubereiten. »Ich werde einheizen.«

»Lass mich das machen.«

Sie hinderte ihn nicht daran, sah zu, wie er Späne und Scheite aufschichtete und sie entzündete. Es begann zu knistern.

»Es dauert ein bisschen, bis es warm wird.«

»Ein guter Ofen«, sagte er.

Sie schaute aus dem Fenster. Aufsteigender Nebel zeigte, dass der Regen schwächer wurde. »Wir könnten einen Spaziergang zum Wasserfall machen und in Ruhe reden. Es ist wunderschön dort oben.«

»Bei dem Wetter?«

»Es wird aufklaren. Glaub mir, bevor wir angekommen sind, bricht die Sonne durch.« Sie wandte sich zur Tür. »Lass uns gehen – ich habe viel zu erzählen.«

»Du machst mich neugierig. Ist es etwas Erfreuliches oder etwas Unangenehmes?«

»Das, mein lieber John, liegt ganz bei dir.«

Sie zogen ihre Stiefel und Regenjacken an und verließen *Trevillet Mill,* ohne die Tür hinter sich abzusperren. Sie gingen durch den Blumengarten, die Blüten neigten sich unter den schweren Regentropfen. Dann erreichten sie den Fuß des Berges unterhalb von Nectan's Fall und begannen nebeneinander den Aufstieg.

* * *